A BUSCA DE EMILY

Lucy Maud Montgomery

A BUSCA DE EMILY

Trilogia da mesma autora de
Anne de Green Gables

Tradução: Bruno Amorim

Principis

Esta é uma publicação Principis, selo exclusivo da Ciranda Cultural
© 2022 Ciranda Cultural Editora e Distribuidora Ltda.

Traduzido do original em inglês
Emily's quest

Revisão
Renata Daou Paiva

Texto
Lucy Maud Montgomery

Produção editorial
Ciranda Cultural

Editora
Michele de Souza Barbosa

Diagramação
Linea Editora

Tradução
Bruno Amorim

Design de capa
Ana Dobón

Preparação
Mirtes Ugeda Coscodai

Imagens
Liliana Danila/shutterstock.com

Dados Internacionais de Catalogação na Publicação (CIP) de acordo com ISBD

M787b	Montgomery, Lucy Maud
	A busca de Emily / Lucy Maud Montgomery ; traduzido por Bruno Amorim. – Jandira, SP : Principis, 2022.
	256 p. ; 15,5cm x 22,6cm. – (Clássicos da literatura mundial ; v.3)
	Tradução de: Emily's quest
	ISBN: 978-65-5552-443-7
	1. Literatura infantojuvenil. 2. Literatura canadense. 3. Amor. 4. Feminismo. 5. Opressão. I. Amorim, Bruno. II. Título. III. Série.
	CDD 028.5
2022-0552	CDU 82-93

Elaborado por Lucio Feitosa - CRB-8/8803

Índice para catálogo sistemático:
1. Literatura infantojuvenil 028.5
2. Literatura infantojuvenil 82-93

1ª edição em 2022
www.cirandacultural.com.br
Todos os direitos reservados.
Nenhuma parte desta publicação pode ser reproduzida, arquivada em sistema de busca ou transmitida por qualquer meio, seja ele eletrônico, fotocópia, gravação ou outros, sem prévia autorização do detentor dos direitos, e não pode circular encadernada ou encapada de maneira distinta daquela em que foi publicada, ou sem que as mesmas condições sejam impostas aos compradores subsequentes.

Esta obra reproduz costumes e comportamentos da época em que foi escrita.

Para Stella Campbell Keller,
da tribo de José

Capítulo 1

1

"Basta de chá aguado!"[1], escreveu Emily Byrd Starr em seu diário ao voltar de Shrewsbury, deixando o Ensino Médio para trás e tendo a imortalidade pela frente.

Essa mudança tinha um significado simbólico. Ao deixar que Emily bebesse chá puro (não como uma concessão ocasional, mas como algo definitivo), a tia Elizabeth Murray consentia tacitamente em permitir que a sobrinha crescesse. Já fazia tempo que outras pessoas a consideravam adulta, como seu primo Andrew Murray e seu amigo Perry Miller, que haviam lhe pedido em casamento, sendo desdenhosamente rejeitados. Quando soube disso, a tia Elizabeth percebeu quão inútil era continuar obrigando a moça a beber chá aguado. Por outro lado, Emily não tinha muita esperança de algum dia conseguir permissão para usar meias de seda. Como ficaria escondida, uma anágua de seda até poderia

---

[1] Em inglês, *Cambric tea*, que é um chá mais fraco, diluído com água e leite, próprio para crianças. (N.T.)

ser tolerada, apesar de seu roçar sedutor; meias de seda, contudo, eram inadmissivelmente imorais.

Com esse acontecimento, Emily (que era descrita pelas pessoas como "a que escreve") passou a fazer parte do círculo de damas de Lua Nova, onde nada havia mudado desde que ela chegara ali, sete anos antes: o ornamento entalhado sobre o aparador ainda projetava a mesma sombra bizarra na parede, no formato de uma silhueta etíope, exatamente como ela havia notado na primeira noite que passara ali. Aquela era uma casa antiga, cuja vida havia atingido seu ápice há muito e muito tempo, de modo que agora se encontrava plácida, sábia e um tanto misteriosa. Um pouco austera também, mas muito gentil. Para alguns moradores de Blair Water e de Shrewsbury, aquele era um lugar sem graça, pouco promissor para uma jovem como Emily; diziam que ela havia sido tola em recusar a oferta da senhorita Royal de "ir trabalhar em uma revista de Nova Iorque". Que absurdo jogar fora uma oportunidade tão boa de ser alguém na vida! De sua parte, Emily tinha uma ideia muito clara do que queria ser; não achava que sua vida seria sem graça em Lua Nova nem que havia perdido a chance de escalar o Caminho Alpino por ter decidido ficar ali.

Por direito divino, ela pertencia à Nobre e Antiga Ordem dos Contadores de Histórias. Se tivesse nascido alguns milênios antes, teria encantado os membros de sua tribo em volta de uma fogueira. Contudo, tendo vindo ao mundo em tempos mais contemporâneos, coube a ela alcançar seu público por outros meios, um tanto artificiais.

De qualquer maneira, o material com o qual se tecem as histórias é o mesmo em todas as épocas e lugares. Nascimentos, mortes, casamentos e escândalos: esses são os únicos acontecimentos verdadeiramente interessantes no mundo. Desse modo, Emily se sentia alegremente determinada a prosseguir com sua busca por fama e fortuna, bem como por algo mais, que não era nenhuma dessas duas coisas. Isso porque, para Emily Byrd Starr, a motivação principal da escrita não era o lucro e a glória. Era algo que ela *precisava* fazer. As coisas (as ideias), fossem elas belas ou feias,

A BUSCA DE EMILY

torturavam a mente de Emily até que fossem "postas no papel". Por sua natureza cômica e dramática, sentia-se compelida a descrever com a pena as comédias e as tragédias da vida que tanto a fascinavam. Para além da cortina do real, jazia um mundo de sonhos perdidos, porém imortais, que clamava para ser materializado e interpretado por ela; e o fazia em uma voz que ela não podia e não ousava ignorar.

Sentia-se plena de juventude e de alegria pelo mero fato de existir. A vida estava sempre a atraí-la e a compeli-la adiante. Tinha consciência das dificuldades que estavam por vir; sabia que ainda ofenderia muitos vizinhos, desses que lhe pediam para escrever obituários e depois desdenhavam dela quando encontravam alguma palavra pouco familiar no texto, dizendo que ela gostava de "falar difícil"; sabia que as cartas de rejeição ainda abundariam; sabia que haveria dias em que, desesperada, se sentiria incapaz de escrever, como se tentar fosse inútil; dias em que o bordão editorial "isto não diminui em nada seus méritos" lhe dava nos nervos, e ela tinha vontade de imitar Marie Bashkirtseff[2] e arremessar pela janela o relógio que tiquetaqueava zombeteiro e implacável na sala de estar; dias em que tudo que ela já havia feito ou tentado fazer perdia o brilho, tornando-se medíocre e desprezível; dias em que se via tentada a duvidar de sua convicção fundamental de que havia tanta verdade na poesia da vida quanto na prosa; dias em que o eco da "palavra aleatória" dos deuses – que, com afã, ela se esforçava para ouvir – parecia apenas provocá-la com suas sugestões de beleza e perfeição inatingíveis, fora do alcance dos ouvidos e das penas dos mortais.

Ela sabia que a tia Elizabeth tolerava, mas não aprovava sua mania de escrever. Em seus dois últimos anos no Liceu de Shrewsbury, Emily havia de fato conseguido ganhar algum dinheiro com seus versos e contos, para o enorme assombro da incrédula tia Elizabeth. Daí vinha a tolerância.

---

[2] Marie Bashkirtseff (1858-1884): escritora e artista ucraniana. A referência a Bashkirtseff parece ter significados subjacentes, posto que ela morreu de tuberculose, doença que assombra Emily desde o primeiro livro. (N.T.)

Ainda assim, nenhum Murray havia feito isso antes. Além disso, havia sempre aquela sensação de estar por fora de algo, que tanto incomodava dona Elizabeth Murray. A tia Elizabeth realmente se incomodava com o fato de Emily dispor de um outro mundo à parte, separado do de Lua Nova e Blair Water; um reino estrelado e ilimitável no qual ela podia se refugiar sempre que quisesse e no qual nem mesmo a mais determinada e desconfiada das tias podia segui-la. Chego a achar que, se os olhos de Emily não se perdessem tão frequentemente em sonhos belos e secretos, a tia Elizabeth talvez fosse mais solidária com suas ambições. Ninguém gosta de ser deixado de fora, nem mesmo os Murrays de Lua Nova, por mais autossuficientes que fossem.

2

Os leitores que vêm acompanhando Emily ao longo dos anos, em Lua Nova e Shrewsbury, já devem ter uma boa noção da aparência dela. Para aqueles que ainda não a conhecem, permitam-me traçar um esboço de sua aparência sob a aura mágica dos dezessete anos, caminhando, em uma tarde de outono, por um velho jardim litorâneo iluminado por crisântemos dourados. Trata-se do jardim de Lua Nova, um lugar de paz e calmaria. Um éden encantado, cheio de cores ricas e envolventes, mas também de sombras fantásticas e misteriosas. A fragrância das rosas e dos pinheiros o perfumava; o zumbido das abelhas, a monodia do vento e os murmúrios do golfo azul o embalavam; e a todo tempo ouvia-se nele o suspirar suave que emanava dos abetos no bosque do altivo John Sullivan, mais a norte. Emily amava cada flor e cada sombra naquele jardim, bem como cada uma de suas belas e inveteradas árvores, em especial as que lhe eram mais íntimas e queridas: as cerejeiras-silvestres a sudoeste; as Três Princesas da Lombardia; a ameixeira-silvestre com ares de donzela junto ao caminho do riacho; o abeto gigante bem no centro; o bordo-prateado e o pinheiro mais além; o álamo do outro lado, sempre se insinuando alegremente ao vento; e a fileira de imponentes bétulas brancas no bosque de John Sullivan.

Emily sentia-se plenamente feliz por morar em um lugar cheio de árvores tão longevas, plantadas e regadas por quem se foi há tanto tempo, marcadas pelas alegrias e tristezas das muitas vidas que se passaram sob as sombras de suas frondes.

Era jovem, magra e virginal. Seus cabelos eram como seda negra. Seus olhos eram violeta-acinzentados, e sob eles havia atraentes manchas escuras que se acentuavam ainda mais sempre que Emily avançava até altas horas terminando algum conto ou trabalhando no esboço de alguma trama, muito a contragosto da tia Elizabeth. Nos cantos de seus lábios escarlates, destacava-se a típica marca de expressão dos Murrays, e suas orelhas eram pontudas como as de um duende levado. Talvez fosse justamente por conta dessa marca de expressão e dessas orelhas pontudas que as pessoas vissem nela um ar meio felino. Seu pescoço e seu queixo tinham um desenho formidável; seu sorriso escondia um truque: abria-se devagar, mas logo resplandecia em sua completude. Tinha tornozelos bonitos, para os quais a polêmica tia Nancy Priest, de Priest Pond, não poupava elogios. Suas bochechas redondas e levemente rosadas assumiam, vez por outra, um tom mais escuro, carmesim. Eram raros os eventos capazes de suscitar esse rubor em suas faces: um vento vindo do mar; uma inesperada paisagem de planaltos verdejantes; o vermelho incandescente de uma papoula; as velas brancas dos barcos se afastando do porto na magia da manhã; o brilho prateado das águas do golfo nas noites de luar; o pálido azul das aquilégias no antigo jardim; ou um certo assobio vindo do bosque de John Sullivan.

Isto posto, era bonita? Não sei dizer. Emily nunca era mencionada nas listas de beldades de Blair Water. Todavia, quem via seu rosto jamais o esquecia. Nunca houve alguém que, tendo encontrado Emily alguma vez, dissesse "Hum... seu rosto me parece familiar, mas..." ao revê-la. Era precedida por gerações de mulheres adoráveis e havia herdado traços da personalidade de cada uma delas. Era graciosa como a água e, de certa maneira, igualmente límpida e cintilante. Um pensamento tinha o poder de abalá-la como um vento forte. Um sentimento era capaz de agitá-la como uma tempestade agita uma rosa. Era uma criatura cheia de vida, dessas que, quando morrem, nos deixam com a sensação de ser impossível que estejam de fato mortas. Contrastando com o pragmatismo circunspecto de seu clã, ela reluzia como a chama de um diamante. Muitos gostavam dela; muitos não. O fato é que ninguém lhe era de todo indiferente.

Certa vez, quando ainda era uma menininha morando com o pai na pequena casa de Maywood, onde ele morreu, Emily saiu em busca do final do arco-íris. Cheia de esperança e expectativa, ela correu por vastos charcos e altas colinas. No entanto, enquanto corria, o arco-íris foi se desvanecendo mais e mais, até que sumiu. Emily viu-se só em um vale desconhecido, sem saber muito bem para que lado ficava sua casa. Por um momento, seus lábios tremeram e seus olhos marejaram. Contudo, ela logo ergueu o rosto e sorriu valorosamente para o céu vazio.

– Outros arco-íris virão! – exclamou.

Emily era uma caçadora de arco-íris.

3

A vida em Lua Nova havia mudado. Emily precisava se ajustar a ela. Era preciso adequar-se à solidão. Ilse Burnley, sua companheira desvairada de sete maravilhosos anos, havia partido para a Escola de Literatura e Oratória de Montreal. As duas moças se despediram em meio às lágrimas e às promessas típicas da juventude. Todavia, nunca mais voltariam a se ver na mesma situação. Isso porque, por mais que queiramos disfarçar a realidade, o fato é que, quando dois amigos, por mais próximos que sejam, e talvez justamente por conta dessa proximidade, se reencontram depois de uma separação, há sempre uma frieza, em maior ou menor grau, que é fruto da mudança. Um jamais encontra o outro *exatamente* como o deixou.

A BUSCA DE EMILY

Isso é natural e inevitável. A natureza humana ou progride ou regride, mas nunca permanece estática. Ainda assim, apesar de toda essa filosofia, quem entre nós seria capaz de conter o sentimento de atônita decepção ao dar-se conta de que um amigo não é e nunca mais voltará a ser o mesmo de antes (mesmo que a mudança tenha sido para melhor)? Ao contrário de Ilse, Emily percebeu isso, com aquela estranha intuição que compensava sua falta de experiência, e teve a sensação de estar dizendo adeus à amiga dos tempos de Lua Nova e de Shrewsbury.

Da mesma maneira, Perry Miller, o antigo "criado" de Lua Nova, medalhista do Liceu de Shrewsbury, pretendente rejeitado (mas ainda esperançoso) de Emily e causador dos acessos de cólera de Ilse, também havia partido. Perry estava estudando direito em um escritório de Charlottetown[3], com os olhos fixos em objetivos cintilantes para sua carreira jurídica. Com Perry, não havia essa de pote de ouro no fim do arco-íris. Ele tinha convicção de que seus objetivos não sairiam do lugar e estava determinado a persegui-los. As pessoas começavam a acreditar que ele os alcançaria. Afinal, o abismo entre o escritório de advocacia do doutor Abel e a Suprema Corte do Canadá não era nem um pouco maior do que o abismo entre esse mesmo escritório e o vilarejo portuário de Stovepipe Town.

Teddy Kent é que era mais do tipo sonhador. O jovem morador do Sítio dos Tanacetos também estava para partir: iria para a Escola de Desenho de Montreal. Como Emily, ele também conhecia bem, e há muito tempo, o prazer, a fascinação e a angústia que permeiam a busca pelo fim do arco-íris.

– Mesmo que nós nunca cheguemos lá – disse ele a Emily enquanto passeavam pelo jardim de Lua Nova, sob o céu violeta de um longo e arrebatador entardecer boreal, na véspera de sua partida –, tem algo nessa busca que é melhor do que o próprio objetivo em si.

---

[3] Até o século XIX, na América do Norte, era comum que os aspirantes à advocacia e à carreira jurídica não tivessem uma educação superior formal, mas sim que passassem por um período de aprendizagem junto a um profissional mais experiente. Parece ser o caso de Perry Miller. (N.T.)

– Mas nós *vamos* chegar lá – respondeu Emily, erguendo os olhos para admirar uma estrela que brilhava acima de uma das Três Princesas. Algo naquele "nós" de Teddy a comovera, por conta das implicações que ele trazia. Emily sempre fora muito honesta consigo mesma e jamais tentou fechar os olhos para o fato de que, para ela, Teddy Kent significava mais do que qualquer outra pessoa. Por outro lado, o que *ela* significava para ele? Pouca coisa? Muita coisa? Ou absolutamente nada?

Ela tinha os cabelos ao vento e havia metido neles um pequeno buquê de crisântemos amarelos que mais parecia uma estrela. Havia pensado bastante sobre o que vestir, até que se decidiu por um vestido de seda amarelo-pálido. Pensou que estava muito bonita, mas que diferença faria isso se Teddy não o notasse? Ele nunca reconhecia seus esforços, pensou ela, um tanto contrariada. Ao contrário dele, Dean Priest teria notado sua aparência e lhe feito algum elogio sutil.

– Sei lá… – retrucou Teddy, taciturno, fazendo uma careta para Ciso, o gato cinza de Emily com olhos cor de topázio, que se insinuava furtivamente por entre os arbustos de grinalda-de-noiva feito um tigre à espreita. – Sei lá… Agora que me vejo prestes a partir, me sinto meio… desenxabido. Afinal, é possível que eu nunca chegue a fazer nada de valor. De que vale um pouco de talento para o desenho? Em especial quando se está acordado às três da manhã, olhando para o teto?

– Ah, conheço bem essa sensação! – concordou Emily. – Esta noite, eu remoí um conto por horas a fio, até que por fim decidi que *jamais* conseguiria escrever, que era inútil tentar, que eu jamais faria nada que de fato tivesse algum valor. Fui deitar pensando nisso e encharquei o travesseiro de lágrimas. Acordei às três da manhã e já não conseguia mais chorar. As lágrimas pareciam tão inúteis quanto o riso… ou a ambição. Eu estava inteiramente vazia de esperança e fé. Então, quando me levantei naquela manhã fria e cinzenta, logo comecei a escrever um conto novo. Não deixe que os pensamentos que vêm às três da manhã perturbem sua alma.

– O problema é que, infelizmente, toda noite tem suas três horas da manhã – retorquiu Teddy. – Nesse momento infernal da madrugada, eu sempre tendo a crer que, quando desejamos *muito* alguma coisa, é bastante improvável que consigamos alcançá-la. E há duas coisas que eu desejo fervorosamente. Uma, obviamente, é me tornar um grande artista. Eu nunca imaginei que fosse covarde, Emily, mas agora tenho medo. E se nada der certo para mim? Vou ser motivo de chacota! Minha mãe vai dizer que já sabia. Ela detesta a ideia de me ver partir, você bem sabe. Imagine se eu for e fracassar! Seria melhor não ter ido.

– Não seria, não! – retrucou Emily, decidida, ao mesmo tempo em que se perguntava qual seria a *outra* coisa que Teddy desejava tão fervorosamente. – Você não deve ter medo. Na conversa que teve comigo antes de morrer, meu pai me disse que eu não deveria ter medo de nada. E não foi Emerson[4] quem disse: "Sempre faça aquilo de que tem medo"?

– Aposto que Emerson disse isso quando já havia passado da fase de ter medo das coisas. É fácil demonstrar coragem quando as batalhas estão vencidas.

– Você sabe que eu acredito em você, Teddy – disse Emily, carinhosa.

– Sei, sim. Você e o professor Carpenter são os únicos que realmente acreditam em mim. Até a Ilse acha que o Perry tem muito mais chance de botar o pão na mesa do que eu.

– Mas você não está indo atrás de pão. Está indo atrás do pote de ouro no fim do arco-íris.

– E se eu fracassar e te decepcionar, vai ser a pior coisa de todas.

– Você *não vai* fracassar. Olhe aquela estrela, Teddy; a que está logo acima da Princesa mais jovem. É a estrela Vega, da constelação de Lira. Sempre a adorei. É minha estrela mais querida de todas. Você se lembra de como, antigamente, você, Ilse e eu nos sentávamos no jardim ao entardecer enquanto o primo Jimmy cozinhava batatas para os porcos? Você

---

[4] Ralph Waldo Emerson (1803-1882): escritor estadunidense. (N.T.)

costumava contar umas histórias maravilhosas sobre essa estrela e sobre a vida que você viveu nela antes de vir para este mundo. As três horas da manhã nunca foram um problema em Vega.

– Como éramos felizes e despreocupados naquela época! – relembrou Teddy em tom saudosista, como se fosse um homem de meia-idade, sobrecarregado de responsabilidades, que rememora com nostalgia a leveza da juventude.

– Quero que me prometa que, sempre que olhar para essa estrela, vai se lembrar que eu acredito em você... *muito* – exigiu Emily.

– E eu quero que você *me* prometa que, sempre que olhar para ela, vai se lembrar de mim – retorquiu Teddy. – Ou melhor, vamos combinar que, *sempre* que olharmos para essa estrela, vamos pensar um no outro, onde quer que estejamos e pelo tempo que vivamos.

– Combinado! – assentiu Emily, emocionada. Ela adorava quando Teddy a olhava daquela forma.

Um pacto romântico. Que significado tinha aquilo? Emily não sabia. Sabia apenas que Teddy estava de partida; que, subitamente, a vida parecia muito fria e sem graça; que o vento que vinha do golfo, suspirando por entre as árvores do bosque de John Sullivan, soava bastante pesaroso; que o verão havia chegado ao fim, e o outono estava apenas começando; e que o pote de ouro no fim do arco-íris estava em alguma colina muito, muito distante.

Por que ela havia dito aquilo sobre a estrela? Por que será que o crepúsculo, o cheiro dos pinheiros e o arrebol dos entardeceres de outono fazem as pessoas dizerem as coisas mais absurdas?

Capítulo 2

1

"LUA NOVA

18 DE NOVEMBRO DE 19...

Hoje, saiu a edição de dezembro da revista *Marchwood*, contendo meu poema 'Voo dourado'. Considero esse acontecimento digno de menção em meu diário, porque meu poema ocupou sozinho uma página inteira da revista, além de ter sido ilustrado. Foi a primeira vez que uma obra minha foi tão nobilitada. Creio que o poema não seja lá grande coisa; o professor Carpenter contentou-se em fungar quando o li para ele e recusou-se a tecer qualquer comentário que fosse. Ele nunca disfarça uma crítica com elogios chochos, mas é plenamente capaz de condenar algo da maneira mais peremptória possível apenas com a eloquência de seu silêncio. Todavia, o poema *parecia* tão formidável que o leitor incauto poderia crer que havia de fato algo nele. Abençoado seja o bom editor que se inspirou a mandar ilustrá-lo. Isso fez aumentar bastante minha autoestima.

Contudo, não me importei tanto com a ilustração em si. O artista não representou nada bem minha ideia. Teddy teria feito melhor.

Teddy está indo muito bem na Escola de Desenho. E Vega brilha radiante todas as noites. Será que ele realmente pensa em mim sempre que a vê? Será que ele consegue vê-la? Talvez as lâmpadas elétricas de Montreal a ofusquem. Parece que ele e Ilse se veem bastante. É ótimo que eles tenham um ombro amigo naquela cidade grande em que ninguém se conhece."

2

"26 DE NOVEMBRO DE 19...

A tarde de hoje foi esplendorosa, como costumam ser as de novembro: tinha a suavidade do verão e a doçura do outono. Passei horas lendo no cemitério junto ao lago. A tia Elizabeth acha que esse é um lugar macabro demais para se passar o tempo e confessou à tia Laura seu medo de que eu tenha um lado meio mórbido. Não vejo nada de mórbido nisso. É um lugar bonito, para onde os ventos que cruzam o lago trazem perfumes doces e silvestres. É também muito quieto e calmo, com os túmulos ao redor: pequenos montículos verdejantes, salpicados de samambaias. Homens e mulheres de meu clã jazem ali. Homens e mulheres que foram vitoriosos; homens e mulheres que foram derrotados; e agora suas vitórias e derrotas são uma coisa só. Eu nunca me sinto nem extática nem deprimida demais naquele lugar. A dor e a amargura das coisas desaparecem. Me agradam as lápides vermelhas de arenito, em especial a de Mary Murray, com a inscrição "Daqui eu não saio", frase com a qual seu marido deu vazão ao fel velado de toda uma vida. O túmulo dele é logo ao lado do dela, e tenho convicção de que já se perdoaram há muito tempo. E talvez retornem vez por outra, na escuridão da noite, para observar a inscrição e rir dela. A frase já está ficando ilegível, coberta de musgo. O primo Jimmy já desistiu de limpá-la. Algum dia, não passará de uma mancha verde, vermelha e prateada na velha lápide de arenito."

"20 DE DEZEMBRO DE 19…

Aconteceu algo maravilhoso hoje. Estou saltando de alegria. A revista *Madison* aprovou meu conto, 'A falha na acusação'!!!! Sim, esses pontos de exclamação são todos necessários! Se não fosse pelo professor Carpenter, eu teria escrito tudo em itálico. Itálico! Não, eu usaria maiúsculas. É dificílimo conseguir publicar nessa revista. Eu que o diga! Afinal, eu tentei repetidas vezes sem receber nada por meus esforços além de uma coleção de bilhetes começados com "Lamentavelmente…". Finalmente, eles abriram as portas para mim. Sair na *Madison's* é um claro e incontestável sinal de que se está chegando a algum lugar no Caminho Alpino. O querido editor ainda teve a gentileza de dizer que meu conto era encantador.

Que sujeito simpático!

Ele me enviou um cheque de cinquenta dólares. Logo conseguirei pagar a tia Ruth e o tio Wallace pelo que gastaram comigo em Shrewsbury. A tia Elizabeth, como sempre, olhou para o cheque com desconfiança, mas se absteve de sugerir que o banco pudesse não querer descontá-lo. Os belos olhos azuis da tia Laura brilharam de orgulho. E eles de fato brilham muito. São olhos vitorianos. Os olhos eduardianos reluzem, cintilam e seduzem, mas nunca brilham[5]. E, por algum motivo, eu realmente gosto de olhos que brilham, em especial quando é pelo meu sucesso.

O primo Jimmy disse que a *Madison* vale mais do que todas as outras revistas americanas juntas, na opinião *dele*.

---

[5] A era vitoriana compreendeu o período entre 1837 e 1901, quando a rainha Vitória governou o Reino Unido. Foi sucedida pela era eduardiana, que durou de 1901 a 1910, período em que Eduardo VII foi rei. Os termos "vitoriano" e "eduardiano" também são usados para caracterizar a literatura que se produziu em cada uma dessas respectivas épocas, de modo que é possível que a personagem esteja se referindo às peculiaridades estilísticas dos escritores desses períodos. Vale ressaltar que a narrativa deste romance se passa justamente entre os reinados de Eduardo VII e Jorge V. (N.T.)

Será que Dean vai gostar do 'A falha na acusação'? E, se gostar, será que vai admitir? Ultimamente, ele *nunca* elogia nada que eu escrevo. E sinto uma ânsia tão forte de constrangê-lo a isso. Sinto que a validação dele é a única que importa, além da do professor Carpenter.

Há algo de estranho em Dean. De alguma forma, ele parece estar ficando mais jovem. Alguns anos atrás, ele me parecia bastante velho. Agora, parece apenas um homem de meia-idade. Se continuar assim, ele logo não passará de um mero rapaz. Acho que, na verdade, sou eu que começo a amadurecer e a emparelhar com ele. A tia Elizabeth continua não gostando da minha amizade com Dean. Ela nutre uma antipatia patente por todos os Priests. Mas eu não sei o que faria sem a amizade dele. É ele quem dá sabor à vida."

"15 DE JANEIRO DE 19...

O dia hoje foi de tempestade. Passei a noite em claro ontem depois de receber a recusa de quatro manuscritos que me pareciam muito bons. Como previu a senhorita Royal, me senti uma baita idiota por não ter ido para Nova Iorque com ela quando tive a chance. Ah, não me surpreende que os bebês chorem quando acordam à noite. É algo que, não raro, eu também tenho vontade de fazer. Nesses momentos, sinto um peso enorme no peito e não consigo ver luz no fim do túnel. Passei a manhã melancólica e cabisbaixa, ansiosa pela chegada do correio para me tirar dessa prostração. Eu sempre senti um fascínio cheio de expectativa e incerteza com relação ao correio. O que ele me traria? Uma carta de Teddy? Teddy sempre escrevia as cartas mais encantadoras. Um belo envelope fino contendo um cheque? Ou um terrível envelope grosso, denunciando eloquentemente a recusa de mais um manuscrito? Ou seriam as maravilhosas garatujas de Ilse? Nenhuma dessas coisas. Apenas uma carta enraivecida de minha prima de segundo grau Beulah Grant, de Derry Pond, que estava furiosa porque achava que eu a havia "colocado" no meu conto 'Tolos de hábito', recentemente publicado em um jornal rural canadense de grande circulação.

A BUSCA DE EMILY

Ela me escreveu umas linhas bastante repreensivas, que eu recebi hoje. Disse que eu "deveria ter poupado esta amiga que sempre lhe desejou o bem"; que não está "acostumada a ser ridicularizada nos jornais"; e que, no futuro, eu fizesse a gentileza de não a tornar alvo do meu escárnio na imprensa. À sua maneira, a prima Beulah sabe brandir a pena com irreverência quando necessário e, embora algumas das coisas que escreveu tenham me machucado, outras definitivamente me tiraram do sério. Eu sequer *pensei* nela enquanto escrevia o conto. A personagem da tia Kate é puramente ficcional. E, mesmo se *tivesse* pensado, eu definitivamente não a teria colocado em meu conto. Ela é burra e comezinha demais. Além disso, não tem absolutamente nada que ver com a tia Kate, que é, modéstia à parte, uma senhora bastante intensa, lépida e espirituosa.

Contudo, a prima Beulah também escreveu para a tia Elizabeth, e isso causou um alvoroço na família. A tia Elizabeth não acredita na minha inocência; segundo ela, a tia Kate é uma caricatura perfeita da prima Beulah. Ela me pediu encarecidamente (os pedidos encarecidos da tia Elizabeth são maravilhosos) para *não* satirizar nossos parentes em minhas próximas obras.

– Ganhar dinheiro às custas das características pessoais de uma amiga não é algo que uma Murray faça – disse tia Elizabeth, muito imponente.

Eis aí mais uma das previsões da senhorita Royal se cumprindo. Ah, será que ela estava certa em tudo que disse? Se estiver...

Mas o golpe mais duro veio do primo Jimmy, que deu boas gargalhadas lendo "Tolos de hábito".

– Não dê importância à Beulah, gatinha – sussurrou ele. – Aquilo estava muito bom! Você a pintou direitinho na tia Kate. Eu a reconheci antes mesmo de terminar a primeira página. Reconheci por causa do nariz.

Aí está! Eu tive o infortúnio de dotar a tia Kate de um 'nariz longo e curvado'. E não se pode negar que a prima Beulah também dispõe de um nariz igualmente longo e curvado. Muita gente já foi enforcada por conta de evidências bem menos comprometedoras. De nada adiantou insistir desesperadamente que eu sequer pensara na prima Beulah. O primo Jimmy se contentou em assentir com a cabeça em meio às risadas.

– Ah, sim. Claro! É melhor manter segredo. Com essas coisas, é melhor manter segredo.

O pior de tudo é que, se a tia Kate realmente for idêntica à prima Beulah Grant, então eu falhei miseravelmente naquilo que tentava fazer.

De qualquer maneira, me sinto bem melhor agora que escrevi isto. Botei para fora o ressentimento, a revolta e o desânimo que guardava aqui dentro.

Acredito que essa seja a finalidade maior de um diário."

3

"3 DE FEVEREIRO DE 19…

Hoje foi um 'dia bom'. Recebi três aceites. E um editor pediu que eu lhe enviasse mais alguns contos. Para ser sincera, deteto quando um editor me pede para enviar algo. De certa forma, é muito pior do que mandar um material sem que me peçam. A humilhação de receber uma recusa é muito menor quando se envia um manuscrito para um desconhecido atrás de uma escrivaninha a milhares de quilômetros.

Também decidi que não consigo escrever contos 'por encomenda'. É um trabalho dos diabos. Eu tentei um dia desses. O editor da revista *Vozes da Juventude* pediu que eu escrevesse um conto seguindo algumas orientações. Escrevi. Ele devolveu pontuando alguns problemas e pedindo que eu o reescrevesse. Tentei. Escrevi, reescrevi, editei e revisei, até que em dado momento meu manuscrito mais parecia uma colcha maluca de retalhos em tons de preto, azul e vermelho. Por fim, destampei uma das bocas do fogão a lenha e meti lá dentro o original e todas as suas variações.

Depois dessa, só vou escrever o que quero. E os editores que vão para o… para a igreja!

Hoje a noite é de neblina, aurora boreal e lua nova."

4

"16 DE FEVEREIRO DE 19...

Hoje, meu conto 'O preço do escárnio' foi publicado no periódico mensal *O Lar*. Mas não botaram meu nome na capa, e eu tive que me contentar em estar no 'entre outros'. Por outro lado, para compensar, a revista *Dias de mocidade* se referiu a mim como 'nossa conhecida e apreciada colaboradora das edições deste ano'. O primo Jimmy leu e releu esse prólogo do editor uma meia dúzia de vezes, e eu o ouvi resmungando 'conhecida e apreciada' enquanto quebrava alguns gravetos para usar de lenha. Depois, ele foi até o mercadinho da esquina e me comprou um caderno Jimmy novo. Todas as vezes que alcanço um novo marco no Caminho Alpino, o primo Jimmy comemora me dando um caderno Jimmy novo. Eu nunca compro meus cadernos. Se o fizesse, ele ficaria bastante magoado. Ele sempre observa a pequena pilha de cadernos na minha escrivaninha com espanto e admiração, convicto de que, em meio à miscelânea de anotações, descrições e personagens contida neles, se esconde o que há de mais maravilhoso na literatura.

Sempre peço que Dean leia meus contos. É algo que não consigo evitar, muito embora ele sempre os devolva sem nenhum comentário, ou, pior que isso, com elogios chochos. Desenvolvi uma certa obsessão em conseguir fazer com que ele admita que *sei* escrever decentemente. Conseguir isso seria triunfal. Até que ele o faça, se é que o fará, tudo não passará de pó e cinza. Porque... ele *sabe*."

5

"2 DE ABRIL DE 19...

A primavera inspirou um certo jovem de Shrewsbury que vez por outra aparece em Lua Nova. Não se trata de um pretendente que a Casa de Murray veja com bons olhos. Tampouco goza da aprovação de Emily B. Starr, que, no fim das contas, é a que realmente importa. A tia Elizabeth ficou bastante insatisfeita porque fui com ele a um concerto. Quando cheguei, ela estava acordada à minha espera.

– Viu que não fugi com ele, tia Elizabeth? – perguntei. – Prometo que nunca farei isso. Se algum dia eu quiser me casar com alguém, vou avisá-la e me casarei, queira a senhora ou não.

Não sei se a tia Elizabeth foi dormir mais tranquila depois disso. Minha mãe fugiu – graças aos céus! –, e minha tia tem uma fé inabalável na hereditariedade.”

6

“15 DE ABRIL DE 19…

Esta noite, subi a colina e caminhei à luz da lua próximo à Casa Desolada. Essa casa foi construída há trinta e sete anos; ou melhor, foi parcialmente construída, pois a noiva nunca chegou para habitá-la. Desde então, a casa segue abandonada, com as portas e janelas tapadas com tábuas, com o coração partido, assombrada pelos fantasmas das coisas que deveriam ter sido, mas não foram. Sinto muita pena dela. Seus olhos cerrados jamais viram nada; sequer têm lembranças. Jamais se viram, através deles, as luzes de um lar aconchegante – somente uma vez, há muito tempo, uma fogueira foi acesa lá dentro[6]. Teria sido uma casinha tão bonita, aninhada em meio às árvores da colina, puxando os abetos para se cobrir. Uma casinha calorosa e acolhedora. Uma casinha amável. Muito diferente da nova residência que Tom Semple está construindo. *Aquela* sim é uma casa mal-humorada. Tem cara de megera, com seus olhinhos miúdos e cantos angulares. É impressionante como uma casa pode ter tanta personalidade

---

[6] Os “olhos cerrados” da casa são, na verdade, as janelas tapadas, e essa única vez à qual Emily se refere é o episódio do primeiro livro no qual ela e Teddy entram na casa e acendem uma fogueira. (N.T.)

antes mesmo que a habitem. Uma vez, há muito tempo, quando Teddy e eu éramos crianças, arrancamos uma das tábuas de uma das janelas da Casa Desolada, pulamos para dentro e acendemos a lareira. Ficamos sentados ali, planejando nossas vidas. Combinamos de viver juntos naquela mesma casa. Acho que Teddy já se esqueceu dessa criancice. Ele me escreve com frequência, e suas cartas são sempre alegres e joviais, como ele mesmo é. Nelas, ele me conta toda a sua vida em detalhes, do jeito que eu gosto. Mas, ultimamente, noto que elas têm ficado meio impessoais. Poderiam muito bem ser tanto para Ilse quanto para mim.

Pobre Casinha Desolada. Acho que sua sina nunca vai mudar."

7

"19 DE MAIO DE 19...

É primavera de novo! Jovens choupos-brancos carregados de folhas douradas e etéreas. Uma imensidão de golfo emoldurada de dunas lilases e prateadas.

O inverno passou com uma rapidez inacreditável, apesar das terríveis e obscuras três horas da madrugada, bem como dos crepúsculos solitários e desanimadores. Em breve, Dean regressará da Flórida. Mas nem Teddy nem Ilse virão para a cidade no verão. Passei umas duas noites em claro por conta disso. Ilse vai para o litoral visitar uma tia; trata-se de uma irmã de sua mãe que nunca fizera muito caso dela antes. Já Teddy conseguiu uma oportunidade de ilustrar uma série de contos sobre a Polícia Montada do Noroeste[7] para uma editora de Nova Iorque e precisará passar os

---

[7] A Polícia Montada do Noroeste (*North-West Mounted Police*, em inglês) foi uma força de segurança fundada em 1873, no contexto da expansão do Canadá para o oeste. Em 1920, se fundiu com a Força Policial do Domínio [do Canadá] (em inglês, *Dominion Police Force*), dando origem à atual Real Polícia Montada Canadense (*Royal Canadian Mounted Police* ou *Gendarmerie Royale du Canada*, em inglês e francês, respectivamente). Seus membros são corriqueiramente chamados de *mounties*. (N.T.)

feriados no Extremo Norte, traçando os primeiros esboços desse trabalho. Obviamente, essa é uma oportunidade maravilhosa, e eu não me sentiria nem um pouco mal em relação a isso se *ele* tivesse se sentido mal com o fato de não poder vir para Blair Water. Mas não foi o caso.

Sinto que agora Blair Water e a vida de outrora são como uma história velha e repisada para ele.

Não havia percebido o quanto ansiava pela vinda de Ilse e Teddy no verão e o quanto essa expectativa havia me ajudado a enfrentar algumas situações difíceis pelas quais passei durante o inverno. Quando me lembro de que não vou ouvir o assobio de Teddy no bosque do altivo John Sullivan; de que não vou topar com ele em nosso belo e encantado caminho secreto junto ao riacho; de que não vamos trocar olhares eloquentes em meio à multidão quando algo significativo acontecer… quando me lembro disso, a vida perde a cor, e o que sobra é uma coisa xacoca e desbotada, feito um trapo puído e velho.

A senhora Kent me encontrou no correio ontem e parou para conversar, algo que muito raramente costuma fazer. Para variar, ela continua me odiando.

– Imagino que você já saiba que Teddy não virá passar o verão na cidade.

– Sim, já sei – respondi, curta.

Um brilho triunfante e amargurado se insinuou em seus olhos antes que ela me desse as costas. Eu entendi muito bem esse brilho. Ao mesmo tempo em que está triste porque Teddy não virá passar o verão com *ela*, também está feliz porque ele não passará o verão *comigo*. Ela parece estar segura de que isso mostra como ele não se importa nem um pouco comigo.

Ouso dizer que ela está certa. Ainda assim, não há quem fique muito triste na primavera.

Ah, e Andrew está noivo! A prometida é uma moça que conta com a mais completa aprovação da tia Addie.

– Não poderia estar mais satisfeita; eu mesma não teria escolhido uma noiva melhor para ele! – disse ela esta tarde, dirigindo-se *à* tia Elizabeth e *contra* mim.

A BUSCA DE EMILY

À sua maneira fria, a tia Elizabeth ficou feliz – ou pelo menos disse que ficou. A tia Laura chorou um pouquinho – ela sempre chora sempre que alguém de seu círculo de conhecidos nasce, morre, se casa, noiva, vai para longe, volta para perto ou vota pela primeira vez. Ela não conseguiu evitar uma leve sensação de desencanto. Andrew teria sido um marido muito *seguro* para mim. Definitivamente não há nada de arrojado em Andrew.

Capítulo 3

1

De início, ninguém achava que a doença do professor Carpenter fosse muito séria. Nos últimos anos, ele sofrera vários ataques de reumatismo que o deixavam de cama por dias. Contudo, logo voltava ao trabalho, soturno e sarcástico como de costume, com uma língua ainda mais ferina que antes. Na opinião do professor, dar aula na Escola de Blair Water já não era a mesma coisa. Seus alunos não passavam de um bando de jovens fanfarrões e endiabrados sem qualquer valor, nas palavras dele. Não havia um pobre diabo sequer que soubesse pronunciar "rubrica" ou "ruim" adequadamente.

– Estou cansado de malhar em ferro frio! – dizia ele, rabugento.

Teddy, Ilse, Perry e Emily, os quatro alunos que haviam renovado a escola com uma lufada inspiradora de ar fresco, já estavam formados. Talvez o professor Carpenter estivesse um pouco cansado de... tudo. Considerando apenas a sua idade, não era absurdamente velho; porém, havia abusado muito da saúde durante os anos loucos da juventude. A pobre criatura tímida e apagada com quem fora casado morrera no ano anterior. O professor nunca pareceu se importar muito com ela, mas, depois do funeral, sua "condição" se deteriorou rapidamente. Seus alunos ficavam pasmos com seu acinte e seus acessos de cólera cada vez mais frequentes. Os membros do conselho escolar começavam a menear as cabeças e a falar em contratar um novo professor quando o ano letivo terminasse.

A doença do professor Carpenter começou como um ataque costumeiro de reumatismo, mas logo um problema cardíaco se revelou. O doutor Burnley, que foi examiná-lo apesar de suas obstinadas recusas a ver um médico, pareceu preocupado e, com ar de mistério, apontou uma falta de "vontade de viver". A tia Louisa Drummond veio de Derry Pond para cuidar dele. O professor se sujeitou a isso com uma resignação ominosa, como se nada mais importasse.

– Façam como queiram. Ela pode vir, se isso os deixar mais tranquilos. Contanto que me deixe em paz, não me importa o que ela faça. Mas estejam avisados de que *não* quero que ela me sirva a comida, *não* quero que me afague demais e *não* quero que troque meus lençóis. Também não suporto os cabelos dela; são lisos e lustrosos demais. Avisem a ela para dar um jeito neles. E aquele nariz? O que é aquilo? Ela parece estar sempre resfriada!

Todas as tardes, Emily ia passar um tempo com ele. Era a única pessoa que o velho fazia questão de ver. Não conversavam muito, mas ele gostava de abrir os olhos de vez em quando e trocar um sorriso furtivo com ela, como se estivessem rindo de alguma piada muito boa que só eles conheciam. A tia Louisa não entendia muito bem essa troca de sorrisos e, consequentemente, não a via com bons olhos. Era uma criatura bem-intencionada, com um sentimento verdadeiramente maternal em seu agostado peito de donzela, mas se sentia completamente desorientada diante desses sorrisos alegres e sapecas de seu paciente moribundo. Parecia-lhe muito mais apropriado que ele se dedicasse a pensar em sua alma eterna. Ele não era membro da igreja, era? Não permitia nem mesmo que o ministro viesse vê-lo. Mas Emily era bem-vinda sempre que aparecia.

A tia Louisa tinha lá suas desconfianças em relação a essa tal Emily Starr. Não era ela a que escrevia? Não fora ela quem pusera a própria prima de segundo grau em um de seus contos? Talvez estivesse procurando "material" no leito de morte daquele pobre velho pagão. Só *isso* poderia explicar seu interesse nele, sem dúvida. A tia Louisa observou a jovem e macabra criatura com curiosidade. Subitamente, desejou que Emily não *a* pusesse em uma de suas histórias.

Por muito tempo, Emily recusou-se a acreditar que o professor Carpenter estivesse mesmo em seu leito de morte. Ele não poderia estar *tão* mal assim. Não sentia dor; não reclamava. Estaria bem tão logo o tempo esquentasse. Disse isso a si mesma tantas vezes que passou a acreditar. Não podia se permitir imaginar a vida em Blair Water sem o professor Carpenter.

Certa tarde do mês de maio, o professor parecia estar muito melhor. Seus olhos brilhavam com o costumeiro fogo satírico e sua voz ressoava como antigamente. Fez troça com a pobre tia Louisa, que nunca entendia muito bem suas brincadeiras, mas as aturava com uma paciência de Jó. Afinal, o bom humor faz bem aos doentes. Contou uma história engraçada a Emily, e os dois riram juntos até estremecer o quartinho de vigas baixas. A tia Louisa só fazia menear a cabeça. Muita coisa era desconhecida para ela, pobre coitada, mas havia algo que ela dominava muito bem: seu fiel e humilde ofício de cuidadora não profissional. Por conta disso, sabia que aquela recuperação repentina não era bom sinal. Como dizem os mais velhos, Carpenter já estava "desenganado". Inexperiente como era, Emily não sabia disso. Voltou para casa feliz da vida com o fato de que o professor havia começado a melhorar. Logo ele estaria bem, de volta à escola, berrando com os alunos; andando absorto pela rua enquanto lê algum clássico cheio de orelhas nas páginas; criticando seus manuscritos com seu bom e velho humor ácido. Emily estava satisfeita. O professor Carpenter era um amigo que ela não podia perder.

2

A tia Elizabeth a acordou às duas da manhã. Alguém viera procurá-la para avisar que o professor Carpenter a estava chamando.

– Ele... piorou? – perguntou Emily, descendo da cama alta e preta de cabeceira entalhada.

– Está morrendo – respondeu a tia Elizabeth, breve. – O doutor Burnley disse que ele não viverá até de manhã.

Algo no rosto de Emily comoveu a tia Elizabeth.

– Não acha que vai ser melhor para ele, Emily? – disse ela, com uma doçura atípica. – O senhor Carpenter está velho e muito cansado. Já perdeu a esposa e não vão mantê-lo na escola mais um ano. Ele ficaria muito solitário. Para ele, a morte vem como uma amiga.

– É em mim que estou pensando – retorquiu Emily, reprimindo um soluço.

Ela se dirigiu à casa do professor em meio à escuridão daquela bela noite de primavera. A tia Louisa estava chorando, mas Emily não verteu nem uma lágrima. O professor Carpenter abriu os olhos e, ao vê-la, esboçou aquele velho sorriso maroto.

– Sem choro – murmurou. – Não quero pranto no meu leito de morte. Deixe o chororô por conta da Louisa Drummond, lá na cozinha. Assim ela faz valer o ordenado, já que não pode fazer mais nada por mim.

– Tem algo que *eu* possa fazer? – perguntou Emily.

– Só fique aqui onde eu consiga te ver, até que eu me vá. Mais nada. Ninguém quer... morrer sozinho. Nunca gostei dessa ideia. Me diga, quantas jararacas estão lá embaixo na cozinha esperando que eu morra?

– Só a tia Louisa e a tia Elizabeth – respondeu Emily, incapaz de conter o sorriso.

– Não se ofenda se eu não... falar muito. Já falei muito na vida. Agora basta. Já me... falta o fôlego. Mas uma coisa eu ainda digo: estou feliz... de ter você aqui.

O professor Carpenter fechou os olhos e mergulhou no silêncio. Emily permaneceu quieta, sentada, com os cabelos negros contrastando com a luz da manhã que começava a se insinuar através da janela. As mãos fantasmagóricas de um vento repentino brincaram com os fios. O perfume dos lírios de junho no canteiro sob a janela aberta tomou conta do aposento – era um cheiro pungente e mais doce que música, como esses que nos remetem um passado distante, feliz e inenarrável. Lá longe, dois belos pinheiros esguios e negros, ambos exatamente da mesma altura, se destacavam contra o céu prateado da manhã, tal qual dois pináculos de uma mesma catedral gótica se erguendo acima de uma névoa argêntea. Bem no meio deles, pendia-se uma pálida lua velha, tão bela quanto a lua crescente que aparece à noite. A beleza dessa cena serviu de conforto e estímulo para Emily frente à tensão daquela estranha vigília. Independentemente do que viesse e do que acontecesse, a beleza era algo eterno.

Vez por outra, a tia Louisa vinha ao quarto para olhar o velho. O professor Carpenter parecia inconsciente durante essas visitas, mas, tão logo ela deixava o aposento, ele abria os olhos e piscava para Emily. A moça retribuía a piscadela, sentindo-se horrorizada consigo mesma imediatamente em seguida, pois tinha sangue Murray o suficiente para se escandalizar com a ideia de piscar para um pobre moribundo em seu leito de morte. O que diria a tia Elizabeth?

– Fico feliz, minha amiga – resmungou o professor depois de uma segunda troca de piscadelas. – Fico feliz... que você esteja aí.

Às três da manhã, ele estava bastante inquieto. A tia Louisa retornou.

– Ele não vai conseguir morrer enquanto a maré não baixar, entende? – explicou ela a Emily, num sussurro solene.

– Suma daqui com suas crendices! – disse o professor Carpenter, em alto e bom tom. – Vou morrer quando for minha hora, com ou sem maré.

Estarrecida, a tia Louisa pediu desculpas a Emily em nome dele, explicando que ele já estava variando.

A BUSCA DE EMILY

– Perdoe minha grosseria, sim? – disse o professor. – Eu *precisava* assustá-la. Não queria essa velha me… rodeando, esperando que eu morra. Ela agora vai ter uma… uma baita história para contar… pelo resto da vida. Tomou… um baita susto. Ainda assim… ela tem bom coração. Tão bom… que me irrita. Falta maldade nela. De certa forma… todo mundo precisa… de uma pitada… de maldade… na personalidade. A maldade… é o tempero… que ressalta o sabor.

Fez-se um breve silêncio, e ele então acrescentou, grave:

– O problema… é que o cozinheiro… exagera na pitada… na maioria das vezes. Um cozinheiro inexperiente… fica mais sábio… depois de umas eternidades.

Emily pensou que ele estivesse de fato "variando", mas ele lhe lançou um sorriso.

– Fico feliz… de ter você aqui… minha amiga. Estou… te incomodando?

– Não – disse Emily.

– Quando uma Murray diz… não… é não mesmo.

Depois de mais um breve silêncio, o professor Carpenter pôs-se novamente a falar, desta vez mais para si mesmo do que para qualquer outra pessoa, aparentemente.

– Partindo… Partindo para além da aurora. Para além da estrela da manhã. Achava que ficaria com medo. Com medo, não. Que me sentiria estranho. Pense em quanta coisa eu vou saber… em alguns breves instantes, Emily. Serei mais sábio que qualquer ser vivente. Sempre quis saber… *saber* mesmo. Nunca gostei de adivinhações. Chega de curiosidade… sobre a vida. Agora, estou curioso… sobre a morte. Vou saber a verdade, Emily. Só mais alguns instantes… e vou saber a verdade. Nada de adivinhações. E se for… como eu acho que é… vou ser jovem de novo. Você não sabe… o que isso significa. Você… que *é* jovem… não tem a mínima ideia… do que significa… ser jovem *de novo*.

Por um momento, sua voz se converteu em um resmungo inquieto, mas logo se tornou distinta novamente:

– Emily, me prometa... que nunca vai escrever nada... para agradar qualquer pessoa... além de si mesma.

Emily hesitou. O que significava uma promessa assim?

– Prometa – insistiu o professor.

Emily prometeu.

– Ótimo! – disse o professor, com um suspiro de alívio. – Mantenha essa promessa... e você ficará bem. De nada vale tentar agradar a todos. De nada vale tentar agradar... aos críticos. Dance conforme sua própria música. Não se deixe levar... por esses uivos... do realismo. Lembre-se de que... os bosques são tão reais... quanto os chiqueiros... mas muito mais agradáveis aos olhos. Você ainda... chega lá... você tem tudo... de que precisa. E não... revele tudo... ao mundo. Esse é... o problema... da nossa... literatura. Ela perdeu... o charme... do mistério. Tem mais uma coisa que queria dizer... era um aviso... mas não consigo me lembrar...

– Não precisa tentar – disse Emily, com gentileza. – Não se canse.

– Não estou... cansado. O cansaço... já ficou para trás. Estou morren-do... sou um fracasso... pobre feito Jó. Mas, no fim das contas, Emily... vivi uma vida... para lá de interessante.

O professor Carpenter cerrou os olhos e pareceu tão cadavérico que Emily fez um movimento involuntário de alarme. Contudo, ele logo ergueu uma mão pálida.

– Não... não a chame. Não chame a velha chorona de volta. Fique só você aqui, pequena Emily de Lua Nova. Moça inteligente, essa Emily. O que é mesmo... que eu queria dizer a ela?

Um ou dois minutos depois, ele abriu os olhos e disse, em voz alta e clara:

– Abra a porta! Abra a porta! Não se deixa a morte à espera.

Emily correu até a porta e abriu-a de par a par. Um vento forte vindo do mar cinzento invadiu o cômodo. A tia Louisa veio às pressas da cozinha.

– A maré mudou... Ele está partindo com ela... Ele já se foi.

Mas ainda não. Quando Emily se inclinou sobre ele, seus sábios olhos acastanhados se abriram uma última vez. O professor Carpenter ensaiou uma piscadela, mas não conseguiu concluí-la.

A BUSCA DE EMILY

– Lembrei-me – sussurrou ele. – Cuidado... com os... itálicos.

Houve ali uma risadinha ladina no fim da frase? A tia Louisa teve certeza que sim. Segundo ela, o desairoso velho Carpenter morrera rindo, balbuciando qualquer coisa sobre os italianos. Obviamente, estava delirando. Ela sentia que aquele leito de morte havia sido muito pouco edificante e deu graças aos céus por não ter presenciado muitos outros semelhantes a esse.

3

Emily voltou para casa completamente alheia a tudo e, quando entrou em seu quarto dos sonhos, pôs-se a chorar pelo velho amigo que se fora. Que alma galante a dele, que partiu para as sombras (ou para a luz?) em meio a risos e gracejos. Quaisquer que fossem seus defeitos, nunca houve um traço sequer de covardia no velho professor Carpenter. Ela sabia que seu mundo seria um lugar mais frio agora que ele partira. Parecia que fazia anos desde que saíra de Lua Nova no meio da madrugada. Teve a sensação de ter chegado a uma encruzilhada dos caminhos da vida. A morte do professor Carpenter não lhe traria nenhuma mudança exterior, mas se constituiria em um marco para o qual, anos mais tarde, ela olharia e pensaria:

"Depois disso, tudo foi diferente."

Toda sua vida parecia ter sido vivida aos trancos e barrancos. Permanecia calma e inalterada por meses e anos; então, de repente, dava-se conta de ter saído de uma câmara exígua do passado e emergido em um novo templo da alma[8], mais espaçoso do que tudo que viera antes. Essa mudança, contudo, sempre vinha acompanhada de um temor, bem como de uma sensação de perda.

---

[8] Nesse ponto, a narradora recorre a metáforas retiradas do poema *The Chambered Nautilus* (1858), de Oliver Wendell Holmes (EUA, 1809-1894). (N.T.)

Capítulo 4

1

Para Emily, o ano que sucedeu a morte do professor Carpenter foi tranquilo e agradável – talvez até um pouco monótono, embora ela tentasse reprimir esse pensamento. Nem Ilse, nem Teddy, nem o professor estavam ali. Perry aparecia muito ocasionalmente. Pelo menos no verão havia Dean. Ninguém se sentiria solitário podendo contar com a amizade dele. Emily e Dean eram bons amigos há muito tempo, desde o dia em que ela caiu na encosta da Baía de Malvern e foi resgatada por ele[9]. Não importava que ele mancasse um pouco e que tivesse um ombro meio torto, nem que o brilho sonhador de seus olhos verdes o deixasse com uma feição um tanto estranha vez por outra. No geral, não havia ninguém no mundo de quem ela *gostasse* tanto quanto de Dean. Quando pensava nisso, sempre colocava o "gostar" em itálico. Certas coisas, ela mantinha em segredo do professor Carpenter.

---

[9] Cf. *Emily de Lua Nova*. (N.T.)

A BUSCA DE EMILY

A tia Elizabeth nunca viu Dean com bons olhos. O fato é que ela não morria de amores por nenhum membro da família Priest.

Parecia haver uma incompatibilidade temperamental entre os Murrays e os Priests que jamais foi superada, nem mesmo pelos eventuais casamentos entre os clãs.

– Ora, esses Priests! – dizia a tia Elizabeth com desdém, relegando todo o clã ao limbo, do primeiro ao último membro, com um aceno de sua mão magra e sem charme, típica de uma Murray. – Esses Priests!

– Murray é Murray e Priest é Priest, e um não se mistura com o outro – disse Emily uma vez, adaptando sem qualquer constrangimento a frase de Kipling[10], quando Dean lhe perguntou por que nenhuma de suas tias gostava dele.

– Sua tia-avó Nancy, lá de Priest Pond, me detesta – disse ele, com um sorrisinho brejeiro que lhe dava o aspecto de um gnomo levado. – E as damas de Lua Nova, Laura e Elizabeth, me tratam com a típica polidez gélida que reservam para seus piores inimigos. Ah, acho que sei por quê.

Emily enrubesceu. Ela também começava a perceber, com certo desconforto, a razão pela qual a tia Elizabeth e a tia Laura tratavam Dean com ainda mais frieza que antes. Era um assunto sobre o qual não queria pensar e, por isso, sempre que ele surgia em sua cabeça, tratava de botá-lo para fora e trancar a porta. Contudo, a ideia recusava-se a partir e ficava perambulando no fundo de sua mente. Dean, como tudo e todos, parecia ter mudado da noite para o dia. E o que essa mudança sugeria? O que ela insinuava? Emily recusava-se a responder a essas perguntas. A única resposta que lhe vinha à mente era absurda demais. E inconveniente demais.

Estaria Dean Priest passando de amigo a amante? Que tolice! Que tolice mais escandalosa e desagradável! Afinal, ela não o queria como amante,

---

[10] Rudyard Kipling (1865-1936) foi um escritor britânico. A frase original, de seu poema "The Ballad of East and West", é *"East is East, and West is West, and never the twain shall meet"*, ou, em português, "Leste é leste e oeste é oeste, e os dois nunca se misturam". (N.T.)

mas como amigo. Aquela era uma amizade da qual ela *não* poderia abrir mão. Uma amizade bonita, agradável, instigante e valiosa demais para se perder. Por que a vida estava tão cheia desses acontecimentos perversos? Quando chegava a esse ponto em suas elucubrações, Emily sempre detinha de súbito seus passos mentais, aterrorizada com a possibilidade de descobrir que o "acontecimento perverso" já havia se cumprido ou estava em vias de se cumprir.

De certa maneira, foi quase um alívio para ela quando Dean disse casualmente em certa tarde de novembro:

– Acho que já está na hora de eu começar a pensar em minha viagem anual.

– Para onde você vai desta vez? – perguntou Emily.

– Para o Japão. Nunca fui lá. Na verdade, nem estou com tanta vontade de ir, mas o que ganho ficando aqui? Passaríamos o inverno conversando na sala de visitas com suas tias à espreita?

– Não! – disse Emily, entre um riso e um calafrio. Lembrou-se de uma tarde desastrosa de outono em que chovia a cântaros e o vento uivava loucamente. Os dois não puderam ir caminhar no jardim e tiveram que se contentar em dividir a sala com a tia Elizabeth, que tricotava, e a tia Laura, que fazia crochê junto à mesa. Foi horrível. Mas, pensando bem, por quê? Por que não conseguiam conversar à vontade, daquele jeito irreverente e íntimo com que falavam no jardim? Pelo menos a resposta a essa pergunta não terá nada a ver com questões de gênero. Seria por que eles falavam de muitas coisas que a tia Elizabeth era incapaz de entender e que, portanto, não via com bons olhos? Talvez. Mas qualquer que fosse a causa, não conseguiriam conversar adequadamente, estivesse Dean ali ou do outro lado do mundo.

– Por isso, é melhor que eu vá – disse Dean, esperando que aquela extraordinária moça alta e de pele clara dissesse que sentiria muito a sua falta. Era o que ela sempre fazia, havia muitos anos, quando ele anunciava suas viagens no outono. Todavia, desta vez, ela não disse. Não teve coragem de dizer.

E por quê?

Dean a olhou com expressão que poderia ser de carinho, tristeza ou paixão, conforme ele desejasse, e que agora parecia ser um misto de todos esses sentimentos. Ele sentia uma *necessidade* de ouvi-la dizer que sentiria saudade. O verdadeiro motivo de sua partida naquele inverno era fazer com que ela percebesse o quanto sentia falta dele e como não conseguia viver sem ele.

– Você vai sentir minha falta, Emily?

– Ah, nem preciso dizer que sim! – respondeu ela, serena, talvez até demais. Das outras vezes, em anos anteriores, ela parecera bastante sincera e séria ao dizer que sentiria saudades. Dean não estava completamente chateado com a mudança, mas também não conseguia determinar os motivos por trás dela. Talvez Emily tivesse mudado porque percebeu ou suspeitou algo – algo que ele vinha tentando esconder e reprimir havia anos, por ser uma loucura absurda. O que seria então? O que essa serenidade no falar indicava? Estaria ela tentando minimizar o fato de que sentiria falta dele? Ou seria apenas o instinto de defesa feminino diante de algo que era demasiadamente insinuante?

– O inverno vai ser horrível aqui sem você, Teddy e Ilse. Tão horrível que nem quero pensar nisso – continuou Emily. – O último inverno já foi ruim, e este... Por algum motivo, sinto que vai ser pior. Mas, pelo menos, vou ter meu trabalho.

– Ah, sim, seu trabalho – concordou Dean, com aquele tom condescendente e levemente jocoso com que sempre falava do "trabalho" dela, como se lhe parecesse engraçado que ela chamasse seus escritozinhos de "trabalho". Bem, criança tem que brincar. Ele não poderia deixar isso mais claro com palavras. Esse tom sugestivo feriu o sensível coração de Emily tal qual um chicote. De repente, seu trabalho e suas ambições se tornaram (pelo menos momentaneamente) tão infantis e banais quanto ele as considerava. Ela se sentia incapaz de defender suas convicções dele. Afinal, ele sabia mais que ela: era tão inteligente... tão bem-educado. *Devia* saber mais. Isso era o que mais lhe doía. Sentia-se incapaz de ignorar a opinião dele. No fundo, sabia que jamais conseguiria acreditar em si enquanto Dean Priest não admitisse que ela era capaz de fazer algo de valor. E, se ele nunca admitisse isso...

– Vou levar imagens suas para qualquer lugar que eu for, Estrela – disse Dean. Estrela era um velho apelido que ele tinha cunhado para ela. Não porque quisesse fazer um trocadilho com o sobrenome dela, Starr[11], mas sim porque ela lhe lembrava uma estrela. – Vou vê-la sentada junto à janela do quarto, se distraindo com seus lindos textos... caminhando para lá e para cá aqui no jardim... perambulando pelo Caminho de Ontem... admirando o mar. Sempre que me lembrar da beleza de Blair Water, verei você. Afinal de contas, tudo que é bonito não passa de pano de fundo para a beleza de uma mulher.

"Se distraindo com seus lindos textos...". Ah, lá estava. Isso foi tudo que Emily ouviu. Sequer percebeu que ele havia confessado achá-la uma bela mulher.

– Você acha que meus textos são pura distração, Dean? – perguntou ela, engolindo um soluço.

Dean pareceu sinceramente surpreso.

– E o que mais seriam, Estrela? O que você acha que são? Fico feliz que você se divirta escrevendo-os. É ótimo ter um passatempo assim. E, se você conseguir uns trocados fazendo isso, melhor ainda! Mas eu detestaria deixar que você continue sonhando em se tornar a próxima Brontë ou Austen, para um dia acordar e perceber que perdeu a juventude em um devaneio impossível.

---

[11] O sobrenome Starr se assemelha à palavra inglesa *star*, que significa "estrela". (N.T.)

A busca de Emily

– Eu não me acho nenhuma Brontë ou Austen – refutou Emily. – Mas não era isso que você dizia antes, Dean. Você acreditava que eu *conseguiria* fazer algo de valor algum dia.

– Não é certo frustrar as fantasias de uma criança – retorquiu Dean –, mas é tolice carregar os delírios da infância para a vida adulta. É melhor enfrentar os fatos. Você escreve muito bem naquilo a que se dedica, Emily. Contente-se com isso e não desperdice seus melhores anos de sua vida ansiando pelo impossível ou pelejando para escalar uma montanha que está muito além de seu alcance.

2

Dean evitava olhar para Emily. Estava reclinado sobre o velho relógio de sol, observando-o com o semblante sério de alguém que se viu forçado a dizer algo desagradável por achar que era seu dever.

– Eu *não* vou ser uma reles escritora de historinhas bonitinhas! – exclamou Emily, cheia de rebeldia. Dean olhou para o rosto dela. Naquele momento, Emily estava tão alta quanto ele, um pouco mais alta, na verdade, embora ele não quisesse admitir isso.

– Você não precisa ser nada além do que já é – disse ele, em um tom calmo, mas firme. – Lua Nova nunca viu uma mulher como você antes. Emily, você conseguiria fazer mais com esses olhos e esse sorriso do que jamais fará com a pena.

– Você fala como a tia Nancy – disse Emily, com dureza e desdém.

Mas, por acaso ele também não havia sido duro e desdenhoso com ela? Às três da manhã, Emily estava acordada e aflita. Havia passado horas em claro, face a face com duas certezas terríveis. Uma era de que jamais escreveria nada de valor, e a outra, de que havia perdido a amizade de Dean. Pois amizade era a única coisa que poderia dar a ele, mas ele não se sentia satisfeito com isso. Sentia-se obrigada a magoá-lo. Ah, e como seria capaz de magoar Dean, com quem a vida havia sido tão cruel? Sem qualquer receio, havia dito "não" a Andrew Murray e recusado aos risos a proposta de Perry Miller. Mas esta era uma situação completamente diferente. No escuro do quarto, Emily se sentou na cama e soluçou, tomada por um desespero que não amainava nem um pouco diante da ideia de que, em trinta anos, ela talvez olhasse para trás e se perguntasse por que diabos estava chorando.

"Queria que não existisse essa coisa de amar e ser amada", pensou ela, com tamanha intensidade que chegou a acreditar de verdade que realmente queria isso.

3

Como acontece com qualquer pessoa, Emily teve a sensação de que, à luz do dia, as coisas pareciam muito menos trágicas e insuportáveis do que na escuridão da noite. A chegada de um generoso cheque acompanhado de uma carta de agradecimento bastante gentil restaurou boa parte de sua autoestima e ambição. Além disso, era muito provável que ela tivesse imaginado insinuações nas palavras e olhares de Dean que passavam longe das verdadeiras intenções dele. Não queria se converter em uma dessas mocinhas abobalhadas; não queria achar que todo homem, jovem ou velho, que gostasse de conversar com ela ou mesmo de elogiá-la estivesse perdidamente apaixonado. Afinal, Dean tinha idade para ser seu pai.

A partida pouco sentimental de Dean confirmou esse pensamento reconfortante e abriu caminho para que Emily sentisse falta dele sem qualquer reserva. E ela de fato sentiu *muita* fala dele. Naquele ano, as chuvas que caíram sobre os campos outonais foram tristes que só, bem como a neblina fantasmagórica que subia vagarosamente desde o golfo. Emily sentiu-se feliz quando a neve chegou, trazendo seu brilho. Estava bastante ocupada;

escrevia por horas e horas a fio, muitas vezes avançando noite adentro. A tia Laura começou a se preocupar com sua saúde, e a tia Elizabeth fazia questão de ressaltar, em tom de protesto, que o preço do querosene havia aumentado. Como Emily comprava seu próprio querosene, esses protestos tinham pouco efeito sobre ela. Estava bastante engajada em conseguir dinheiro o bastante para pagar o tio Wallace e a tia Ruth pelo que eles haviam gastado com ela durante o ensino médio. Isso parecia algo digno de louvor para a tia Elizabeth. Os Murrays eram gente independente. Costumavam dizer que os Murrays construíram a própria arca particular no Dilúvio. Nada de arcas promíscuas para *eles*.

Obviamente, ela continuava recebendo cartas de recusa, que o primo Jimmy trazia dos correios mudo de indignação. Contudo, a porcentagem de aceites aumentava continuamente. Cada aceite de uma nova revista era um passo a mais no caminho alpino. Ela sabia que estava dominando sua arte cada vez mais. Até mesmo os "diálogos românticos" que tanto a afligiam no passado se desenrolavam com facilidade agora. Será que os olhos de Teddy Kent haviam lhe ensinado tanto? Se tivesse parado para pensar, talvez tivesse se sentido bastante solitária. Havia alguns momentos bem difíceis, em especial quando recebia alguma carta de Ilse descrevendo as coisas maravilhosas que fazia em Montreal, suas conquistas na Escola de Oratória e seus lindos vestidos novos. Ao entardecer, quando olhava pelas janelas da antiga casa de fazenda e observava, tremendo de frio, a brancura gélida e solitária das colinas cobertas de neve e o ar trágico e sombrio das Três Princesas ao longe, perdia a confiança em seu destino. Ansiava pelo verão; pelos campos de margaridas; por ver o mar branco sob o luar ou roxo ao pôr-do-sol; por companhia; por Teddy. Nesses momentos, ela sempre ansiava por Teddy.

Teddy parecia estar muito distante. Ainda se correspondiam assiduamente, mas as cartas já não eram o que costumavam ser. No outono, as cartas de Teddy se tornaram um pouco mais frias e formais. A esse primeiro sinal de esfriamento, Emily também deixou de ser tão calorosa.

4

Por outro lado, ela tinha momentos de êxtase e de epifania que inundavam de glória seu passado e seu futuro. Momentos em que sentia a criatividade arder dentro de si como uma chama eterna. Momentos raros e sublimes em que se sentia como uma deusa, plenamente feliz e satisfeita. Além disso, dispunha sempre de seu mundo dos sonhos, no qual podia escapar da monotonia e da solidão e experimentar uma alegria doce, misteriosa e imaculada, sem qualquer marca ou nódoa. Às vezes, voltava mentalmente à infância e vivia aventuras deliciosas que teria vergonha de admitir em seu mundo de adulta. Gostava de caminhar sozinha, especialmente à tarde e à noite, sob a luz da lua, a sós com as estrelas e as árvores, que são as companheiras mais extraordinárias que se pode ter.

– Não consigo me sentir feliz dentro de casa em uma noite de luar. Preciso sair – disse ela à tia Elizabeth, que não gostava muito de suas caminhadas. A tia Elizabeth jamais conseguia se livrar da desconfortável lembrança de que a mãe de Emily havia fugido. Além disso, caminhar era algo estranho de se fazer. Nenhuma outra moça de Blair Water fazia isso.

Emily fez caminhadas pelas colinas ao escurecer, quando as estrelas começavam a se mostrar uma após a outra, formando grandes constelações de mitos e lendas. Houve noites congelantes de luar, cuja beleza era tanta que chegava a doer; pinheiros que eram como pináculos se alçando contra a vermelhidão do crepúsculo; abetos cujas copas escuras se insinuavam cheias de mistério; e passeios intermináveis pelo Caminho do Amanhã. Mas esse caminho não era o mesmo de junho, quando as flores se abriam e as plantas verdejavam jovens e belas. Tampouco era o de outubro, com seu esplendor rubro-dourado. Antes, era um Caminho do Amanhã pleno da quietude nevoenta dos entardeceres de inverno; um lugar branco, silencioso, cheio de mistério e magia. Emily o amava mais do que qualquer outro de seus lugares prediletos. Os prazeres místicos daquele canto recluso e onírico jamais se esgotavam; seu charme solitário nunca maçava.

Se pelo menos houvesse um amigo com quem conversar! Certa noite, ela acordou em prantos, sob um luar triste e frio que entrava pelas janelas congeladas. Havia sonhado que Teddy a chamava no bosque, com seu velho e querido assobio dos dias de infância. Ela então saía afoita ao encontro dele e atravessava o jardim às pressas, mas, ao entrar no bosque, não o encontrava.

– Emily Byrd Starr, se eu te pegar chorando por conta de um sonho de novo! – disse ela, com veemência.

Capítulo 5

1

Naquele ano, apenas três eventos mais turbulentos foram capazes de perturbar o marasmo dos dias de Emily. No outono, ela teve um "caso de amor", como a romântica tia Laura achou por bem descrever. O reverendo James Wallace, um jovem delicado e bem-intencionado que calhava de ser o novo ministro de Derry Pond, começou a inventar desculpas frequentes para visitar o presbitério de Blair Water, de onde escapulia para Lua Nova. Logo, todos os moradores de ambas as cidades já sabiam que Emily tinha um namorado eclesiástico. Os boatos correram soltos. Todos pressupunham que Emily fosse se jogar nos braços dele. Era um ministro! A desaprovação era geral. Afinal, ela não era esposa adequada para um ministro. De jeito nenhum! Mas, no fim das contas, não era sempre assim? Os ministros sempre acabavam escolhendo a moça menos adequada ao posto.

Em Lua Nova, as opiniões estavam divididas. A tia Laura, que decidiu não gostar do senhor Wallace sem qualquer motivo aparente, desejou que

A BUSCA DE EMILY

Emily não o "aceitasse". No fundo, a tia Elizabeth também não morria de amores por ele, mas estava animada com a ideia de um ministro na família. Fora que ele era um pretendente tão confiável. Um ministro jamais pensaria em fugir. Parecia-lhe que Emily teria muita sorte se conseguisse "apanhá-lo".

Quando ficou evidente que as visitas do senhor Wallace a Lua Nova haviam cessado, a tia Elizabeth perguntou o motivo a Emily. Ficou horrorizada ao descobrir que aquela regateira mal-agradecida havia dito ao pobre ministro que não se casaria com ele.

– Por quê? – a tia Elizabeth rapidamente exigiu saber, em um tom gélido de desaprovação.

– Por causa das orelhas dele, tia Elizabeth – respondeu Emily, irreverente. – Eu não queria correr o risco de que meus filhos herdassem aquelas orelhas.

A falta de delicadeza dessa resposta chocou a tia Elizabeth, o que provavelmente era a intenção de Emily. Ela sabia que, assim, sua tia evitaria tocar no assunto novamente.

Na primavera seguinte, o reverendo James Wallace sentiu que era seu "dever" mudar-se para a costa oeste. E assim foi.

2

Depois disso, houve um episódio envolvendo uma resenha extremamente ácida publicada nos jornais de Charlottetown sobre uma peça teatral promovida pelos moradores de Shrewsbury. A cidade acusou Emily de tê-la escrito. Quem mais – perguntavam eles – seria capaz de escrever com tamanho sarcasmo e com uma ironia tão diabólica? Todos sabiam que Emily Byrd Starr jamais havia perdoado a cidade por ter espalhado aquele boato sobre ela na casa abandonada do velho John. A nota teria sido a forma que Emily encontrara para se vingar. Afinal, os Murrays não eram assim? Em segredo, eles carregavam uma mágoa por anos a fio, até que a chance de vingança finalmente se apresentasse. Em vão, Emily se declarou inocente. Jamais se descobriu quem de fato escreveu a nota, e esse assunto vez por outra retornava para perturbar Emily.

Contudo, isso teve lá seu lado bom. Emily passou a ser convidada para todos os eventos sociais de Shrewsbury depois do ocorrido. As pessoas tinham medo de que, se a ignorassem, ela "escreveria algo" sobre eles. Ela não pôde comparecer a tudo, pois Shrewsbury ficava a mais de nove quilômetros de Blair Water, mas conseguiu ir ao jantar dançante de Tom Nickle. Emily passou seis semanas acreditando que aquele jantar havia mudado completamente o curso de sua existência.

A Emily-no-espelho estava muito bonita aquela noite. Havia comprado um vestido que desejava há anos; gastou todo o valor que recebera por um conto nele, para o horror de sua tia. Era de seda furta-cor (sob uma luz, era azul; sob outra, prateado), com detalhes de renda. Lembrou-se de que Teddy lhe dissera que, quando ela comprasse esse vestido, ele a pintaria como a "dama do gelo".

O vizinho do assento à sua direita não parou de contar "piadinhas" o jantar inteiro, o que fez com que Emily se perguntasse por que motivo Deus o havia colocado no mundo.

Por outro lado, seu vizinho da esquerda não falava muito, mas que olhares! Emily decidiu que gostava de homens cujos olhos diziam mais que a boca. E então ele lhe disse que, com aquele vestido, ela parecia "um raio de luar numa noite escura de verão". Acho que foi essa frase que tirou o chão de Emily, que lhe atravessou o peito como uma flecha. Ela era indefesa contra o charme de uma frase bem empregada. Antes que a noite terminasse, Emily havia se apaixonado perdidamente, de um jeito louco e romântico que nunca sentira antes. Era o tipo de amor "com o qual sonhavam os poetas", como escreveu ela em seu diário. O jovem (acho que se chamava Aylmer Vincent, que aliás é um nome muito bonito e romântico) também estava tão perdidamente apaixonado quanto ela. O rapaz não saía de Lua Nova. Cortejava-a com elegância. Seu jeito de dizer "querida dama" a encantava. Certa vez, olhando maravilhado para as mãos dela, disse que "um belo par de mãos é o maior charme de uma bela mulher". Quando subiu para o quarto, Emily beijou as próprias mãos, porque os olhos *dele* as haviam acariciado. Quando, extasiado, ele a descreveu como "uma criatura de bruma e fogo", ela saiu saltitando por Lua Nova toda brumosa e acalorada, até que, sem perceber, a tia Elizabeth apagou suas chamas ao pedir que ela fritasse uma bacia de rosquinhas para o primo Jimmy. Quando ele lhe disse que ela era como uma gema de opala – branca por fora, mas de um vermelho ardente por dentro –, ela se perguntou se a vida seria assim para sempre.

"E pensar que eu um dia imaginei que gostava de Teddy Kent", refletiu ela, surpresa consigo mesma.

Emily deixou a escrita completamente de lado e pediu à tia Elizabeth para usar o velho baú azul que havia no sótão como porta-enxoval. A tia Elizabeth consentiu com toda satisfação. O histórico do novo pretendente já havia sido investigado e julgado impecável. Boa família; boa posição social; boa profissão. Os prognósticos não poderiam ser melhores.

3

E foi então que algo horrível aconteceu.

Emily se desapaixonou tão subitamente como havia se apaixonado. Num dia amava e no outro, não. E isso foi tudo.

Sentia-se perplexa. Não conseguia acreditar na situação. Tentou fingir que o velho encantamento ainda existia. Tentou se entusiasmar, sonhar, enrubescer-se. Mas não houve nem entusiasmo nem rubor. Seu amante dos olhos negros (por que não havia percebido antes que os olhos dele eram exatamente como os de uma vaca?) a entediava. Ah, e como a entediava!

Certa tarde, ela chegou a bocejar no meio de um dos belos discursos que ele fazia. Aliás, ele era só discursos. Nada mais que isso.

Estava tão envergonhada que quase adoeceu. Os moradores de Blair Water pensaram que ela havia sido rejeitada e sentiram pena dela. Suas tias, que estavam a par de tudo, mostravam-se decepcionadas e descontentes.

– Inconstante como os Starrs… – disse a tia Elizabeth, mordaz.

Emily não encontrou forças para se defender. Sentiu que fez por merecer tudo que ouvia. Talvez fosse mesmo inconstante. Deveria ser, para que uma chama tão ardente se convertesse tão rapidamente em cinzas, sem deixar uma faísca sequer. Nem mesmo uma lembrança romântica. Emily riscou com raiva a passagem em seu diário sobre o "amor com o qual sonhavam os poetas".

Ela se sentiu profundamente triste com a situação por um bom tempo. Será que era tão rasa assim? Seria tão superficial que até mesmo o amor era para ela como as sementes que caíram sobre os rochedos na antiga parábola[12]? Ela sabia que outras moças tinham amores efêmeros, tempestuosos e vazios como aquele, mas jamais imaginara que *ela* também fosse ter um; não imaginava que fosse se *prestar* a isso. Perder a cabeça daquela forma por conta de um rostinho bonito, uma voz melosa, um par de grandes olhos negros e um punhado de frases bonitas! Em suma, Emily sentia que havia se prestado a fazer um perfeito papel de idiota, algo que seu orgulho de Murray tornava incapaz de suportar.

Para piorar, o jovem se casou com uma moça de Shrewsbury seis meses depois. Não que Emily desse lá tanta importância para com quem ele se casava ou quanto tempo demorava para fazê-lo. Mas isso significava que os ardores românticos *dele* também eram coisas superficiais, o que pintava com mais um tom de humilhação o quadro vergonhoso daquele romance. Andrew também não demorou a encontrar consolo; Perry Miller não estava

---

[12] Referência à parábola do semeador, descrita nos evangelhos de Mateus (13:1-9), Marcos (4:3-9) e Lucas (8:4-8). (N.T.)

exatamente se consumindo de desespero; e Teddy a havia esquecido. Seria ela incapaz de despertar uma paixão profunda e duradoura nos homens? Havia Dean, é verdade, mas mesmo ele não se importava em partir no inverno, deixando-a livre para ser cortejada e conquistada por outros pretendentes.

"Será que eu sou inerentemente superficial?", perguntou-se ela, com uma intensidade aterradora.

Retomou sua dedicação à escrita com uma satisfação latente. Ainda assim, por um bom tempo, as cenas românticas de suas histórias tiveram um sabor demasiado cínico e sorumbático.

Capítulo 6

1

No verão, Teddy Kent e Ilse Burnley voltaram para a cidade, para um breve período de férias. Teddy havia conseguido uma bolsa para passar dois anos estudando arte em Paris e se preparava para zarpar rumo à Europa em duas semanas. Dera a notícia a Emily por carta, de um jeito um tanto *en passant*, e ela respondeu com as felicitações fraternas e cordiais. Não houve referência, em nenhuma das cartas, a potes de ouro no fim do arco-íris nem à estrela Vega da constelação de Lira. Ainda assim, ela aguardou ansiosamente a chegada dele, com uma expectativa melancólica e envergonhada que não se deixava esconder. Talvez (ousaria ter esperança?), quando se encontrassem de novo, frente a frente, sob a atmosfera romântica do velho bosque encantado, essa frieza que havia se estabelecido de forma tão inexplicável entre eles desaparecesse, tal como a bruma se dissipa no mar quando o sol nasce sobre o golfo. Certamente, Teddy havia vivido falsos romances, da mesma maneira como ela vivera os seus. Mas, quando ele viesse... quando eles se olhassem nos olhos mais uma vez... quando ela ouvisse seu assobio no bosque de John Sullivan...

Mas não chegou a ouvi-lo. Na tarde do dia previsto para a chegada de Teddy, ela caminhou pelo jardim em meio às mariposas, trajando um vestido novo de *chiffon* azul-bebê, com o ouvido atento. Cada vez que algum pintarroxo cantava, suas faces ruborizavam e seu coração batia mais forte. Até que, por fim, a tia Laura veio cruzando a garoa ao cair da noite:

– Teddy e Ilse estão lá dentro – disse ela.

Pálida, altiva e absorta, Emily dirigiu-se à austera e imponente sala de visitas de Lua Nova. Ilse logo disparou ao seu encontro com o mesmo carinho tempestuoso de sempre, mas Teddy limitou-se a estender-lhe a mão com uma frieza retraída que quase se igualava à dela. Eu disse Teddy? Ah, não, que bobagem! Aquele era Frederick Kent, futuro membro da Real Academia de Artes. O que restaria do velho Teddy naquele jovem esbelto e elegante, com sua compostura sofisticada, seus olhos impessoais e o ar de quem já deixou para trás todas as coisas da infância, incluindo as antigas fantasias e as insignificantes garotinhas provincianas com quem costumava brincar quando menino?

Emily foi bastante injusta com Teddy ao tirar essas conclusões. Mas ela não estava com disposição para ser justa com ninguém. Quem estaria depois de fazer papel de bobo? E era justamente isso que Emily sentia que acabara de fazer – mais uma vez. Devaneando apaixonada pelo jardim ao entardecer, especialmente trajada com seu vestido azul-bebê, à espera do sinal de um namorado que já se esquecera completamente dela – ou que só se lembrava dela como uma velha colega de escola a quem devia, por mera gentileza e cortesia, fazer uma visita. Felizmente, Teddy não percebeu como ela havia sido tola, e ela se certificaria de que ele não tivesse a menor suspeita disso. Afinal, quem poderia ser mais amigável e distante do que uma Murray de Lua Nova? Emily gabou-se de seu comportamento admirável. Demonstrou-se tão graciosa e impessoal quanto seria com um completo desconhecido. Renovou seus louvores às formidáveis conquistas dele, acompanhando-os de uma completa falta de real interesse nelas. Assim como ela fez perguntas bastante educadas e cuidadosamente elaboradas sobre o trabalho dele, ele também fez sobre o dela. Ela havia visto algumas das obras dele nas revistas, e ele havia lido algumas das delas. E assim a coisa foi se desenrolando, com um abismo se abrindo cada vez mais entre eles a cada minuto. Emily jamais se sentira tão distante de Teddy. Ela percebia, com um sentimento que beirava o horror, quão completamente ele havia mudado naqueles anos de ausência. A conversa teria sido de fato uma tortura se não fosse por Ilse, que falava com o mesmo jeito entusiasmado de sempre, planejando um mundo de eventos para as duas semanas que passaria em casa e fazendo mil perguntas diferentes; era a mesma louca dos velhos tempos, com suas gargalhadas e suas brincadeiras tão queridas, vestida daquele jeito maravilhoso que violava todas convenções sociais. Trajava um vestido extraordinário, de um amarelo esverdeado. Trazia uma enorme peônia rosa na cintura e outra no ombro. Usava um imenso chapéu verde adornado com uma grinalda de flores cor-de-rosa. Seus brincos eram gigantescos arcos perolados. Em suma, era uma combinação bastante estranha, que não daria certo em ninguém além dela. Ilse era a encarnação de mil primaveras tropicais: exótica, provocativa e bela. Tão bela! Mais uma vez, Emily deu-se conta da beleza de sua amiga com uma pontada de algo que não era exatamente inveja, mas sim um sentimento de amarga humilhação. Ao lado do esplendor da cabeleira dourada de Ilse, do brilho âmbar de seus olhos e da delicadeza rubro-rósea de suas faces, Emily devia parecer uma criatura bastante pálida, soturna e insignificante. Decerto, Teddy estava apaixonado por Ilse. Afinal, ele fora vê-la primeiro e estava com ela enquanto Emily o esperava no jardim. Bom, no fim das contas, isso não fazia a menor diferença. Por que deveria fazer? Ela seria tão amigável quanto sempre fora. E de fato foi. Vingativamente amigável. Contudo, quando Teddy e Ilse se foram, juntos, rindo e brincando um com o outro pelo velho Caminho do Amanhã, Emily subiu e se trancou no quarto. Ninguém mais a viu até a manhã seguinte.

2

As duas semanas seguintes transcorreram conforme os planos de Ilse. Houve piqueniques, bailes e festas a não poder mais. A sociedade de Shrewsbury decidiu que um jovem artista em ascensão era alguém digno de toda notoriedade. Fez-se um verdadeiro turbilhão de folia, e Emily se deixou levar por ele junto aos outros. Não deu um passo em falso sequer nas danças e sua voz não vacilou em nenhum momento durante as brincadeiras, mas, a todo tempo, ela se sentia tão miserável quanto o fantasma de um conto que lera, que, em vez de coração, tinha uma brasa viva no peito. Por outro lado, bem no fundo, sob aquela camada de orgulho e dor velada, havia também um antigo sentimento de satisfação e plenitude que sempre lhe acometia quando estava próxima de Teddy. Ainda assim, ela se certificava de nunca ficar sozinha com ele, que, por sua vez, também não fez nenhum esforço para estar a sós com Emily. Não eram raras as brincadeiras sobre um possível namoro entre Teddy e Ilse, e os dois as levavam com tanta leveza que logo começou a correr o boato de que as coisas já estavam "muito bem arranjadas" entre eles. Emily pensou que Ilse lhe diria caso isso fosse verdade. Porém, embora falasse de inúmeros pretendentes rejeitados cuja agonia não parecia lhe causar dor alguma na consciência, Ilse jamais mencionou Teddy, algo no qual Emily via significados excruciantes. Ilse perguntou sobre Perry Miller; quis saber se ele continuava sendo o mesmo idiota de sempre e caiu na gargalhada diante da defesa indignada que Emily fez dele.

– Tenho certeza de que ele vai ser primeiro-ministro algum dia – concordou Ilse, desdenhosa. – Vai trabalhar feito um cavalo e nunca vai passar falta de nada porque não soube como pedir. A questão é: será que ele consegue se livrar do cheiro dos barris de arenque de Stovepipe Town?

Perry foi visitar Ilse, gabou-se um pouco demais de suas conquistas e foi tão esnobado e maltratado que não voltou mais. Em resumo, aquelas duas semanas foram como um pesadelo para Emily, que se sentiu agradecida quando chegou o momento da partida de Teddy. Ele tomaria um navio para Halifax, pois queria fazer algumas ilustrações náuticas para uma revista. Uma hora antes da maré-alta, quando o Mira Lee ancorava no cais de Stovepipe Town, ele foi se despedir. Não levou Ilse consigo – certamente, pensou Emily, porque ela estava em Charlottetown. Porém, Dean Priest estava lá, de modo que não houve espaço para o temido encontro "a dois". Dean estava retomando seu espaço depois das duas semanas de farra das quais havia sido excluído. Ele não compareceu aos bailes nem aos churrascos de frutos do mar, mas passou todo o tempo rondando os eventos, como pareceu aos que deles participavam. Ele estava com Emily no jardim e havia certo ar de vitória e domínio nele que não escapou aos olhos de Teddy. Dean, que nunca cometeu o erro de confundir folia com felicidade, havia percebido como ninguém o pequeno teatro dramático que se desenrolara em Blair Water durante aquelas duas semanas e o baixar das cortinas o deixara bastante satisfeito. A antiga paixonite infantil entre Teddy Kent do Sítio dos Tanacetos e Emily de Lua Nova havia finalmente terminado. Independentemente dos significados que esse amor tivera ou deixara de ter, Dean já não contava Teddy entre seus rivais.

Emily e Teddy se despediram com um forte aperto de mãos e com votos mútuos de felicidade próprios de dois velhos colegas que realmente desejam o bem um do outro, mas que não têm nenhum interesse vital nisso.

– Desejo-lhe toda sorte do mundo! – teria dito um antigo Murray.

Teddy partiu com bastante elegância. Sabia sair como um artista e não olhou para trás nem uma vez. Emily voltou-se imediatamente para Dean e retomou a conversa que fora interrompida pela chegada de Teddy. Seus grandes cílios esconderam seus olhos com afinco. Dean, que tinha uma facilidade atípica para ler-lhe os pensamentos, não ousou tentar perscrutá-los. Afinal, o que havia ali para se perscrutar? Nada! Absolutamente nada. Ainda assim, Emily manteve os cílios baixos.

Meia hora depois, quando Dean, que tinha outro compromisso aquela tarde, precisou ir embora, Emily caminhou absorta entre as prímulas por um tempo. Era a encarnação perfeita, em todos os aspectos, de uma dama em meditação virginal, desprovida de sonhos[13].

"Com certeza está inventando alguma história", pensou com orgulho o primo Jimmy, que a espiava pela janela da cozinha. "É impressionante como ela faz isso".

3

Talvez Emily estivesse mesmo inventando alguma história. Porém, quando começou a escurecer, ela saiu do jardim, atravessou a calmaria do antigo pomar de aquilégias, seguiu pelo Caminho de Ontem, cruzou o verdume dos pastos, margeou o lago, subiu a colina além dele, passou pela Casa Desolada e entrou no denso bosque de pinheiros. Dali, em meio a um arvoredo de bétulas prateadas, era possível ter uma visão perfeita do porto, que fulgurava em tons de lilás e rosa. Emily estava um pouco sem ar, pois havia praticamente corrido até ali. Teria chegado tarde demais? Oh, e se tivesse chegado tarde demais?

O Mira Lee estava zarpando do porto; era como uma nave dos sonhos contra o esplendor do pôr do sol, passando por promontórios púrpuras rumo a costas distantes, mágicas e misteriosas. Emily o observou até que ele cruzou a barra e avançou golfo adentro. Observou-o até que ele sumiu de seu campo de visão, dissipando-se na escuridão azulada do anoitecer. Tinha plena consciência de querer ver Teddy mais uma vez... só mais uma vez. De se despedir da forma como deveria ter se despedido.

Teddy se foi. Partiu para um outro mundo. Não havia nenhum arco-íris à vista e a estrela Vega da constelação de Lira não passava de um astro giratório, incandescente e absurdamente distante.

---

[13] Referência a um verso de *Sonho de uma noite de verão*, de William Shakespeare. (N.T.)

Deixou-se cair sobre a relva e quedou-se ali, chorando sob a luz fria do luar que, de súbito, havia tomado o posto do caloroso crepúsculo de alguns minutos antes.

Sua agonia se misturava com um sentimento de incredulidade. Não era possível que aquilo estivesse acontecendo. Não era possível que Teddy tivesse partido com nada além de um tchau frio, vazio e protocolar. Depois de tantos anos de camaradagem, para dizer o mínimo. Ah, o que ela faria para suportar as três horas da manhã daquela noite?

– Eu sou uma tonta sem conserto! – resmungou ela, com raiva. – Ele já se esqueceu de tudo. Eu não sou nada para ele. E eu bem que mereço isso. Por acaso eu também não me esqueci dele naqueles dias loucos em que acreditei estar apaixonada pelo Aylmer Vincent? Claro que alguém contou isso a ele. Perdi minha chance de ser feliz de verdade por causa desse casinho absurdo. Onde está meu orgulho? Chorar deste jeito por causa de um homem que se esqueceu de mim. Mas… mas… é tão *bom* chorar depois de ser obrigada a rir durante essas semanas horríveis!

4

Emily se lançou no trabalho com afinco depois da partida de Teddy. Passou os longos dias e noites do verão a escrever, enquanto as marcas escuras sob seus olhos se tornavam mais profundas e o rubor de suas faces se desbotava. A tia Elizabeth temia que ela fosse acabar se matando de tanto trabalhar e, pela primeira vez, incentivou sua amizade com o Corcunda Priest, posto que ele era o único capaz de arrastar Emily para longe da escrivaninha para caminhar e conversar ao ar livre ao entardecer. Naquele verão, graças aos contos que conseguiu publicar, Emily terminou de pagar sua dívida com o tio Wallace e a tia Ruth.

Contudo, não foi só de literatura comercial que ela se ocupou. Naquela primeira madrugada de angústia, quando estava acordada às três da manhã,

A BUSCA DE EMILY

Emily lembrou-se de uma certa noite de inverno em que, por conta de uma tempestade, Ilse, Perry, Teddy e ela ficaram presos na casa abandonada do velho John, na Estrada de Derry Pond[14]. Lembrou-se de todo o escândalo e sofrimento que decorreram desse incidente. Lembrou-se também da noite de êxtase que passara "tecendo em pensamento" uma história cuja ideia lhe ocorrera por conta de uma piada bastante significativa que Teddy havia feito. Pelo menos lhe parecera significativa naquele dia. Bem, isso tudo já havia ficado para trás. Mas ela não havia guardado a história em algum lugar? Lembrava-se de ter anotado os pontos principais desse conto fantástico e cativante em um caderno Jimmy no dia seguinte. Emily saltou da cama no meio daquela noite silenciosa de verão, acendeu uma das famosas velas de Lua Nova e vasculhou uma pilha de cadernos antigos. Ah, sim. Ali estava. *O vendedor de sonhos*. Sentou-se sobre os calcanhares e leu as anotações. Era uma história *realmente* boa. Mais uma vez, aquele conto se apossou de sua imaginação e atiçou seu impulso criativo. Ela precisava escrevê-lo e começaria agora mesmo. Depois de vestir um robe para proteger os ombros pálidos do forte vento que vinha do golfo, ela se sentou em frente à janela aberta de seu quarto e pôs-se a escrever. Esqueceu-se de todo o resto, pelo menos por um tempo, imersa na sutil e envolvente alegria da criatividade.

Teddy não passava de uma memória distante; o amor era uma vela apagada. Nada mais importava além de sua história. As personagens ganharam vida sob sua mão; vivazes, cativantes e instigantes, elas se apossaram de seus pensamentos. Humores, lágrimas e risos gotejavam de sua pena. Emily agora vivia e respirava um outro mundo e só retornou a Lua Nova ao raiar do dia, quando sua vela já havia acabado e sua escrivaninha abundava com as páginas de um manuscrito: aqueles eram os quatro primeiros capítulos de seu livro. Seu livro! Como era mágico, prazeroso e fascinante esse incrível pensamento!

---

[14] Ver *A escalada de Emily*. (N.T.)

Durante semanas, Emily pareceu viver apenas quando estava escrevendo. Dean a achou estranhamente absorta, distante, ausente e impessoal. As conversas com ela eram tão vazias quanto podiam ser e, embora seu corpo estivesse ali, ao lado dele, sua alma parecia estar em outro lugar. Mas onde? Certamente algum canto onde ele não podia segui-la. Havia escapado dele.

5

Emily terminou o livro depois de seis semanas; terminou-o quando raiou o sol de um novo dia. Pousou a pena na mesa e foi até a janela, erguendo o rostinho pálido, cansado e triunfante para o céu matinal.

O orvalho caía como música sobre as frondes silenciosas do bosque de John Sullivan. Mais além, viam-se prados rosados sob a luz do amanhecer e o jardim de Lua Nova se abrigava sob uma aura mágica de tranquilidade. A dança dos ventos sobre as colinas parecia seguir o ritmo da música daquele lugar. As colinas, o mar, as sombras… tudo parecia clamar por ela com mil vozes élficas de louvor e reconhecimento. O velho golfo parecia cantar. Lágrimas de felicidade desceram-lhe pelas faces. Havia terminado! Ah, que alegria! Aquele momento compensava tudo pelo que passara.

Terminado! Completo! Lá estava, *O vendedor de sonhos*, seu primeiro livro. Não era um grande livro, é verdade, mas era *seu*. Algo que ela mesma havia dado à luz, que não existiria se ela não tivesse trazido à vida. E era *bom*. Ela sabia que era; sentia que era. Era uma história ardente e bem engendrada, imbuída de romance, *páthos* e humor. O êxtase da criação ainda a iluminava. Emily a folheou, lendo passagens aqui e ali, perguntando-se se fora realmente *ela* quem escrevera aquilo. Sentia que havia chegado ao fim do arco-íris. Será que finalmente poderia tocar aquele arco mágico e prismático? Seus dedos já estavam prontos para agarrar o pote de ouro.

A BUSCA DE EMILY

Foi então que a tia Elizabeth entrou no quarto com seu típico desprezo por regras inúteis de convivência, como bater na porta, por exemplo.

– Emily – disse ela, severa -, você passou a noite acordada *de novo*?

Emily voltou à Terra com um terrível puxão mental que só pode ser adequadamente descrito como um "baque" – um "baque atordoante", para ser mais exata. Bastante atordoante. Quedou-se ali, parada, como uma menininha pega em flagrante. E, instantaneamente, *O vendedor de sonhos* se converteu em uma mera pilha de papel rabiscado.

– Eu não... não percebi o tempo passar, tia Elizabeth – gaguejou ela.

– Você já tem idade para ser mais sensata – retorquiu a tia Elizabeth. – Não me importo que você escreva... não mais. Vejo que você consegue se sustentar com isso de uma maneira que é muito digna. Mas você vai arruinar sua saúde se continuar agindo assim. Já se esqueceu que sua mãe morreu de tuberculose? Em todo caso, lembre-se de colher as favas hoje. Já está na época.

Destituída de seu êxtase incauto, Emily recolheu as páginas do manuscrito. O momento de criação havia acabado e agora restava a tarefa sórdida de conseguir publicar o livro. Ela datilografou o texto na máquina de segunda mão que Perry lhe comprara em um leilão. As maiúsculas da máquina saíam pela metade e a letra "m" simplesmente não funcionava. Emily corrigiu esses problemas à mão depois de terminar e, então, submeteu o manuscrito a uma editora. A editora devolveu o material, acompanhado de uma carta logorreica segundo a qual "nossos leitores se interessaram pela história, mas não o bastante para justificar um aceite de nossa parte".

Emily detestava essas devoluções carregadas de "elogios vazios". Para ela, eram muito piores do que um breve bilhete de recusa. Ah, e as três da madrugada desse dia! Nem lhes conto como foi esse momento! Melhor não. É um ato de misericórdia não falar dessa noite nem das muitas que a sucederam.

"Ora, a ambição!", escreveu Emily em seu diário, plena de amargura. "Chego a rir! Onde está minha ambição agora? Como é ser ambiciosa? Sentir que se tem a vida pela frente, como uma bela página em branco na qual se pode escrever o próprio nome com letras douradas? Sentir que se tem a força de vontade necessária para conquistar o próprio galardão? Sentir que os anos vindouros se amontoam diante de nós, estendendo suas dádivas a nossos pés? Um dia eu já soube como é sentir-se assim".

Tudo isso só evidencia quão jovem Emily ainda era. Contudo, ainda que nós aprendamos com o tempo que tudo passa e nos perguntemos por que sofríamos por coisas banais no passado, isso não ajuda em nada a diminuir a dor do presente. Por causa dessa recusa, Emily passou três semanas sentindo-se deplorável. Porém, logo juntou forças para submeter seu livro de novo. Desta vez, o editor respondeu dizendo que consideraria publicar a história, caso ela aceitasse fazer algumas mudanças. A narrativa estava "parada" demais. Era preciso "apimentá-la". E o final precisava ser completamente alterado. Não estava nada bom.

Em cólera, Emily rasgou a carta em pedacinhos. Mutilar e degradar sua obra? Jamais! A mera sugestão era um insulto.

Quando um terceiro editor devolveu seu manuscrito com uma carta de recusa, Emily perdeu a fé nele. Guardou-o em um lugar qualquer e retomou a pena, soturna.

"Bem, pelo menos consigo escrever contos curtos. Vou continuar fazendo isso", refletiu.

Todavia, o livro a assombrava. Depois de algumas semanas, ela o releu, com desprendimento e criticidade, livre do esplendor enganoso do primeiro momento e da igualmente enganosa depressão das cartas de recusa. Ainda assim, o texto parecia-lhe bom. Talvez não fosse a maravilha que pensara ser de início, mas ainda assim era um bom trabalho. Então qual era o problema? Certa vez lhe disseram que nenhum escritor é capaz de julgar o próprio trabalho adequadamente. Quem dera o professor Carpenter estivesse vivo! Ele lhe diria a verdade. Subitamente, Emily tomou uma decisão drástica. Mostraria o manuscrito a Dean e lhe pediria uma opinião ponderada e imparcial, a qual estava decidida a acatar. Seria difícil. Era sempre difícil mostrar seus escritos para qualquer pessoa, especialmente para Dean, que sabia tanto e havia lido tudo no mundo. Mas ela *precisava* saber. E tinha convicção de que Dean lhe diria a verdade, fosse boa ou ruim. Ele não gostava muito das histórias que ela escrevia, mas *esta* era diferente. Será que ele encontraria algo de valor naquele manuscrito? Porque se não encontrasse...

6

– Dean, gostaria de uma opinião sincera sua sobre esta história. Você poderia lê-la e me dizer exatamente o que acha dela? Não quero bajulações nem falsos encorajamentos. Quero a verdade nua e crua.

– Tem certeza? – perguntou Dean, seco. – Pouca gente suporta a verdade nua e crua. Geralmente, precisamos vesti-la com uns trapinhos, para que fique apresentável.

– Quero a *verdade* – insistiu Emily. – Esse livro já foi... – Emily se engasgou com a confissão – ... já foi recusado três vezes. Se você vir algo de bom nele, vou continuar tentando encontrar um editor que o aceite. Se você não gostar, vou queimá-lo.

Dean lançou um olhar inescrutável para o pequeno pacote que ela lhe estendia. Então era *aquilo* que a havia afastado dele durante todo o verão; que a absorvera e a possuíra. De repente, seu sangue falou mais alto, e a necessidade venenosa dos Priests de serem mais importantes do que tudo e todos se fez sentir.

Ele olhou dentro dos olhos brilhantes de Emily, cinzentos como um lago ao amanhecer, e decidiu que odiava o conteúdo daquele pacote, mas levou-o para casa e trouxe-o de volta três dias depois. Emily encontrou-o no jardim, pálida e tensa.

– E então? – perguntou ela.

Dean olhou-a, sentindo-se culpado. Como era magnífica sua pele de marfim naquela atmosfera fria do anoitecer.

– "Leais são as feridas feitas por um amigo"[15]. Eu não seria um bom amigo se lhe dissesse mentiras, Emily.

– Quer dizer... que não gostou?

– É uma historinha bonita, Emily. Bonita, sem consistência e efêmera, como uma nuvem cor-de-rosa. É perfumaria... pura perfumaria. A própria concepção do livro é forçada. Os contos de fada já saíram de moda. E este que você escreveu abusa em demasia da credulidade do leitor. Além disso, as personagens são meros fantoches. Mas como você poderia escrever uma história de verdade? Você ainda nem *viveu*.

Emily cerrou os punhos e mordeu os lábios. Não ousou dizer uma palavra sequer. Não se sentia assim desde a noite em que Ellen Greene lhe dissera que seu pai iria morrer. Seu coração, que poucos minutos antes batia tão tumultuosamente, agora era como chumbo: frio e pesado. Emily se virou e afastou-se dele. Dean coxeou atrás dela e tocou-lhe o ombro.

– Me perdoe, Estrela, mas não é melhor saber a verdade? Pare de tentar tocar a lua. Você nunca vai alcançá-la. E para que escrever? Já se escreveu tudo que havia para ser escrito.

– Talvez algum dia eu consiga te agradecer por isso – disse Emily, lutando para manter a compostura. – Mas hoje não. Hoje eu te odeio.

– E isso te parece justo? – perguntou Dean em voz baixa.

– Não, é claro que não é justo! – vociferou Emily. – Como você espera que eu seja justa quando você acaba de me matar? Eu *sei* que fui eu quem pedi; eu *sei* que é para o meu bem. Há males que vêm para o bem. Mas, de início, a gente sempre... se sente mal. Vá embora, Dean. Espere pelo menos uma semana para voltar. O funeral já vai ter passado até lá.

---

[15] Provérbios 27:6. (N.T.)

A BUSCA DE EMILY

– Você acha que eu não sei o que isso significa para você, Estrela? – perguntou Dean, compadecido.

– Você não tem como saber... não exatamente. Ah, eu sei que você se solidariza, mas eu não quero sua solidariedade. O que eu quero é tempo para me enterrar decentemente.

Sabendo que era o melhor a se fazer naquele momento, Dean se foi. Emily o observou enquanto ele sumia de vista. Em seguida, tomou o manuscrito amassado e menosprezado que ele havia deixado sobre o banco de pedra e foi para o quarto. Sentada na janela, ela releu a história enquanto o dia escurecia lá fora. Cada uma das frases saltava-lhe aos olhos: pareciam-lhe sagazes, pungentes, belas. Mas isso devia ser apenas um devaneio de seu espírito maternal. Não havia nada de bom naquele livro. Dean dissera que não. E suas personagens! Como ela as amava! Como pareciam reais para ela. Era horrível pensar em destruí-las. Mas elas *não* eram reais. Eram apenas "fantoches". Fantoches não se importam em serem queimados. Ela ergueu os olhos para o céu daquela noite outonal. Acima dela, Vega brilhava em um tom azul e frio. Ah, que coisa triste, cruel e banal era a vida!

Emily dirigiu-se à pequena lareira e depositou *O vendedor de sonhos* sobre a grelha. Acendeu um fósforo, ajoelhou-se e aproximou-o das páginas, sem vacilar. A chama se apossou das folhas com uma avidez destruidora. Emily cerrou os punhos sobre o peito e observou aquilo com pupilas dilatadas, lembrando-se de quando preferiu queimar seu "caderno de relatos" a mostrá-lo à tia Elizabeth. Em poucos instantes, o manuscrito se converteu em uma massa de labaredas dançantes e, depois de mais alguns minutos, tudo não passava de um punhado de cinzas. Nada se salvou, exceto algumas palavras-fantasmas aqui e ali, que apareciam acusadoras em pequenos fragmentos chamuscados, como se para censurá-la por aquela atitude.

O arrependimento se apossou imediatamente dela. Ah, por que havia feito aquilo? Por que havia queimado seu livro? Ainda que não fosse bom, era seu! Fez muito mal em queimá-lo. Havia destruído algo incomensuravelmente valioso para si. O que sentiam as mães da Antiguidade quando suas crianças eram entregues a Moloque através do fogo[16]? O que sentiam quando o impulso e a excitação do sacrifício já haviam passado? Agora, Emily tinha a sensação de saber.

Não restava nada de seu livro, de seu querido livro que lhe parecera tão maravilhoso. Nada além de cinzas... um mísero punhado de cinzas pretas. Seria possível? Onde foram parar a argúcia, o humor e o charme que pareciam brilhar em suas páginas? Onde foram parar as queridas personagens que as habitavam? O que se fizera dos segredos fascinantes que Emily havia escondido nas tramas da história, tal como a lua que se esconde atrás dos pinheiros? Tudo havia se convertido em cinzas. Tomada pela angústia do arrependimento, Emily se levantou de um salto. Sua agonia era tanta que não podia suportar. Precisava sair; precisava ir para algum lugar. Seu pequeno quarto, que costumava ser tão aconchegante e acolhedor, agora mais parecia uma prisão. Queria sair e correr para algum lugar naquela noite fria, brumosa e cinzenta de outono; para longe das paredes que a confinavam; para longe daquele monte de fuligem sobre a grelha; para longe dos fantasmas acusadores das personagens que assassinara. Em um golpe, ela abriu a porta de par a par e voou escada abaixo, sem ver para onde ia.

7

A tia Laura jamais se perdoou por ter deixado aquela cesta de costura no alto da escada. Nunca havia feito isso antes. Estava levando-a para o quarto quando Elizabeth a chamou na cozinha, para perguntar onde estava algo. Ela então deixou a cesta no último degrau e foi buscar o que Elizabeth pedira. Isso não levou mais que alguns instantes, mas foi o bastante para que a sorte agisse contra Emily. Com os olhos cegados pelas lágrimas, a

---

[16] Referência aos ritos amonitas de adoração ao deus Moloque, que, segundo a tradição bíblica, envolviam o sacrifício de crianças. (N.T.)

A BUSCA DE EMILY

moça tropeçou na cesta e rolou pela longa escadaria de Lua Nova. Houve um momento de pânico e outro de deslumbramento. Em um instante, sentiu que estava mergulhando em um frio mortal e, no outro, em um calor abrasador. Teve a sensação de que voava rumo à imensidão, mas logo sentiu que submergia em um abismo sem fim. Sentiu então uma fincada lancinante no pé e, depois disso, nada mais. Quando Laura e Elizabeth vieram correndo, Emily era apenas uma pilha de seda no pé da escada, rodeada de novelos e meias de lã. A tesoura de costura da tia Laura jazia dobrada e retorcida debaixo do pé que havia tão cruelmente transpassado.

Capítulo 7

1

Entre outubro e abril, Emily Starr esteve reclusa à cama e ao divã da sala de estar, observando a interminável viagem das nuvens arrastadas pelo vento sobre as vastas colinas brancas ou a beleza impassível das árvores no inverno, ao redor dos serenos campos nevados. Perguntava-se se algum dia voltaria a andar ou se seria para sempre uma miserável aleijada. Havia sofrido um ferimento nas costas sobre o qual os médicos pareciam não concordar. Um disse que era uma coisa simples que se curaria sozinha. Os outros dois menearam a cabeça e mostraram-se visivelmente preocupados. Por outro lado, todos concordavam no que dizia respeito ao pé. A tesoura havia causado duas perfurações profundas: uma no calcanhar e outra na sola do pé. Houve sepse. Durante dias, Emily vagou entre a vida e a morte e, depois, entre duas alternativas não muito menos terríveis: a morte e a amputação. Foi a tia Elizabeth quem evitou isso. Quando todos os médicos concordaram que essa era a única saída para salvar a vida de Emily, a soturna matrona de Lua Nova disse que, do ponto de vista dos

A BUSCA DE EMILY

Murrays, não era da vontade de Deus que os membros das pessoas fossem cortados fora. E não houve quem a fizesse mudar de opinião. As lágrimas de Laura, os clamores do primo Jimmy, as execrações do doutor Burnley e a condescendência de Dean Priest não serviram de nada para demovê-la dessa convicção. O pé de Emily não seria amputado. E de fato não foi. Quando Emily se recuperou sem que fosse necessário mutilá-la, a tia Elizabeth sentiu-se triunfante, e o doutor Burnley, confuso.

O risco de amputação havia passado, mas permanecia o perigo de que ela ficasse permanentemente coxa. Emily enfrentou esse sombrio prognóstico durante todo o inverno.

– Se eu ao menos *soubesse* o que vai ser – disse ela a Dean. – Se eu *soubesse*, talvez conseguisse juntar forças para suportar. Mas ter que ficar aqui, pensando, me perguntando se algum dia vou me curar...

– Você vai se curar – disse Dean, com veemência.

Emily não sabia o que teria feito sem Dean durante aqueles dias. Ele havia aberto mão de sua tradicional viagem de inverno para estar perto dela. Passou dias inteiros com ela, lendo, conversando, encorajando-a ou simplesmente permanecendo em silêncio a seu lado. Com ele ali, Emily sentia-se capaz de enfrentar uma vida inteira como coxa. Mas à noite, quando suas ideias eram turvadas pela dor, ela não se sentia forte o suficiente para isso. Mesmo quando não havia dor, as noites eram quase sempre insones e sofridas, em especial quando o vento ululava assombroso sobre os beirais de Lua Nova ou quando perseguia fantasmas alados de neve pelas colinas de Blair Water. Quando conseguia dormir, sempre sonhava que estava subindo uma escada sem fim, atraída por um estranho assobio (duas notas agudas e uma grave) que se afastava à medida que ela subia. Preferia ficar acordada a sonhar com isso. Ah, como foram árduas essas noites! Antes, Emily não achava muito convidativa a ideia de que, no paraíso, não fosse haver noite. Havia lido isso na Bíblia. Como assim não haveria noite? Não haveria crepúsculos salpicados de estrelas? Não haveria firmamentos iluminados pelo luar? E quanto ao jogo misterioso de sombra e luz na escuridão, também não haveria? Tampouco o sempre maravilhoso milagre do amanhecer? A noite era tão bela quanto o dia, e o paraíso não seria perfeito sem ela.

Mas agora, nessas semanas difíceis de dor e sofrimento, ela compartilhava da esperança do profeta de Patmos[17]. A noite era de fato uma coisa terrível.

As pessoas diziam que Emily Starr era muito corajosa, paciente e resignada. Mas ela mesma não pensava assim. Elas não sabiam dos sentimentos de rebelião, desespero e covardia que jaziam sob a aparente calma que seu orgulho de Murray a obrigava a transparecer. Nem sequer Dean sabia; talvez apenas suspeitasse.

Ela sorria com graça quando isso era esperado, mas nunca ria. Nem mesmo Dean conseguia fazê-la rir, embora tivesse empregado toda sua espirituosidade e bom humor nessa árdua tarefa.

– Meus dias de riso acabaram – Emily dizia para si mesma. E seus dias de criatividade também. Jamais conseguiria escrever de novo. O "lampejo" já não aparecia mais. Não havia arco-íris que colorisse aquele inverno medonho. Emily recebia visitas o tempo todo e desejou que as pessoas não fossem vê-la. Em especial o tio Wallace e a tia Ruth, que estavam certos de que ela nunca mais voltaria a andar e não se poupavam de dizer isso toda vez que a visitavam. Apesar disso, os dois não chegavam a ser tão inconvenientes quanto os visitantes que diziam estar certos de que ela logo melhoraria sem acreditar em nenhuma palavra disso. Emily não tinha amigos próximos além de Dean, Ilse e Teddy. Ilse lhe escrevia semanalmente e fazia o possível para tentar animar a amiga. Teddy lhe escreveu uma vez, tão logo soube do acidente. Era uma carta muito gentil e cortês, que demonstrava uma solidariedade sincera e verdadeira. Emily achou que era o tipo de carta que qualquer conhecido amigável e indiferente poderia ter escrito. Não se prestou a respondê-la, apesar dos pedidos dele de que ela lhe desse notícias.

---

[17] Referência a João de Patmos, autor do livro de Apocalipse. É no capítulo 22, versículo 5 desse livro onde se afirma que no céu não haverá noite. (N.T.)

Nenhuma outra carta chegou. Não havia ninguém além de Dean. Ele não a havia abandonado; nunca a abandonaria. À medida que aqueles dias de tempestade e melancolia passavam, Emily se aproximava cada vez mais dele. Naquele inverno de dor, ela sentiu que havia se tornado tão madura e sábia que os dois estavam finalmente em pé de igualdade. Sem ele, a vida era um enorme deserto vazio e cinzento, desprovido de cor e de música. Quando ele vinha, esse deserto, pelo menos por um tempo, desabrochava como uma rosa cheia de vida, e mil flores de fantasia, esperança e imaginação lançavam suas grinaldas sobre ele.

2

Quando chegou a primavera, Emily melhorou tão repentinamente que até mesmo o mais otimista dos médicos ficou impressionado. É verdade que ela precisou andar de muletas por um tempo, mas logo pôde livrar-se delas e caminhar sozinha pelo jardim, admirando a beleza do mundo com olhos que não se saciavam. Ah, a vida era bela de novo! Como era bom sentir a relva verde sob os pés! Ela havia deixado a dor e o medo para trás como quem tira uma roupa suja e agora sentia-se plenamente feliz... Na verdade não, não estava exatamente feliz, mas sentia que a felicidade era possível de novo.

Valeu a pena ter ficado doente para ser capaz de saborear a alegria de estar sã em uma manhã como aquela, em que o vento vindo do mar soprava sobre os vastos campos verdejantes. Não havia nada no mundo como um vento com cheiro de mar. Ainda que a vida fosse difícil e penosa e que as coisas mudassem e chegassem ao fim, os amores-perfeitos e os entardeceres continuavam lindos. Mais uma vez, ela sentiu a alegria de estar viva.

– Como é agradável a luz do dia, e como é bom ver o sol![18] – citou ela, nefelibata.

---

[18] Eclesiastes 11:7. (N.T.)

O riso de outrora havia regressado. Quando o riso de Emily foi ouvido de novo em Lua Nova, Laura Murray, cujos cabelos antes grisalhos haviam se tornado completamente brancos naquele inverno, foi para o quarto, ajoelhou-se em frente à cama e deu graças a Deus. E, enquanto ela rezava, Emily conversava com Dean sobre Deus no jardim, admirando o crepúsculo primaveril mais lindo que se pode imaginar, com uma pequena lua crescente bem no meio.

– Houve momentos nestas últimas semanas em que eu achei que Deus me odiava. Mas agora, volto a ter certeza de que ele me ama – disse ela, em voz suave.

– Certeza? – indagou Dean, seco. – Já *eu* acho que Deus nos acha interessantes, mas não que ele nos ame. Acho que ele gosta de observar o que fazemos. Talvez ele se divirta nos vendo sofrer.

– Que visão horrível você tem de Deus! – retorquiu Emily, estremecendo. – Duvido que você realmente pense isso dele, Dean.

– E por que não pensaria?

– Porque, se fosse assim, ele seria pior que o diabo. Seria um Deus que só pensa em seu próprio divertimento, sem ter a justificativa de nos odiar, como o diabo.

– E quem foi que te torturou o inverno inteiro com dores e angústias? – perguntou Dean.

– Deus é que não foi. O que ele fez foi… me enviar *você* – respondeu Emily, com firmeza. Ela não olhou para ele; antes, ergueu o rosto pálido para admirar a beleza das Três Princesas. O belo canteiro de grinalda-de-noivas, que era o orgulho do primo Jimmy, criava uma moldura perfeita para Emily. – Dean, como posso te agradecer pelo que fez por mim desde outubro? Jamais conseguirei expressar minha gratidão em palavras, mas quero que você saiba como me sinto.

– Não fiz nada além de agarrar a felicidade. Você não sabe como me deixou feliz poder fazer algo por você, Estrela; ajudar de alguma forma; ver você se voltar para mim em um momento de dor para pedir algo que

A busca de Emily

só eu posso dar; algo que aprendi em meus anos de solidão. E me permitir sonhar com algo que não pode se concretizar, que eu sei que não pode se tornar realidade...

Emily estremeceu novamente. Mas por que hesitar? Por que adiar algo que já estava mentalmente determinada a fazer?

– Tem certeza, Dean? – perguntou ela, em voz baixa. – Tem certeza de que seu sonho... não pode se realizar?

Capítulo 8

1

Houve uma grande comoção no clã dos Murrays quando Emily anunciou que se casaria com Dean Priest. Em Lua Nova, a situação ficou bastante tensa por um tempo. A tia Laura chorava copiosamente; o primo Jimmy vagava de um lado par ao outro meneando a cabeça; e a tia Elizabeth andava ainda mais grave e severa. Porém, no fim, decidiram aceitar a situação. O que mais poderiam fazer? Àquela altura, até mesmo a tia Elizabeth já havia percebido que, quando Emily dizia que faria algo, ela faria algo.

– A senhora teria feito um estardalhaço muito maior se eu dissesse que me casaria com Perry Miller – disse Emily depois de ouvir tudo que a tia Elizabeth tinha a dizer.

– Não deixa de ser verdade – admitiu tia Elizabeth quando Emily havia saído. – Mesmo porque Dean é bem de vida, e a família Priest é bastante respeitável.

– Mas um Priest? Tinha que ser um Priest? – suspirou a tia Laura. – Além disso, Dean é muito mais velho que Emily. Sem contar que o tataravô dele enlouqueceu.

– Dean não vai enlouquecer.

– Mas e os filhos dele?

– Laura! – repreendeu a tia Elizabeth, abortando aquele assunto.

* * *

– Tem certeza de que o ama, Emily? – perguntou a tia Laura mais tarde naquele mesmo dia.

– Sim, de certa forma – respondeu Emily.

A tia Laura tomou-lhe as mãos e falou de um jeito apaixonado que era completamente atípico dela.

– Mas só existe uma única forma de amar.

– Não é verdade, titia romântica – discordou Emily, com irreverência. – Existem dezenas de formas de amar. Eu mesma já experimentei uma ou outra, a senhora bem sabe. O problema é que elas não deram certo. Não se preocupe com Dean e eu. Nós nos entendemos bem.

– Eu só quero que você seja feliz, meu amor.

– E eu vou ser; já sou feliz. Já não sou mais uma sonhadora romântica e apaixonada. Este último inverno tirou isso de mim. Vou me casar com um homem cuja companhia me faz bem, e ele também está bastante satisfeito com o que eu tenho a oferecer: um afeto verdadeiro e uma amizade sincera. Estou certa de que isso é o melhor alicerce que um casamento feliz pode ter. Além disso, Dean *precisa* de mim. Eu posso fazê-lo feliz, algo que ele nunca foi. Ah, que maravilhoso é sentir que podemos dar felicidade a quem precisa, como alguém que presenteia um amigo com uma pérola valiosa.

– Você é jovem demais – insistiu a tia Laura.

– Sou jovem apenas por fora. Minha alma é centenária. Este último inverno me tornou muito madura e sábia. A senhora sabe.

– Sei sim. – Mas Laura sabia que essa ideia de ser madura e sábia só comprovava a juventude de Emily. As pessoas que de fato *são* maduras e sábias nunca sentem que o são. Além disso, toda essa conversa sobre almas centenárias não mudava o fato de que Emily, essa criatura esbelta e radiante com olhos cheios de mistério, ainda nem fizera vinte anos, ao passo que Dean Priest já contava com quarenta e dois. Dali a quinze anos... Laura não quis concluir esse pensamento.

No fim das contas, pelo menos Dean não a levaria para longe. E a verdade é que já havia casos de matrimônios felizes com a mesma diferença de idade entre o casal.

2

Deve-se admitir que ninguém parecia muito favorável àquela união. Emily passou semanas difíceis por conta desse assunto. O doutor Burnley teve um surto de cólera ao ouvir sobre o casório e pôs-se a insultar Dean. A tia Ruth foi até Lua Nova e fez uma cena.

– Mas ele é ateu, Emily!

– Não é! – negou Emily, indignada.

– Bem, ele não acredita no que *nós* acreditamos – declarou a tia Ruth, como se isso devesse resolver a questão para qualquer Murray de verdade.

A tia Addie, que nunca perdoou Emily por ter rejeitado seu filho, muito embora Andrew estivesse agora mais do que bem casado, estava insuportável. Demonstrava uma comiseração extremamente condescendente em relação a Emily. Afinal, Emily havia perdido Andrew e, agora, precisava se contentar com o coxo do Corcunda Priest. Obviamente, a tia Addie não dizia isso de forma tão direta, mas era quase como se dissesse. Emily percebia perfeitamente as insinuações por trás das atitudes de sua tia.

– Obviamente, ele é bem mais rico do que qualquer *jovem* poderia ser – concedeu a tia Addie.

– E interessante – acrescentou Emily. – Os homens mais jovens são, em sua maioria, *tão* enfadonhos. Ainda não tiveram tempo de aprender que não são tão maravilhosos quanto suas mães dizem que são.

A BUSCA DE EMILY

Nota-se que, *nessa* batalha, houve um empate.

Os Priests também não estavam lá muito satisfeitos. Talvez porque não gostassem de ver a fortuna de um de seus membros escapando-lhes pelos dedos. Andavam dizendo que Emily estava se casando por interesse, e os Murrays se certificaram de que isso chegasse aos ouvidos dela. Emily sentiu que os Priests estavam sempre a falar mal dela pelas costas.

– Nunca me sentirei bem-vinda em sua família – disse ela a Dean, revoltosa.

– Ninguém está te pedindo isso. Você e eu, Estrela, vamos viver em nosso próprio universo. Não vamos andar, falar, pensar ou respirar conforme as regras de nenhuma família, seja a Priest ou a Murray. Da mesma forma que os Priests não te aprovam como esposa para mim, os Murrays também não me aprovam como marido para você. Não lhes dê importância. É claro que os Priests vão ter dificuldade em aceitar que estamos nos casando porque se importa comigo. Como poderiam? Eu mesmo tenho dificuldade em acreditar nisso.

– Mas acredita, certo? Porque é verdade quando digo que me importo mais com você do que com qualquer outra pessoa no mundo. É certo que não te amo como uma bobinha apaixonada, mas isso eu já te disse.

– Você ama outra pessoa? – perguntou Dean, em voz baixa. Era a primeira vez que ousava fazer essa pergunta.

– Não. Você com certeza sabe que eu já tive meu coração partido uma ou duas vezes, mas eram fantasias de criança. Isso já ficou para trás. Este último inverno foi como uma vida inteira e criou um abismo centenário entre mim e esses velhos dias de ingenuidade. Sou toda sua, Dean.

Dean beijou a mão de Emily. Ele ainda não havia beijado seus lábios.

– Vou te fazer feliz, Estrela. Sei que vou. Por mais que eu seja velho... e manco, sei que consigo te fazer feliz. Passei a vida inteira esperando por isto, minha estrela. É assim que sempre te vi: como uma estrela magnífica e inalcançável. Agora, posso te ter, tocar, guardar em meu coração. E, algum dia, você vai me amar. Algum dia, você vai me dar mais do que seu afeto.

Essa paixão na voz dele deixou Emily um tanto assustada, pois parecia exigir dela mais do que ela tinha a oferecer. Para piorar, Ilse, que havia se formado na Escola de Oratória e vindo para a cidade a fim de passar uma semana ali antes de sair em uma turnê de verão, deu-lhe um aviso que a deixou levemente preocupada por um bom tempo.

– De certa forma, querida, Dean é o homem perfeito para você. É inteligente, interessante e menos convencido do que o resto dos Priests. Mas você vai ter que se entregar a ele de corpo e alma. Ele não vai admitir que você nutra interesse por qualquer coisa que não seja ele. Ele vai querer ter completa exclusividade sobre você. Agora, se isso não te incomodar…

– Acho que não…

– E sua escrita?

– Ah, deixei isso para lá. Não sinto interesse em escrever desde que me machuquei. Percebi naquele momento que isso não era importante; que havia coisas muito mais relevantes no mundo…

– Enquanto você continuar pensando assim, vai ser feliz com ele. Ai, não! – suspirou Ilse, vendo que a rosa vermelho-sangue que levava na cintura havia se despedaçado. – Me sinto muito madura e sábia falando dessas coisas com você, Emily. Parece tão… absurdo, de certa forma. Ontem, éramos estudantes. Hoje, você está noiva. Amanhã… será avó.

– E você não… digo, não tem ninguém na sua vida, Ilse?

– Vejam só, a raposa que perdeu a cauda! Não; estou muito bem, obrigada. Além disso… bom, vou ser franca de uma vez. Estou sentindo um impulso a me abrir completamente. Nunca houve ninguém para mim além de Perry Miller. Mas você já cravou suas garras nele.

Perry Miller! Emily não conseguiu acreditar no que ouvia.

– Ilse Burnley! Mas você sempre… ria dele… e perdia a paciência com ele…

– Claro que sim! Gostava tanto dele que ficava enlouquecida quando ele se prestava ao ridículo. Eu queria sentir orgulho dele, mas ele só me fazia ter vergonha. Ah, ele já me irritou o bastante para querer dar um murro na parede. Se eu não me importasse, você acha que faria diferença para mim que ele agisse como um perfeito idiota? Não consigo superá-lo... Você sabe, os Burnleys têm problema com a bebida, e ele é como se fosse meu álcool. Ah, eu teria me entregado a ele. Ainda me entregaria. Com os barris de arenque, Stovepipe Town e tudo mais. Aí está. Mas não se preocupe. A vida é sofrível o bastante sem ele.

– Quem sabe... algum dia...?

– Nem pense nisso. Não quero você fazendo papel de casamenteira para mim. Perry nunca me viu dessa forma... E nunca vai me ver. Então, também não vou pensar nele. Como eram mesmo aqueles versinhos ridículos que nos fizeram rir à beça no último ano de ensino médio?

> *Desde que o mundo gira*
> *E até que não gire mais*
> *Você terá seu amado no início*
> *Ou então o terá no final.*
> *Mas tê-lo do início ao fim*
> *Sem ter de emprestar nem tomar emprestado*
> *É o que desejam todas as moças*
> *E o que nenhum deus pode dar.*

– Bem, ano que vem eu me formo. Depois disso, terei anos e anos de trabalho. Ah, ouso dizer que algum dia vou me casar.

– Com Teddy? – perguntou Emily antes de conseguir se conter. Ela quis cortar a própria língua tão logo a pergunta se lhe escapou.

Ilse lançou-lhe uma olhada longa e inquisitiva, à qual Emily correspondeu adequadamente com todo seu orgulho de Murray. Talvez adequadamente até demais.

– Ah, não. Não com Teddy. Ele nunca me viu dessa maneira. Duvido que ele pense em qualquer pessoa além de si mesmo. Teddy é muito querido, Emily, mas também é egoísta. Muito.

– De jeito nenhum! – protestou Emily, indignada. Não admitiria ouvir aquilo.

– Bem, não vamos brigar por isso. Que diferença faz? Ele já saiu de nossas vidas. O mundo que o devore. Ele vai fazer sucesso; ficaram muito impressionados com ele em Montreal. Ele vai se tornar um grande retratista, se conseguir se curar da mania de colocar *você* em todos os rostos que pinta.

– Que bobagem! Ele não faz isso...

– *Faz*. Já briguei várias vezes com ele por isso. Obviamente, ele nega. Na verdade, até acredito que ele faça isso sem perceber. Creio que isso seja vestígio de algum sentimento antigo e inconsciente, para usar o jargão dos psicólogos de hoje em dia. Não importa. Como disse, pretendo me casar algum dia, quando me cansar de trabalhar. Por ora, estou satisfeita, mas algum dia sim. Vou encontrar um pretendente adequado, assim como você: um com o coração de ouro e o bolso cheio. Não acha engraçado que eu esteja falando em me casar com um homem que ainda nem conheço? O que será que ele está fazendo agora? Se barbeando? Xingando alguém? Sofrendo por outra mulher? Seja o que for, é *comigo* que vai se casar. Ah, e nós seremos muito felizes. Vamos nos visitar e comparar nossos filhos. Quero que você chame sua primeira filha de Ilse, hein, minha amiga do peito? Ah, que difícil é ser mulher, não acha, Emily?

O Velho Kelly, que era mascate de panelas e amigo de longa data de Emily, também tinha algo a dizer sobre o casamento. Nunca houve quem calasse o Velho Kelly.

– Minha filha, é verdade que você vai se casar com o Corcunda?

– Verdade verdadeira – Emily sabia que era inútil querer que o Velho Kelly chamasse Dean de qualquer outra coisa que não fosse "o Corcunda".

O Velho Kelly fechou a cara.

– Você ainda viveu pouco para se casar, menina, ainda mais se o marido for um Priest.

– E você não me atormenta há anos por causa da minha demora a arranjar um namorado? – perguntou Emily, um tanto tímida.

A BUSCA DE EMILY

– Menina, brincadeira é brincadeira. Mas isto é sério. Não seja cabeça-
-dura agora. Pare e pense. Atar um nó é muito fácil; desatá-lo é que é difícil.
Faz anos que te digo para não se casar com um Priest. Foi tolice minha;
devia ter feito o contrário. Devia ter dito para você se casar com um.

– Dean não é como os outros Priests, senhor Kelly. Eu vou ser muito
feliz.

O Velho Kelly meneou aquela cabeça farta de cabelos ruivos com incredulidade.

– Então você vai ser a primeira esposa de um Priest a ser feliz, sem ex-
cluir nem mesmo a velha senhora da Granja Wyther[19]. A diferença é que
ela gostava de brigar todos os dias. Isso vai acabar com você.

– Dean e eu não vamos brigar. Pelo menos não todos os dias – Emily
estava se divertindo. Os presságios agourentos do Velho Kelly não lhe
botavam medo. Pelo contrário, estava sentindo uma pontada travessa de
satisfação em atiçá-lo.

– Se você fizer o que ele quer, não. Do contrário, ele vai se emburrar.
Todos os Priests se emburram quando as coisas não saem à maneira deles.
E ele vai ser ciumento; você nunca vai ousar conversar com outro homem.
Ah, os Priests dominam suas esposas. O velho Aaron Priest fazia sua mu-
lher ajoelhar sempre que queria lhe pedir um favor. Meu pai viu isso com
os próprios olhos.

– Senhor Kelly, o senhor acha mesmo que algum homem conseguiria
fazer isso *comigo*?

Os olhos do Velho Kelly brilharam contra sua vontade.

– Os joelhos dos Murrays são mesmo difíceis de dobrar – ele reconheceu. – Mas não é só isso. Você sabia que o velho Jim, tio do Corcunda, só
resmungava em vez de falar? Sabia que, quando a esposa dele o contrariava,
ele a xingava de idiota?

– Mas talvez ela *fosse* idiota, senhor Kelly.

---

[19] Nancy Priest, tia-avó de Emily. Cf. *Emily de Lua Nova*. (N.T.)

– Talvez. Mas isso é certo? Me diga você. Fora que o pai dele costumava jogar os pratos na esposa quando ela o irritava. É verdade, pode acreditar. Ainda que o velho diabo fosse muito divertido quando estava de bom humor.

– Esses temperamentos difíceis sempre saltam uma geração – contrapôs Emily. – E, se não for assim, eu consigo desviar dos pratos.

– Minha filha, tem coisa muito pior do que alguém te jogar pratos. Pode ser que você consiga se desviar deles, mas não se pode desviar de tudo. Agora me diga – o Velho Kelly baixou o tom da voz de um jeito ominoso –, você sabia que os Priests costumam se cansar das mulheres com que se casam?

Emily sorriu para o senhor Kelly daquele jeito que a tia Elizabeth tanto reprovava.

– O senhor acha mesmo que Dean vai se cansar de mim? Posso não ser bonita, senhor Kelly querido, mas sou muito interessante.

O Velho Kelly se resignou com ares de quem estava, sem dúvida, se rendendo incondicionalmente.

– Então está bem, minha filha; seja o que for, você tem sim um rosto muito bonito. Vejo que você está decidida, mas não acho que esse seja o plano do Senhor para você. Resta torcer para que tudo acabe bem. Mas que ele é bem esperto, esse Corcunda, isso ele é.

O Velho Kelly foi-se embora com sua carroça, mas, quando estava longe o suficiente para não ser ouvido, resmungou:

– É esperto como o diabo esse homem. Fora que é mais feio que um bode caolho.

Emily ficou um tempo a observar a carroça se afastando. O Velho Kelly havia conseguido encontrar uma brecha em sua armadura e cravara uma inquietação em seu peito. Um calafrio percorreu-lhe a espinha, como se um vento sepulcral tivesse soprado em seu espírito. De repente, uma história muito antiga que ela ouvira a tia-avó Nancy contar a Caroline Priest lhe veio à memória. Segundo essa história, Dean já havia assistido à celebração de uma Missa Negra.

A BUSCA DE EMILY

Emily balançou a cabeça como se para espantar essa lembrança. Isso não passava de uma parvoíce; era apenas um boato de gente pacóvia, fruto da inveja e da malícia. Porém, era verdade que Dean sabia demais. Seus olhos já haviam visto muita coisa. Em parte, era isso que despertava a fascinação que Emily tinha por ele. Mas agora, isso lhe causava medo. Afinal, ela sempre sentira que Dean ria do mundo, como se possuísse algum conhecimento misterioso do qual ela não podia e, para dizer a verdade, não *queria* partilhar. Isso era um fato, não era? Ele havia perdido a capacidade de sentir o gosto intangível, porém real, da fé e do idealismo. Essa sensação estava ali, bem no fundo da alma de Emily. Era uma convicção inevitável, por mais que ela tentasse sufocá-la. Por um momento, ela concordou com Ilse que era decididamente difícil ser mulher.

"Eu bem que fiz por merecer quando me prestei a discutir esse assunto com o Velho Kelly", pensou ela, com raiva.

Nunca houve um consentimento formal ao noivado de Emily, mas a coisa foi tacitamente aceita. Dean era bem de vida. Os Priests cumpriam com todas as tradições importantes e uma das matriarcas da família havia inclusive dançado com o Príncipe de Gales no famoso baile de Charlotte-town. No fim das contas, haveria certo alívio em ver Emily finalmente se casando com alguém de confiança.

– Ele não vai levá-la para longe de nós – disse a tia Laura, que teria aceitado qualquer coisa se lhe garantissem isso. Afinal, como poderiam abrir mão da única coisa alegre e reluzente que havia naquela casa velha?

"Diga a Emily que as Priests costumam ter gêmeos" escreveu a tia-avó Nancy, mas a tia Elizabeth decidiu não dizer isso à sobrinha.

O doutor Burnley, que fez o pior estardalhaço, decidiu conceder vitória quando soube que Elizabeth Murray já estava organizando o enxoval no sótão de Lua Nova e que Laura estava bordando as toalhas de mesa.

– Aqueles a quem Elizabeth Murray uniu, ninguém haverá de separar – resignou-se ele.

A tia Laura tomou o delicado rosto de Emily nas mãos e olhou fundo nos olhos dela.

– Deus te abençoe, Emily, minha querida.

– Típica donzela romântica – comentou Emily com Dean. – Mas eu gostei.

Capítulo 9

1

Houve um momento em que a tia Elizabeth recusou-se terminantemente a aceitar que Emily se casasse antes de completar vinte anos. Dean, que andava sonhando em se casar no outono e em passar o inverno em um onírico jardim japonês no além-mar, aquiesceu de mau grado. Emily também preferia se casar logo. No fundo de sua mente, em um luar que não ousava acessar, ela tinha a sensação de que, quanto mais cedo aquilo terminasse e se tornasse irrevogável, melhor.

Mesmo assim, ela estava feliz, como insistia em se dizer com uma sinceridade verdadeira. Talvesse *houvesse* alguns momentos sombrios, nos quais um pensamento inquietante a olhava fundo nos olhos: aquela era uma felicidade aleijada, de asas quebradas; não era a felicidade selvagem e de voo livre que ela sonhava ter. Porém, fazia questão de se lembrar que isso era algo que se perdera para sempre.

Certo dia, Dean apareceu com um rubor infantil de entusiasmo no rosto.

– Emily, nem te conto o que eu fiz. Será que você vai gostar? Meu Deus, o que eu vou fazer se você não gostar?

– O que você fez?

– Comprei uma casa.

– Uma casa?!

– Uma casa! Eu, Dean Priest, sou proprietário de um imóvel. Tenho uma casa, um jardim e um bosque de dois hectares. Eu, que hoje de manhã não tinha um centímetro quadrado de terra para chamar de meu. Eu, que passei a vida desejando possuir um pedacinho de terra.

– *Qual* casa você comprou, Dean?

– A casa de Fred Clifford, ou pelo menos a que sempre foi dele por um equívoco legal. Agora é *nossa*, predestinada a nos pertencer desde a fundação do mundo.

– A Casa Desolada?!

– Ah, sim, esse é o nome que você deu a ela. Mas agora ela não vai ser mais desolada. Quero dizer, isso se… se você não achar ruim.

– Achar ruim?! Dean, você é um querido! Eu sempre adorei aquela casa. É uma dessas casas com as quais a gente se apaixona desde o primeiro momento. Algumas casas são assim, sabe? Cheias de mágica. Outras, por outro lado, não têm nenhuma. Sempre sonhei em ver essa casa finalizada. Ah… e alguém me disse que você iria comprar aquele casarão medonho em Shrewsbury. Fiquei com medo de perguntar se era verdade.

– Ora, Emily, exijo que retire essas palavras. Você sabia que não era verdade. Você me conhece bem. Está certo que minha família queria que eu o comprasse. Minha irmã quase desatou a chorar quando eu disse que não faria isso. Afinal, o preço estava ótimo, e é um casarão *tão* elegante.

– É realmente elegante, com tudo que essa palavra implica – concordou Emily –, mas seria impossível transformá-lo em um lar. Não por causa do tamanho ou da elegância, mas porque seria impossível mesmo.

– E-xa-ta-men-te! Qualquer mulher que se preze diria o mesmo. Estou feliz que você tenha gostado, Emily. Precisei comprar a casa ontem, em Charlottetown, sem te consultar. Outro homem estava prestes a comprá-la, e eu mandei um telegrama a Fred imediatamente. Claro que, se você não tivesse gostado, eu a teria vendido. Mas *senti* que você gostaria. Vamos transformá-la em um lar tão gostoso, minha querida. É isso que eu quero: um lar. Já tive muitas habitações, mas nunca um lar. Vou mandar terminá--la e deixá-la o mais bonita possível para você, minha Estrela, que merece brilhar nos mais belos palácios.

– Vamos vê-la agora mesmo – disse Emily. – Quero contar a novidade a ela. Quero contar que ela finalmente vai poder *viver*.

– Vamos, sim. E vamos poder vê-la por dentro. Peguei as chaves com a irmã de Fred. Emily, sinto como se tivesse tomado a lua nas mãos.

– Ah, e eu como se segurasse um punhado de estrelas – exclamou Emily, plena de alegria.

2

E lá foram eles rumo à casa, atravessando o pomar cheio de aquilégias; seguindo pelo Caminho do Amanhã; cruzando o pasto; subindo uma pequena encosta coberta de capim-dourado; passando por uma velha cerca serpenteante, cuja madeira caiada já apresentava um tom acinzentado e cujas quinas já estavam cobertas de trepadeiras e ásteres. Alcançaram então um caminhozinho voluntarioso que ziguezagueava em meio a um longo bosque de pinheiros e era tão estreito que os dois precisaram caminhar um atrás do outro. Ali, o ar parecia estar cheio de deliciosos sussurros mágicos.

Quando chegaram ao final desse caminho, deram em um lindo campo inclinado, coberto de relva e salpicado de pequenos pinheiros pontudos. No alto dele, emoldurada com o esplendor das colinas e com a magia das terras altas e coroada de nuvens crepusculares, jazia a casa; a casa *deles*.

A casa estava cercada pelo mistério dos bosques que se estendiam atrás e em volta dela, salvo ao sul, onde o terreno formava um longo e íngreme declive, terminando no lago de Blair Water. Àquela época do ano, a visão era como a de uma gigantesca tigela de ouro. Do outro lado do lago, os campos jaziam tranquilos sob o céu estrelado e as colinas de Derry Pond se erguiam azuladas e românticas, tais como as famosas montanhas da Alsácia. Entre a casa e esse maravilhoso panorama, sem contudo tampar a vista, havia uma fileira de magníficos choupos-da-lombardia.

Os dois subiram a colina e chegaram ao portão de um pequeno jardim cercado; era um jardim muito mais antigo que a própria casa, que fora construída no local onde antes havia uma choupana de madeira dos tempos coloniais.

– Eis aí uma vista com a qual consigo viver! – disse Dean, em êxtase. – Que lugar delicioso este! A colina é cheia de esquilos, Emily. E de coelhinhos também. Não são adoráveis esses bichos? Na primavera, ela fica cheia de violetas. Atrás daqueles pinheiros, há um pequeno vale que, em maio, também se enche de violetas "mais doces que as pálpebras dos olhos de Emily ou que o hálito de Emily". Emily me parece um nome mais bonito que Citera ou Juno[20]. Queria que você notasse aquele portãozinho lá longe. Ele não é muito necessário; só serve para dar acesso a um charco cheio de rãs que fica atrás do bosque. Mas não é lindo? Adoro portões assim, sem razão de ser. São cheios de promessas. Talvez *haja* algo maravilhoso além dele. De certa forma, um portão é sempre um mistério, um símbolo; é algo que nos cativa. E ouça só esse sino badalando no crepúsculo em algum lugar além do porto. O badalo de um sino no crepúsculo é sempre mágico, como se fosse um som vindo de distantes terras místicas. Naquele rincão ali, há algumas roseiras; são roseiras antigas, como doces canções ancestrais, prontas para florescer. As rosas são brancas o bastante para adornar seu alvo busto, meu amor, e vermelhas o bastante para enfeitar sua macia cabeleira negra. Emily, estou um tanto embriagado esta tarde. Embriagado com o vinho da vida. Não se ofenda se eu disser coisas loucas.

Emily estava muito feliz. Sob a luz débil e vacilante, aquele antigo e agradável jardim parecia conversar com ela como velho um amigo. Ela

---

[20] Dean cita um verso do *Conto de Inverno*, de William Shakespeare, mas substitui os nomes pelo de Emily: [...] *violets dim / But sweeter than the lids of Juno's eyes / Or Cytherea's breath*" (em português: [...] tímidas violetas / Porém mais doces que as pálpebras de Juno / Ou o hálito de Citera"). (N.T.)

A BUSCA DE EMILY

se rendeu completamente ao charme do lugar. Admirou a Casa Desolada com um olhar encantado. Era uma casinha tão *atenciosa*. Não era uma casa antiga, e Emily gostava disso. As casas antigas sabem demais; são atormentadas pelos muitos pés que atravessaram suas portas, pelos muitos olhos angustiados e ardorosos que olharam por suas janelas. Esta casa era ingênua e inocente como ela própria. Ansiava por alegria. E seria alegre. Dean e ela expulsariam os fantasmas das coisas que nunca chegaram a acontecer. Como seria maravilhoso ter uma casa toda sua.

– A casa nos quer tanto quanto nós a queremos – disse Emily.

– Adoro quando sua voz fica suave e meiga assim – respondeu Dean. – Nunca fale assim com nenhum outro homem, Emily.

Emily lançou-lhe um olhar faceiro que quase o fez beijá-la. Ele ainda não a havia beijado. Algo sempre lhe dizia que ela ainda não estava pronta para ser beijada. Quase ousou fazer isso bem ali, naquela atmosfera esplendorosa que convertia tudo em romance e beleza. Talvez conseguisse até mesmo conquistá-la por completo com isso. Mas hesitou, e a mágica do momento desvaneceu. Em algum lugar escuro além do bosque, ouviram-se risos. Eram risadas inocentes e inofensivas de crianças, mas foram o bastante para quebrar o delicado feitiço daquele instante.

– Vamos ver a casa – convidou Dean. Ele foi à frente, através da relva silvestre, abriu a porta que dava para a sala de estar e girou a chave com dificuldade na tranca enferrujada. Dean tomou a mão de Emily e conduziu-a adentro.

– Esta é a entrada de sua casa, meu amor.

Ele ergueu a lanterna, que lançou um círculo errante de luz sobre o cômodo inacabado, com suas paredes desnudas e expectantes, suas janelas tapadas, seus umbrais sem portas e sua lareira vazia... Não, não exatamente vazia. Emily notou um montículo de cinzas nela. Eram as cinzas da fogueira que ela e Teddy haviam acendido anos antes, naquele verão cheio de aventuras de sua infância. A fogueira em frente à qual os dois se sentaram e planejaram uma vida juntos. Ela se voltou para a porta com um leve estremecimento.

– Dean, ela está muito deserta e assombrada. Acho que prefiro explorá-la durante o dia. Os fantasmas das coisas que não aconteceram são piores do que os das coisas que chegaram a acontecer.

3

Dean sugeriu que passassem o verão reformando e terminando a casa, fazendo o possível para deixá-la exatamente como queriam.

– Assim, podemos nos casar na primavera, passar o verão ouvindo as badaladas dos sinos que ressoam sobre as areias do Oriente, observar o templo de File à luz da lua, ouvir o Nilo gemendo em Mênfis, voltar para cá no outono e girar a chave na porta de nosso próprio lar.

Emily achou o plano perfeito. Suas tias, nem tanto. Não lhes pareceu nada apropriado, pois daria margem para boatos. Além disso, a tia Laura, supersticiosa como era, achou que traria má sorte mobiliar uma casa *antes* do casamento. Para Dean, pouco importava se era apropriado ou se trazia má sorte. Queriam reformá-la de antemão e assim fizeram.

Naturalmente, foram inundados de conselhos tanto da parte dos Priests quanto da dos Murrays. Não seguiram nenhum deles. Exemplo disso é o fato de que não quiseram pintar a Casa Decepcionada; apenas revestiram-na de madeira, para que o revestimento adquirisse aquele tom cinzento-amadeirado, para o horror da tia Elizabeth.

– É só em Stovepipe Town que as casas não são pintadas – disse ela.

Substituíram os antigos degraus de tábua que os carpinteiros haviam instalado provisoriamente trinta anos antes por largos degraus de arenito vermelho trazido da costa. Dean mandou instalar janelas de abrir para fora com vidraças em formato de diamante, as quais a tia Elizabeth avisou a Emily que seriam dificílimas de limpar. Ele também mandou botar uma linda janelinha sobre a porta da frente, com um telhadinho em cima dela, que parecia uma charmosa sobrancelha desgrenhada. Na sala de estar, mandaram instalar uma porta-balcão que dava direto para o bosque.

A busca de Emily

Dean também mandou botar lindos armários por todos os lados.

– Não sou tolo de imaginar que uma mulher seja capaz de amar um homem que não lhe dá armários que se prezem – declarou ele.

A tia Elizabeth aprovou os armários, mas achou péssima a escolha dos papeis de parede, especialmente o da sala de estar. Deviam ter escolhido algo alegre, com flores ou listras douradas; ou até mesmo um desses "com paisagens" que estavam tão na moda. Porém, Emily insistiu em instalar um papel cinza-escuro com desenhos de galhos de pinheiros cobertos de neve. A tia Elizabeth disse que preferiria morar no mato do que em uma sala como aquela. Mas, no que dizia respeito a isso e a tudo mais envolvendo sua querida casa, Emily foi "cabeça-dura" como sempre, como asseverou exasperada a tia Elizabeth, tomando emprestada uma expressão do Velho Kelly.

Apesar disso, a tia Elizabeth foi muito generosa com eles. Vasculhando algumas caixas e baús há muito esquecidos, ela desenterrou porcelanas e talheres que eram de sua madrasta e deu-os para Emily. Eram tesouros que teriam pertencido a Juliet Murray se ela tivesse se casado da forma adequada, com um marido aprovado pela família. Havia várias preciosidades entre essas coisas, em especial uma linda jarra esmaltada cor-de-rosa e um maravilhoso jogo de jantar em estilo inglês, que a avó de Emily ganhara ao se casar. Não faltava nenhuma peça. O jogo incluía xícaras baixas e finas, pires fundos, pratos de borda ondulada e terrinas redondas e fundas. Emily preencheu todo o armário embutido da sala de estar com ele e depois pôs-se a admirá-lo, orgulhosa. Também havia outras coisas das quais ela gostou: um espelhinho de moldura folheada a ouro com um gatinho no alto (era um espelho que havia refletido tantas mulheres belas que dava certo encanto a qualquer rosto) e um antigo relógio pontudo com lanças folheadas a ouro nas laterais (era um relógio educado, que dava um sinal dez minutos antes de badalar e, assim, não pegava ninguém de surpresa). Dean deu corda nele, mas não quis botá-lo para funcionar.

– Quando voltarmos para casa, quando eu te trouxer de volta como esposa e rainha, você vai botá-lo para funcionar – disse ele.

O aparador em estilo Chippendale e a mesa de mogno que havia em Lua Nova também foram dados a Emily. Além disso, Dean tinha uma infinidade de coisas lindas e raras trazidas de toda parte do mundo: um sofá estofado em seda listrada que já havia pertencido a uma marquesa do Antigo Regime; uma lanterna de ferro forjado com detalhes em forma de renda, que era de um antigo palácio veneziano e que foi pendurada na sala de estar; um tapete de Xiraz; um tapete de oração vindo de Damasco; cães de lareira italianos feitos de latão; jades e marfins da China; tigelas de laca do Japão; uma graciosa coruja de porcelana verde japonesa; um perfumeiro chinês de ágata pintada, que ele havia encontrado em algum lugar estranho da Mongólia e que ainda exalava um perfume do Oriente (que não se parecia em nada com os do Ocidente); e, finalmente, um bule chinês adornado de terríveis dragões dourados. Eram dragões com garras de cinco unhas, o que revelava aos entendidos do assunto que o bule havia pertencido ao palácio imperial. Dean explicou a Emily que aquele era um dos tesouros pilhados do Palácio de Verão durante o Levante dos Boxers, mas não quis explicar como o bule fora parar em suas mãos.

– Não vou te contar agora. Talvez algum dia. Tem uma história por trás de tudo que trouxe para esta casa.

4

Passaram um dia maravilhoso arrumando a mobília na sala de estar. Experimentaram uma dúzia de disposições diferentes e não se deram por satisfeitos enquanto não encontraram uma que lhes parecesse absolutamente perfeita. Vez por outra, discordavam um do outro, e então precisavam se sentar e discutir a questão. Se não conseguissem chegar a um acordo, botavam Ciso para resolver o impasse tirando palitinhos. Sal Sapeca já havia morrido de velhice, mas Ciso estava sempre por ali. Já não era tão ágil, andava meio ranzinza e roncava horrores quando dormia, mas Emily o adorava mesmo assim e não se mudaria para a Casa Desolada sem levá-lo junto. Ele sempre subia o caminhozinho da colina ao lado dela, como uma sombra cinza sarapintada de preto.

– Você ama esse gato velho mais que eu, Emily – brincou Dean uma vez, com uma pitada de ciúmes.

– Eu *preciso* amá-lo – defendeu-se Emily. – Ele está envelhecendo. *Você* vai ter uma vida inteira comigo. Aliás, eu vou sempre querer ter um gato por perto. Um lar não é um lar sem a alegria inefável de um gato com a cauda enrolada em volta das patinhas. Os gatos trazem mistério, charme e segredo. E você precisa de um cachorro.

– Nunca quis ter outro cachorro desde que Tweed morreu, mas talvez eu adote um. Um de uma raça completamente diferente. Precisamos de um cachorro que mantenha seus gatos na linha. Ah, não é bom sentir que um lugar te pertence?

– É muito melhor sentir que pertencemos a algum lugar – respondeu Emily, olhando em volta com satisfação.

– Nós vamos ter uma linda amizade com esta casa – concordou Dean.

5

Um dia, eles penduraram os quadros. Emily trouxe seus favoritos, incluindo a *signora* Giovanna degli Albizzi e a Mona Lisa[21]. Esses dois foram pendurados em um canto entre as janelas.

– Aqui vai ficar sua escrivaninha – disse Dean. – A Mona Lisa vai sussurrar o segredo imortal de seu sorriso para que você o coloque em um de seus contos.

– Achei que você não quisesse que eu continuasse escrevendo contos – disse Emily. – Você não parecia gostar que eu escrevesse.

---

[21] Cf. *A escalada de Emily*. (N.T.)

– Isso era quando eu tinha medo que a escrita te tomasse de mim. Agora já não importa. Quero que você faça o que gosta.

Emily estava indiferente. Depois do acidente, nunca mais se interessou pela literatura. À medida que o tempo passava, sentia um desgosto crescente pela ideia de retomar a escrita. Pensar nisso era pensar no livro que havia queimado, e isso a machucava mais do que podia suportar. Já não se importava mais em tentar ouvir a "palavra aleatória"; estava exilada de seu antigo reino estrelado.

– Vou pendurar o retrato da velha Elizabeth Bas[22] junto à lareira – disse Dean. – "Gravura feita a partir de um retrato de Rembrandt"[23]. Ela não é uma senhora maravilhosa, Estrela, com essa touca branca e essa gorjeira imponente? E essa expressão sagaz, jocosa, complacente e levemente desdenhosa, você já viu igual?

– Acho que eu nunca iria querer entrar numa discussão com ela – refletiu Emily. – Parece estar lutando para conter as próprias mãos, pronta para me dar um safanão caso eu discorde dela.

– Já faz mais de um século que ela virou pó – disse Dean, reflexivo. – Ainda assim, aí está ela, viva, em reprodução barata de uma obra de Rembrandt. Ela passa a sensação de estar prestes a nos dizer algo. E concordo com você que ela não parece tolerar atrevimentos.

– Mas também pode ser que ela tenha um doce guardado em um dos bolsos para nos dar. Que matrona mais bonita, rosada e saudável! Tenho certeza de que era *ela* quem mandava na família. O seu marido devia fazer exatamente o que ela queria sem nem perceber.

– Será que ela era casada? – perguntou Dean, indeciso. – Não vejo aliança no dedo dela.

– Então deve ter sido uma agradabilíssima solteirona! – asseverou Emily.

---

[22] Pintura do holandês Ferndinand Bol (1616-1680). (N.T.)

[23] De início, a pintura em questão foi equivocadamente atribuída a Rembrandt, mas, posteriormente, concluiu-se que a obra era na realidade de Ferdinand Bol. (N.T.)

A BUSCA DE EMILY

– Quanta diferença entre o sorriso dela e o da Mona Lisa – disse Dean, olhando de uma para a outra. – Elizabeth parece apenas tolerar as coisas, com esse ar felino de malícia e introspecção. A expressão da Mona Lisa, por outro lado, tem esse eterno ar de encanto e sedução que enlouquece os homens e serve de mote para as páginas escarlates de crônicas obscuras da história. A Gioconda seria uma namorada muito estimulante e Elizabeth daria uma ótima tia.

Dean pendurou uma antiga miniatura de sua mãe sobre a prateleira da lareira. Emily nunca a tinha visto. A mãe de Dean Priest fora uma linda mulher.

– Mas por que ela parece tão triste?

– Porque o marido dela era um Priest – respondeu Dean.

– Eu também vou ser triste? – brincou Emily.

– Se depender de mim, não – retorquiu Dean.

Mas dependia? Essa pergunta às vezes se forçava na mente de Emily, que não queria respondê-la. Emily sentiu-se feliz durante dois terços daquele verão, o que lhe parecia uma média bastante sofrível. Porém, o outro terço consistia de momentos em que ela não falava com ninguém; momentos em que sua alma parecia presa em uma armadilha; momentos em que a enorme esmeralda cintilando em seu dedo mais parecia uma algema. Certa vez, ela chegou a tirá-la, apenas para sentir-se livre por um tempo. Foi uma fuga temporária, da qual ela se arrependeu profundamente no dia seguinte, quando voltou ao normal, sentindo-se satisfeita com a vida e mais interessada que nunca em sua pequena casinha cinza, que significava tanto para ela – "mais até do que Dean", disse ela para si mesma em um surto desesperador de honestidade no meio da madrugada. Na manhã do dia seguinte, recusou-se a acreditar que isso havia acontecido.

6

A velha tia-avó Nancy, de Priest Pond, morreu naquele verão, bastante repentinamente.

– Cansei de viver. Acho que vou parar – disse ela um dia, e parou.

Nenhum dos Murrays foram beneficiados em seu testamento. Quase tudo ficou para Caroline Priest, mas Emily herdou a "bola observadora", a aldraba de latão em forma de gato de Cheshire e o par de brincos de ouro, bem como o retrato em aquarela que Teddy fizera dela anos antes[24]. Emily instalou a aldraba na porta da frente da Casa Desolada, pendurou a enorme bola prateada na lanterna veneziana e usou o charmoso par de brincos nos mais diversos eventos. O retrato, contudo, ela guardou numa caixa no sótão de Lua Nova; uma caixa que continha cartas antigas e ingênuas, cheias de sonhos e planos.

7

Eles se divertiam bastante quando, vez por outra, paravam para descansar por alguns minutos. Em um dos galhos de um pinheiro ao norte da casa, havia um ninho de pintarroxo que eles admiravam e protegiam de Ciso.

– Pense em toda música que está guardada nessas finas e pálidas paredes azuis – disse Dean um dia, tocando um dos ovos. – Talvez não a música da lua, mas uma música mais terrena e familiar, cheia da doçura e da alegria de viver. Algum dia, nascerá um pintarroxo deste ovo, Estrela, e ele cantará alegremente para nós ao entardecer.

Fizeram amizade com um coelho velho que, vez por outra, vinha saltitando desde o bosque jardim adentro. Inventaram um jogo de quem conseguia contar mais esquilos durante o dia e mais morcegos à noite. Isso era apenas uma desculpa para não terem que ir embora assim que escurecia. Às vezes, eles se sentavam nos degraus de arenito e ficavam ouvindo a música melancólica do vento da noite sobre o mar e observando como o crepúsculo subia desde o antigo vale, como as sombras se remexiam e

---

[24] Cf. *Emily de Lua Nova*. (N.T.)

A BUSCA DE EMILY

estremeciam sob os pinheiros e como o lago de Blair Water se convertia em uma gigantesca piscina acinzentada, trêmula sob a luz das primeiras estrelas. Ciso sentava-se ao lado deles, vigiando tudo com seus grandes olhos enluarados enquanto Emily, vez por outra, acariciava-lhe as orelhas.

– Ao anoitecer, é mais fácil entender os gatos. Em todos os outros momentos, eles são criaturas inescrutáveis, mas quando o céu escurece e o orvalho começa a cair, é possível vislumbrar o segredo irresistível da personalidade deles.

– É possível vislumbrar todos os segredos a esta hora do dia – disse Dean. – Em noites como esta, sempre penso na "colina onde crescem as especiarias". Esse é um verso de uma canção que minha mãe costumava cantar e que sempre me intrigou, embora eu não possa "correr como um cervo ou um corço jovem". Emily, vejo que você está buscando uma oportunidade para me perguntar de que cor pintaremos o depósito de madeira. Não faça isso agora. Não é certo falar de tinta quando se está esperando o nascer da lua. Vai ser um espetáculo maravilhoso; eu mesmo mandei prepará-lo. Mas, se quiser falar sobre os móveis, vamos planejar algumas coisas que ainda não temos e que precisamos ter: uma canoa para nossos passeios a remo pela Via Láctea, por exemplo; um tear para fiarmos nossos sonhos; e um jarro de vinho das fadas para as horas festivas. Ah, e se puséssemos a fonte de Ponce de León ali naquele canto? Ou será que você prefere a de Castália? Para o seu guarda-roupa, você pode pedir o que quiser, contanto que haja nele um vestido de crepúsculo com uma estrela da manhã para lhe enfeitar os cabelos. E também um vestido com bainhas de luz do sol e uma echarpe de nuvens crepusculares.

Ah, como ela gostava de Dean! Se ao menos pudesse amá-lo!

Certa noite, ela foi sozinha ver sua pequena casinha à luz da lua. Como era querido aquele lugar! Ela se imaginou no futuro, saltitando pelos cômodos, rindo sob os pinheiros, de mãos dadas com Teddy em frente à lareira. Com um choque, Emily voltou a si. Com Dean, claro! Com Dean! Foi apenas um truque da memória.

8

Chegou uma noite de setembro em que tudo estava em seu devido lugar, desde a ferradura sobre a porta para manter as bruxas longe até as velas que Emily havia espalhado por toda a sala de estar: uma pequena e alegre vela amarela; uma vela vermelha, corpulenta e belicosa; uma pálida e sonhadora velinha azul; uma velinha sem graça, enfeitada com ases de copas e de espadas; e uma vela esbelta e elegante.

O resultado era bom. Havia um ar de harmonia na casa. As coisas que havia nela não precisavam se conhecer porque haviam feito amizade desde o primeiro momento. Não se estranhavam. Não havia "ruído" em nenhum dos cômodos.

– Não há absolutamente mais nada para fazer – suspirou Emily. – Não podemos nem *fingir* que há.

– Também acho que não – lamentou-se Dean. Ele então olhou para a lareira, onde havia gravetos e lenha.

– Claro que há! – exclamou ele. – Como pudemos nos esquecer? Precisamos conferir se a chaminé escoa bem. Vou acender a lareira.

Emily sentou-se em um divã no canto da sala e, quando o fogo estava aceso, Dean foi sentar-se ao seu lado. Ciso estava deitado de lado aos pés deles, seus flancos listrados subindo e descendo.

O brilho das chamas refulgiu com alegria. Tremeluziu sobre o antigo piano; brincou de pique-esconde com o adorável rosto de Elizabeth Bas; dançou sobre os vidros do armário onde estava o jogo de jantar inglês e disparou pela porta da cozinha, onde a fileira de tigelas azuis e marrons que Emily havia organizado sobre o aparador lançou uma piscadela para ele.

– Isto é que é um lar – disse Dean, terno. – É mais acolhedor do que eu jamais imaginei que seria. É assim que ficaremos nas noites de outono pelo resto da vida, nos protegendo das noites frias e brumosas que vêm do mar. Só nós dois, sozinhos, em frente a essa doce lareira. Mas, de vez em quando, podemos receber algum amigo para compartilhar disto conosco, provar da nossa alegria e beber de nosso riso. Vamos ficar aqui pensando nisso, sentadinhos, até que o fogo se apague.

O fogo estalou e crepitou enquanto Ciso ronronava. A lua brilhou através dos galhos dançantes dos pinheiros e das vidraças da janela, iluminando--os. Emily pensou (não conseguia evitar) naquela vez em que Teddy e ela haviam estado ali. O mais estranho disso é que ela não pensou nele com carinho ou saudade. Apenas pensou. Com um misto de exasperação e medo, perguntou-se se pensaria nele quando estivesse no altar, casando--se com Dean.

Quando o fogo se extinguiu, convertendo-se em uma pilha de cinzas brancas, Dean se levantou.

– Valeu a pena ter vivido tantos anos de amargura para isto. Voltaria a vivê-los, se necessário fosse – disse ele, segurando a mão dela. Ele então a puxou para perto, mas um fantasma se pôs entre os lábios que se aproximavam. Emily desviou-se com um suspiro.

– Nosso verão de alegria se acabou, Dean.

– Nosso *primeiro* verão de alegria – corrigiu Dean, mas sua voz soou subitamente um tanto cansada.

Capítulo 10

1

Trancaram a porta da Casa Desolada em uma tarde de novembro, e Dean deu a chave para Emily.

– Guarde-a até a primavera – disse ele, lançando um olhar pelos campos calmos, cinzentos e frios sobre os quais um vento gelado soprava. – Não vamos voltar aqui antes disso.

No inverno tempestuoso que se sucedeu, o caminho vicinal que conduzia à casinha ficou tão coberto de neve que Emily não pôde ir vê-la, embora pensasse nela com frequência e alegria, esperando em meio à neve pela primavera, pela vida e pela plenitude. No geral, o inverno foi um período feliz. Dean não viajou e se mostrou tão encantador no trato com as velhas damas de Lua Nova que elas quase o perdoaram por ser quem era. Para falar a verdade, a tia Elizabeth não entendia metade das coisas que ele dizia, e a tia Laura botava na conta dele o fato de Emily ter mudado. Porque ela de fato mudara. O primo Jimmy e a tia Laura perceberam disso, embora ninguém mais parecesse notar. Não era raro notar um desassossego nos olhos dela. E faltava algo em seu riso. Ele já não era tão fácil e tão espontâneo como antigamente. Emily havia amadurecido antes do tempo, pensou a tia Laura, com um suspiro. Seria aquela terrível queda na escadaria de Lua Nova o único motivo? Será que Emily estava *mesmo* feliz? Laura não ousava se fazer essa pergunta. Será que ela amava Dean Priest, com quem se casaria em junho? Laura não sabia; o que ela sabia era que o amor não é algo que se produzisse artificialmente. Sabia também que uma moça verdadeiramente feliz com a chegada do casamento não passava madrugadas inteiras em claro, andando para lá e para cá no quarto. Certamente não estava pensando em nenhuma história, pois havia abandonado a escrita. De nada adiantou que a senhorita Royal lhe enviasse cartas suplicantes e repreensivas de Nova Iorque. De nada adiantou que o primo Jimmy deixasse, vez por outra, um caderno novo sobre sua escrivaninha. De nada adiantou que, com sutileza, a tia Laura desse a entender que era lamentável abandonar algo que havia começado tão bem. Nem mesmo a desdenhosa afirmação da tia Elizabeth de que sempre soube que Emily se cansaria de escrever ("Os Starrs são assim, inconstantes") serviu para incitá-la a retomar a escrita. Ela não conseguia escrever; nunca voltaria a tentar.

– Já paguei minhas dívidas e tenho o bastante no banco para cobrir o que Dean chama de "quinquilharias casamenteiras". Além disso, a senhora já fez duas colchas de crochê para mim – disse Emily à tia Laura, um tanto cansada e irritada. – Então, vou escrever para quê?

– Foi a queda que… acabou com sua ambição? – hesitou a pobre tia Laura, botando para fora algo que a atormentara o inverno inteiro.

Emily sorriu e a beijou.

– Não, minha querida. Não tem nada a ver com isso. Por que se preocupar com uma coisa simples e natural? Olhe para mim: estou prestes a me casar; tenho uma futura casa e um futuro marido para cuidar. Isso não explica por que eu parei de me ocupar com… outras coisas?

Deveria explicar, mas, naquela tarde, Emily saiu ao entardecer. Sua alma anelava por liberdade, e ela quis aliviar um pouco seus grilhões. Era um típico dia de abril, levemente quente no sol e gélido na sombra. Na verdade, mesmo no sol, era possível sentir um pouco do frio. O céu estava carregado de nuvens cinzentas e enrugadas, salvo a oeste, onde se via a lua triste e bela se escondendo atrás de uma colina. Além dela, não parecia haver ninguém ali ao ar livre, e a escuridão fria que começava a cobrir os campos secos dava um aspecto profundamente lúgubre e triste àquela paisagem de início de primavera. Emily se sentiu desesperançada, como se o melhor da vida já tivesse ficado para trás. A natureza sempre tivera grande influência sobre ela, talvez até demais. Ainda assim, parecia-lhe bom que a tarde estivesse tão melancólica. Qualquer outra coisa teria sido um insulto para seu estado de ânimo. Ela ouviu as ondas quebrando atrás das dunas. Um antigo poema de Roberts[25] lhe veio à mente:

> *Rochas cinzas e um mar mais cinza ainda,*
> *Espuma ao longo da praia,*
> *E em meu coração, um nome*
> *Que meus lábios não tornarão a dizer.*

Que tolice! Que bobagem ridícula e sentimental! Basta disso!

2

Mas aquela carta de Ilse... Teddy estava voltando para a cidade. Viria a bordo do Flavian e passaria quase todo o verão em casa.

– Quem dera o casamento fosse antes de ele chegar... – resmungou Emily.

---

[25] Charles G. D. Roberts (1860 - 1943), poeta canadense. (N.T.)

A BUSCA DE EMILY

Será que sempre teria medo do amanhã? Estaria sempre satisfeita com o presente, mas temerosa com o futuro? Seria essa sua vida? E, afinal, *qual* era o motivo desse medo todo?

Emily estava levando consigo a chave da Casa Desolada. Não a visitava desde novembro e queria vê-la: bela, desejável, expectante. Aquele era seu lar. Nesse refúgio de insondável beleza e equilíbrio, seus terríveis medos e dúvidas desapareceriam e a essência daquele verão alegre ressurgiria. Ela se deteve por um momento no portão para admirar com carinho aquela linda casinha aninhada sob antigas árvores suspirantes. Lá embaixo, via-se o lago de Blair Water, cinzento e soturno. Ela amava aquele lago em todas as suas formas: com seu brilho estival; com seu prateado crepuscular; com seu milagroso resplendor enluarado; e com seus anéis vacilantes em dias de chuva. E ela também o amava agora, mesmo sombrio e sorumbático. Parecia haver uma tristeza lancinante naquela paisagem melancólica e cheia de expectativa que a rodeava. Um pensamento estranho atravessou sua mente: era como se tudo ali *temesse* a primavera. Como essa coisa do medo a atormentava! Ela olhou além das copas das árvores sobre a colina. De repente, uma brecha se abriu entre as nuvens e uma estrela brilhou sobre ela: era Vega, da constelação de Lira.

Com um arrepio, Emily destrancou a porta às pressas e entrou. A casa parecia vazia, aguardando por ela. Ela vasculhou o escuro em busca dos fósforos, que estavam sobre a lareira, e acendeu a vela fina e alta ao lado do relógio. O belo cômodo se iluminou diante de seus olhos; estava exatamente como o haviam deixado naquela noite. Lá estavam Elizabeth Bas, que jamais soube o que era medo, e a Mona Lisa, que zombava dele. Por sua vez, será que a dona Giovanna, que jamais virava seu divino rosto para nos encarar de frente, conhecia esse medo secreto e misterioso que ninguém conseguia expressar em palavras? A bela e triste mãe de Dean com certeza o conhecia. Ele estava evidente em seus olhos, mesmo àquela luz débil e vacilante.

Emily fechou a porta e sentou-se na poltrona abaixo do retrato de Elizabeth Bas. Conseguia ouvir as folhas secas e mortas de um verão passado farfalhando sinistramente nos galhos da faia junto à janela. O vento soprava vez mais forte, mas ela gostava. "O vento é livre; não é prisioneiro como eu". Ela reprimiu com veemência esse pensamento indesejado. Não iria pensar essas coisas. Foi ela mesma quem forjara os próprios grilhões. Foi ela quem os colocara de livre e espontânea vontade. Agora, não havia nada a se fazer senão usá-los de bom grado.

O mar gemia alto além dos campos, mas dentro da casinha o silêncio imperava. Havia algo de estranho e assombroso no silêncio. Ele parecia guardar algum significado profundo. Emily não ousou dizer nada, por medo de que *alguma coisa* lhe respondesse. Apesar disso, já não sentia aquele temor de antes. Sentia-se sonhadora e feliz, alheia à vida e à realidade. As paredes daquele cômodo escuro pareceram desaparecer lentamente de suas vistas. Os quadros foram lentamente desvanecendo. Parecia não haver nada diante dela senão a bola observadora da tia-avó Nancy, um enorme globo prateado e cintilante pendurado na antiga lanterna de ferro. Ela viu o cômodo refletido nele, como uma pequena casinha de bonecas; viu-se sentada na antiga poltrona; viu a vela sobre a lareira, como uma pequena estrela travessa. Ficou observando a chama enquanto se inclinava para trás na poltrona; observou-a até que não visse nada além de um pontinho de luz numa imensidão brumosa.

3

Havia dormido? Havia sonhado? Quem sabe? A própria Emily nunca soube. Houve dois momentos em sua vida, um durante um delírio[26] e

---

[26] Ver *Emily de Lua Nova*. (N.T.)

outro durante o sono[27], nos quais ela havia atravessado o véu da lógica e do tempo e espiado o que há além dele. Emily não gostava de se lembrar dessas experiências. Havia se esquecido delas deliberadamente. Fazia anos que não as trazia à memória. Já tivera um sonho e um delírio febril... Mas e isto, o que era?

Uma pequena nuvem pareceu formar-se na bola observadora. Ela se dispersou e desvaneceu. Porém, a casinha de bonecas refletida na esfera sumiu. Emily via agora uma cena completamente diferente. Havia um salão espaçoso pelo qual transitavam pessoas apressadas; no meio delas, ela distinguiu um rosto familiar.

A esfera sumiu. A sala da Casa Desolada sumiu. Ela já não estava mais na poltrona. Agora, estava *dentro* daquele estranho salão, *no meio* daquela multidão. Estava ao lado de um homem que esperava impacientemente em frente à cabine da bilheteria. Quando ele se virou e seus olhos se encontraram, ela viu que era Teddy e que ele a reconhecia, estupefato. Soube imediatamente que ele estava em perigo; que *precisava* salvá-lo.

– Teddy, *venha*!

Teve a sensação de tomar a mão dele e puxá-lo para longe da cabine. Porém, começou a se afastar para longe dele... cada vez mais e mais longe... e ele correu atrás dela... tentava alcançá-la... indiferente às pessoas com as quais trombava... corria... corria... ela já estava de volta à poltrona... estava fora da esfera... lá dentro, ela ainda conseguia ver a estação, novamente transformada em miniatura... e aquele mesmo homem correndo... ainda a correr... a nuvem reapareceu, preenchendo toda a esfera... transformando tudo em um borrão branco... tremeluzindo... desvanecendo... desaparecendo... Emily estava sentada na poltrona, olhando fixamente para a esfera da tia Nancy, que refletia a calma da sala de estar com uma mancha pálida e fantasmagórica, que na verdade era seu rosto, e a chama solitária que emanava da vela, brilhando como uma estrela travessa.

---

[27] Ver *A escalada de Emily*. (N.T.)

4

Sentindo que havia morrido e voltado à vida, Emily levantou-se da poltrona e, sem saber como, saiu da Casa Desolada e trancou a porta. As nuvens haviam se dissipado, e o mundo estava escuro e quimérico à luz das estrelas. Quase sem perceber o que fazia, ela começou a se dirigir rumo ao mar. Atravessou o bosque de abetos, cruzou a vasta campina, subiu as dunas e desceu à praia, caminhando ao longo dela como uma criatura atormentada e possuída em um mundo estranho, assombroso e mal iluminado. De longe, o mar era como um descomunal lençol cinza de cetim semioculto pela neblina, mas quebrava na praia enquanto ela passava em forma de suaves ondinhas zombeteiras. Ela estava encerrada entre o mar brumoso e as altas dunas arenosas e, se pudesse, jamais voltaria atrás para confrontar a pergunta irrespondível que a noite havia lhe apresentado.

Ela *sabia*, sem sombra de dúvida, que havia visto Teddy e tentado salvá-lo de algum perigo desconhecido. Sabia também, com a mesma clareza, que o amava e que sempre o amou, com um amor que emanava da própria essência de seu ser.

E em dois meses ela estaria casada com Dean Priest.

O que poderia fazer? Casar-se com ele agora era impensável. Ela não poderia viver essa mentira. Mas partir seu coração e tomar dele a única felicidade possível em sua vida de frustrações era igualmente inconcebível.

Sim, era verdade. Como Ilse dissera, era mesmo dificílimo ser mulher.

"Principalmente", refletiu Emily, tomada por uma onda de desprezo por si mesma, "se for uma mulher que não conhece os próprios sentimentos e muda de ideia uma vez por mês. No verão, eu estava plenamente convicta de que Teddy já não significava nada para mim; convicta de que gostava de Dean o bastante para me casar com ele. E agora, esse terrível dom, poder ou maldição ressurge do nada, quando pensei que já o havia superado, que havia ficado para sempre no passado".

A BUSCA DE EMILY

Emily passou metade da noite caminhando pela praia escura e, depois, retornou cheia de culpa a Lua Nova, entrou furtivamente na casa e jogou-se na cama, caindo enfim no mais profundo e exausto sono.

5

Dias atrozes se sucederam. Felizmente, Dean havia ido para Montreal a negócios. Foi durante a ausência dele que o mundo se horrorizou com a tragédia da colisão fatal do Flavian com um *iceberg*. As manchetes golpearam o rosto de Emily como uma bofetada. Teddy iria tomar o Flavian. Será que havia tomado? Será? Quem poderia lhe dizer? Talvez a mãe dele, aquela estranha e solitária senhora que nutria um ódio tangível por Emily. Em outros momentos, Emily teria se recusado terminantemente a procurar a senhora Kent. Agora, porém, nada mais importava senão descobrir se Teddy estava no Flavian. Emily correu para o Sítio dos Tanacetos. A senhora Kent veio até a porta; não havia mudado em nada durante todos aqueles anos que se passaram desde a primeira vez que Emily a vira: era frágil e arredia, tinha uma expressão amargurada e uma cicatriz vermelha que lhe atravessava e desfigurava o rosto pálido. Ao ver Emily, seu rosto se contorceu como de costume. A hostilidade e o medo se uniram em seus olhos negros e melancólicos.

– Teddy estava no Flavian? – inquiriu Emily, sem rodeios.

A senhora Kent sorriu um sorrisinho hostil.

– E isso te importa? – perguntou ela.

– Sim – respondeu Emily, brusca. O olhar dos Murrays estava em seu rosto; aquele olhar que pouquíssimas pessoas conseguiam sustentar. – Se souber, me diga.

A senhora Kent lhe disse, contra a própria vontade, contorcendo-se de ódio por ela, tremendo como uma folha seca ao vento.

– Não estava. Recebi um telegrama dele hoje. No último momento, ele foi impedido de embarcar.

– Obrigada! – Emily se virou, mas não antes que a senhora Kent notasse a alegria e o triunfo que tomaram conta de seus olhos. De um salto, a velha alcançou Emily e tomou-a pelo braço.

– Isso não significa nada para você! – vociferou enlouquecida. – Não te interessa se ele está seguro ou não! Você vai se casar com outro homem! Como você ousa vir aqui, exigindo saber do meu filho como se tivesse algum direito a isso?!

Emily encarou-a com pena e compaixão. Aquela era uma pobre criatura cujo ciúme, enrolado como uma cobra em sua alma, havia convertido sua vida em um poço de tormentos.

– Talvez eu não tenha nenhum direito... senão o de amá-lo – disse ela.

A senhora Kent recolheu as mãos de sobressalto.

– Você... você ousa dizer uma coisa dessas... quando vai se casar com outro homem?

– Eu não vou me casar com outro homem – Emily surpreendeu-se ao dizê-lo. Mas era verdade. Passou dias sem saber como agiria. Agora, tinha plena convicção do que devia fazer. Por pior que fosse, algo deveria ser feito. De súbito, tudo se tornou claro, amargo e inevitável diante de seus olhos.

– Eu não posso me casar com outro homem, senhora Kent, porque eu amo Teddy. Mas ele não me ama. Sei que não. Então a senhora não precisa continuar me odiando.

Ela se virou e afastou-se a passos rápidos do Sítio dos Tanacetos. Onde estava seu brio? Onde estava o famigerado "orgulho dos Murrays"? Como pôde confessar dessa maneira um amor não quisto e indesejado? A verdade é que, naquele momento, não havia espaço para o orgulho.

Capítulo 11

1

Quando aquela carta de Teddy chegou – a primeira em tanto tempo – as mãos de Emily tremiam tanto que ela mal pôde abri-la.

Preciso lhe contar de algo estranhíssimo que me aconteceu, escreveu ele. Talvez você já saiba de tudo. Talvez não saiba de nada e me ache louco. Eu mesmo não sei o que pensar. Só sei o que vi... ou o que pensei ter visto.

Estava esperando para comprar o bilhete do trem para Liverpool, onde tomaria o Flavian. De repente, senti que alguém tocava meu braço. Me virei e vi você. Juro que vi! Você disse: "Teddy, venha". Fiquei tão atônito que não soube o que pensar ou dizer. Só consegui te seguir. Você estava correndo... na verdade, não. Não corria. Não sei bem como você se movia. Só sei que se afastava. Que loucura isso! Me diga: estou louco? Então, de repente, você já não estava mais lá, embora eu estivesse àquela altura longe da multidão, em um espaço aberto onde nada me impediria de te ver. Procurei por todos os lados até que recuperei o senso da realidade e percebi que o trem havia partido e eu havia perdido minha passagem para o Flavian. Fiquei furioso e envergonhado, até que soube da notícia. Nesse momento, senti um calafrio.

Emily, você não está na Inglaterra, está? Não é possível que esteja. Mas, se não estiver, quem foi que eu vi na estação?

Seja o que for, acredito que isso salvou minha vida. Se eu tivesse embarcado no Flavian... Bom, não embarquei, graças a... a quê?

Logo estarei em casa. Irei a bordo do Moravian, se você não me impedir de novo. Emily, eu ouvi uma história muito estranha a seu respeito muito tempo atrás... algo envolvendo a mãe da Ilse. Já me esqueci de quase tudo. Mas se cuide. Está certo que, hoje em dia, já não se queimam mais as bruxas, mas, ainda assim...

Verdade, já não se queimavam as bruxas. Ainda assim... Emily sentia que seria mais fácil enfrentar a fogueira do que o desafio que a aguardava.

2

Emily subiu o caminho na colina para se encontrar com Dean na Casa Desolada. Havia recebido uma mensagem dele mais cedo aquele dia, enviada logo que ele chegara de Montreal, na qual pedia que ela o encontrasse lá ao anoitecer. Ele a aguardava na porta, alegre e ansioso. Os pintarroxos cantavam delicadamente nas copas das árvores e a tarde estava cheia do perfume dos pinheiros. Mas o ar ao redor dos dois estava carregado do som mais triste, mais inesquecível e mais misterioso da natureza: o quebrar suave e incessante das ondas na praia em uma noite tranquila depois da tempestade. É um som raramente ouvido, mas nunca esquecido. É um som mais triste do que o sopro de um vento chuvoso à noite; é um som

A busca de Emily

que contém toda a dor e todo o desespero da criação. Dean deu um passo à frente para encontrá-la, mas deteve-se de pronto. Seu rosto... seus olhos... O que havia acontecido com ela em sua ausência? Esta moça pálida, estranha e distante não era sua Emily.

– Emily, o que houve? – perguntou Dean, que já sabia a resposta antes mesmo que ela lhe dissesse.

Emily olhou para ele. Já que era preciso desferir um golpe mortal, para que tentar amenizá-lo?

– Dean, não posso me casar com você – disse ela. – Não te amo.

Isso foi tudo que conseguiu dizer. Não deu desculpas nem justificativas. Não via nenhuma que pudesse dar. Ainda assim, foi penoso ver toda a alegria sendo varrida do rosto de alguém daquela forma.

Houve uma breve pausa, uma pausa que pareceu uma eternidade com aquele lamuriar insuportável do mar no fundo. Então, com muita calma, Dean disse:

– Eu sabia que você não me amava. Mas você estava... satisfeita em se casar comigo... até agora. O que foi que mudou?

Era direito dele saber. Vacilante, Emily contou sua história tola e inacreditável.

– Entende? – concluiu ela, melancólica. – Se posso chamar por ele assim, através do espaço, isso quer dizer que *pertenço* a ele. Ele não me ama; nunca vai amar. Ainda assim, eu pertenço a ele... Oh, Dean, não me olhe assim! Eu *precisava* te dizer isso. Se você quiser, eu me caso com você, mas achei que precisava te dizer a verdade, agora que sei.

– Ah, uma Murray de Lua Nova sempre mantém sua palavra – o rosto de Dean se contorceu, jocoso. – Você aceita se casar comigo se eu quiser. Mas não quero; não assim. Tal como você, eu entendo que isso é algo impossível. Não vou me casar com uma mulher cujo coração pertence a outro homem.

– Você me perdoa, Dean?

– Não há nada para ser perdoado. Eu não consigo deixar de te amar e você não consegue deixar de amá-lo. Precisamos aceitar isso. Não adianta chorar sobre o leite derramado. Eu já devia saber que os jovens se atraem. E o fato é que eu nunca fui jovem. Se tivesse sido, ainda que eu seja velho agora, talvez eu conseguisse te conquistar.

Ele escondeu o rosto triste e cansado nas mãos ossudas. Naquele instante, Emily sentiu que a morte seria algo lindo e agradável.

Mas logo Dean ergueu os olhos novamente, e sua expressão havia mudado. Ali estava seu antigo rosto cínico e brejeiro.

– Não se abale tanto, Emily. Um noivado rompido não é nada demais hoje em dia. E há males que vêm para o bem. Suas tias vão dar graças aos céus e minha família vai pensar que eu escapei como um passarinho da arapuca. Ainda assim, queria que sua velha avó escocesa que te passou esse perigoso cromossomo tivesse levado consigo para o túmulo essa coisa de segunda visão.

Emily pousou as mãos sobre uma das colunas do pequeno alpendre e recostou a cabeça sobre elas. O rosto de Dean mudou de novo enquanto ele olhava para ela. Sua voz era muito gentil, ainda que fria e sem vida. Todo o brilho, a cor e o calor haviam desaparecido dela.

– Emily, eu agora te devolvo a vida. Ela me pertencia, se lembra? Desde o dia em que te salvei dos rochedos da baía de Malvern. Ela agora é sua de novo. Agora, precisamos nos despedir, apesar de nosso antigo pacto. Seja breve. "Uma despedida precisa ser breve quando é para sempre"[28].

Emily se virou e segurou-lhe o braço.

– Oh, não Dean. Não me diga adeus. Não podemos ser amigos? Não sei viver sem sua amizade.

Dean tomou nas mãos aquele rosto gelado que um dia sonhou em beijar e olhou-o fundo nos olhos, com carinho e seriedade.

– Não podemos voltar a ser amigos, minha querida.

---

[28] Frase do Lorde Byron. (N.T.)

A BUSCA DE EMILY

– Não! Você vai se esquecer disto! Um dia, isto não vai ter nenhuma importância!

– Acho que, para te esquecer, um homem precisa morrer. Não, Estrela, não podemos ser amigos. Eu não posso te dar meu amor, e o amor varreu todos os outros sentimentos que eu tinha a oferecer. Vou embora. Quando eu for velho, digo, muito velho, vou retornar, e então talvez possamos ser amigos.

– Nunca vou me perdoar.

– Mais uma vez, pergunto: perdoar o quê? Não tenho nenhuma repreensão a te fazer. Pelo contrário: tenho que te agradecer por este último ano. Para mim, ele foi um verdadeiro presente. Nada nem ninguém vai poder tomá-lo de mim. Afinal, eu não trocaria este meu verão de perfeita alegria nem sequer pela felicidade de todos os homens de uma geração inteira. Minha Estrela… minha Estrela!

Emily olhou para ele e, em seus olhos, estava o beijo que ela nunca lhe dera. Como a vida seria solitária sem Dean. De repente, o mundo pareceu velho demais. Será que algum dia ela seria capaz de esquecer aquela expressão de dor nos olhos dele?

Se ele tivesse partido naquele momento, ela jamais teria se sentido completamente livre. Haveria sempre os grilhões daqueles olhos castigados e a sensação de que ela havia lhe causado um mal irremediável. Talvez Dean tenha percebido isso, pois houve um verniz de malícia em seu sorriso quando ele se virou para partir. Ele desceu o caminho até o portão, mas, na hora de abri-lo, deteve-se e voltou para trás.

3

– Emily, também tenho algo a confessar. É melhor que eu tire logo esse peso da consciência. Eu menti; agi muito mal. Aliás, acho que foi graças a essa mentira que te conquistei. Talvez por isso não posso te ter.

– Você mentiu?

– Você se lembra daquele seu livro? Você pediu que eu desse minha opinião sincera sobre ele. Lembra-se? Bom, eu não dei. Eu menti. Na verdade, o livro era bom. Muito bom. Tinha alguns probleminhas, é claro: era emotivo demais; por vezes forçado demais. Talvez você precise podar algumas coisas, aprender a se conter. Mas é bom. É algo fora do comum, tanto na concepção quanto no desenvolvimento. A história tem charme, e as personagens têm vida. São naturais, humanas, agradáveis. Pronto, é isso. Agora você sabe o que eu realmente achei.

Emily o encarou, e de repente um rubor coloriu a palidez de seu pequeno rosto sofrido.

– Era bom? Mas eu o queimei – disse ela, em um sussurro.

Dean arregalou os olhos.

– Vo-cê... o queimou?!

– Sim. E agora eu nunca mais vou conseguir reescrevê-lo. Por que... Por que você mentiu para mim? Logo *você*?!

– Porque eu tive ódio do livro. Você estava mais interessada nele do que em mim. Em algum momento, você *teria* achado um editor para publicá-lo, e ele *teria* sido um sucesso. E aí, eu te perderia completamente. Como são banais os motivos quando os expressamos em palavras! Você o queimou mesmo? Parece supérfluo dizer que sinto muitíssimo por isso. É supérfluo te pedir perdão.

Emily se recompôs. Algo havia acontecido. Agora, ela estava de fato livre. Livre do remorso, da vergonha e do arrependimento. Era dona de si mais uma vez. A balança dos dois estava enfim equilibrada.

"Não devo guardar rancor de Dean por isso; não devo ser como o velho Hugo Murray", pensou ela, atropeladamente. Em seguida, disse:

– Sim, perdoo você, Dean.

– Obrigado. – Ele então olhou para a casinha cinza atrás dela. – No fim, ela seguirá sendo a Casa Desolada. Decerto é a sina dela. Aparentemente, as casas, assim como as pessoas, não podem fugir de seu destino.

Emily evitou olhar para aquela casinha que havia amado e que ainda amava. Agora, jamais seria sua. Continuaria a ser assombrada pelos fantasmas das coisas que não aconteceram.

– Aqui está a chave, Dean.

Dean meneou a cabeça.

– Guarde-a até que eu a peça de volta. De que me vale agora? Eu poderia vendê-la, claro, mas me parece um sacrilégio.

Mas ainda havia algo. Emily estendeu a mão esquerda e desviou o olhar. Dean precisava tirar o anel de esmeralda que havia colocado em seu dedo. Ela sentiu o anel sendo puxado, deixando uma estreita faixa fria, como um círculo espectral, onde ele havia se aquecido junto à sua pele. Por vezes, parecera-lhe uma algema, mas ela sentiu o peso do remorso agora que ele havia sido retirado para sempre. Com ele, ia-se embora algo que por anos havia embelezado sua vida: a amizade e a companhia maravilhosa de Dean. Sentiria falta disso para sempre. Até então, ela não sabia como a liberdade pode ser amarga.

Quando Dean coxeou para longe, Emily entrou em casa. Já não havia mais nada a fazer. Com um sorriso triunfante e brejeiro, ela comemorou o fato de que Dean finalmente admitira que ela escrevia bem.

4

Se o noivado de Emily e Dean havia causado comoção nas respectivas famílias, o rompimento causou um alvoroço maior ainda. Os Priests estavam exultantes e indignados ao mesmo tempo, mas os Murrays, incoerentes como eram, estavam furiosos. A tia Elizabeth, que havia criticado repetidas vezes a união, foi mais crítica ainda à ruptura. O que as pessoas pensariam? Não se ouvia falar de outra coisa que não fosse "a inconstância dos Starrs".

– E você esperava mesmo que essa menina não mudasse de ideia de um dia para o outro? – indagou o tio Wallace, sarcástico.

Todos os Murrays tiveram algo a dizer, cada um conforme seu jeito de ver o mundo. Porém, por algum motivo, foi uma frase de Andrew a que mais envenenou o espírito ferido de Emily. Ele havia aprendido uma palavra nova em algum lugar e achou por bem dizer que Emily era "temperamental". Metade da família nem sabia o que isso queria dizer, mas todos se apossaram do termo com afã. Emily era "temperamental", e pronto. Isso explicava tudo. Dali em diante, a palavra se agarrou a ela como piche. Se ela escrevesse um poema; se não gostasse de pudim de cenoura como todo mundo; se usasse o cabelo solto, e não preso; se gostasse de passeios solitários ao luar; se, vez por outra, parecesse ter virado a noite em claro; se decidisse estudar as estrelas com uma luneta; se corresse o boato de que ela foi vista dançando sozinha à noite entre os rolos de feno de algum pasto de Lua Nova; se chorasse ao vislumbrar algo belo; se preferisse um encontro no "velho pomar" a um baile em Shrewsbury; tudo isso era porque ela era temperamental. Emily se sentiu sozinha em um mundo hostil. Ninguém, nem mesmo a tia Laura, parecia compreendê-la. Até mesmo Ilse lhe enviou uma carta estranhíssima, cujas frases se contradiziam completamente. Confusa, Emily teve a sensação de que sua amiga também a achava "temperamental". Teria Ilse por acaso desconfiado do fato de que Perry Miller, tão logo soube que "tudo estava acabado" entre Dean Priest e Emily Starr, foi novamente a Lua Nova para pedir que ela prometesse se casar com ele? Emily deu cabo dele sem pestanejar, de um jeito que o fez jurar de pés juntos que nunca mais perderia tempo com aquela cabrita orgulhosa. Porém a verdade é que Perry já havia se prometido isso várias vezes.

Capítulo 12

1

"4 DE MAIO DE 19...

Eu não deveria estar escrevendo aqui à uma da manhã, mas a verdade é que não consigo dormir. Estou com insônia e cansada de estar deitada no escuro, imaginando coisas desagradáveis. Por isso, acendi uma vela, procurei meu velho diário e comecei a escrever.

Eu não fazia isso desde que queimei meu livro e caí da escada... e morri. Quando voltei à vida, encontrei tudo mudado e renovado. Desconhecido e assombroso. Parece que isso foi há séculos. Quando passo as páginas e vejo as antigas anotações alegres e despreocupadas que há nelas, me pergunto se fui eu mesma quem as escreveu.

A noite é bela quando se está feliz; reconfortante quando se está magoado; e terrível quando se está solitário e infeliz. Esta noite, me sinto profundamente solitária. A tristeza tomou conta de mim. Tenho a sensação de que não consigo sentir nenhuma emoção de forma comedida e, quando a tristeza se apossa de mim, ela crava suas unhas no meu corpo e na minha alma e me tortura com suas dores vazias até que toda força e todo ânimo se esvaiam de mim. Esta noite, me sinto muito, mas muito sozinha. O amor não virá ao meu encontro; as minhas amizades se perderam; e o pior de tudo isso é que não consigo escrever. Tentei repetidas vezes, de todo em vão. O antigo fogo criativo parece ter se consumido e virado cinzas dentro de mim; não consigo reacendê-lo. Passei a tarde toda tentando escrever um conto. Tudo que consegui foi uma coisa rígida, como se fosse de madeira, na qual fantoches se moviam conforme eu puxava os fios. Por fim, rasguei as páginas em mil pedaços e senti que isso era a vontade de Deus.

Estas últimas semanas foram muito amargas. Dean se foi, para onde, eu não sei. Ele nunca mais me escreveu; e nem vai, acho. Não receber as cartas de Dean quando ele está longe me parece estranho e anormal.

Ainda assim, é maravilhoso estar livre de novo.

Ilse me avisou, em uma carta, que passará julho e agosto na cidade. Teddy também virá. Talvez este último fato seja o responsável pela minha insônia. Sinto vontade de fugir antes que ele chegue.

Eu não cheguei a responder a carta que ele me escreveu depois do naufrágio do Flavian. Não consegui. Não me sinto capaz de escrever sobre *isso*. E se, quando ele chegar, quiser falar disso, não vou conseguir suportar. Será que ele vai perceber que é porque o amo que consegui desafiar as leis do tempo e do espaço para salvá-lo? Sinto que vou morrer de vergonha quando penso nisso. E também no que disse para a senhora Kent. Ainda assim, não consigo desejar não ter dito aquelas palavras. A sinceridade delas me trouxe certo alívio. Não tenho medo de que contem a ele o que eu falei. Enquanto puder evitar, ela nunca vai revelar meus sentimentos a ele.

Mas gostaria de saber como vou fazer para vencer este verão.

Há momentos em que odeio a vida. Em outros, eu a amo fervorosamente e tenho uma consciência lancinante de quão bonita ela é... ou poderia ser...

Antes de partir, Dean mandou tapar todas as janelas da Casa Desolada. Eu nunca vou aonde eu possa vê-la. Ainda assim, eu a vejo. Vejo-a sobre a colina, esperando, surda e cega. Eu nunca cheguei a buscar minhas coisas, o que a tia Elizabeth toma como um claríssimo sintoma de insanidade.

Acho que Dean também não. Tudo está intocado. A Mona Lisa exibe seu sorriso brejeiro no escuro; Elizabeth Bas desdenha tolerantemente dos idiotas temperamentais; e a dona Giovanna compreende todas as coisas. Minha querida casinha! Nunca será um lar. Sinto-me agora como me senti anos atrás, quando saí no encalço do arco-íris e o perdi. 'Outros arco-íris virão', eu disse. Mas será verdade?"

2

"5 DE MAIO DE 19...

Hoje foi um lindo dia de primavera, e um milagre aconteceu. Foi ao amanhecer, quando eu me inclinava na janela para ouvir o sussurrinho travesso do vento da manhã soprando desde o bosque do John Sullivan. De repente, o lampejo apareceu mais uma vez, depois de todos esses meses de ausência. Meu velho e indescritível vislumbre da eternidade. Imediatamente, eu soube que era capaz de escrever. Corri até a escrivaninha e peguei a pena. Passei toda a manhã escrevendo e, quando ouvi o primo Jimmy descendo as escadas, pousei a pena na mesa e fiz reverência com a cabeça, em agradecimento por poder escrever de novo.

> *Peça licença para trabalhar...*
> *Neste mundo, isso é o melhor que se pode ter,*
> *Pois Deus, ao nos condenar, nos concede dádivas maiores*
> *Do que os homens ao nos bendizer.*

Assim escreveu Elizabeth Barrett Browning[29], e ela estava certa. É difícil entender por que o trabalho é considerado uma condenação, até que nos lembramos de como deve ser amargo o trabalho forçado ou indesejado.

---

[29] Poetisa inglesa (1806 – 1861). (N.T.)

Por outro lado, o trabalho para o qual somos aptos, esse que sentimos que viemos ao mundo para fazer, é uma bênção carregada de alegrias. Senti isso hoje, quando o antigo fervor ardeu nas pontas dos meus dedos e minha pena voltou a ser uma amiga.

'Peça licença para trabalhar'. Não parece ser algo difícil de conseguir. Contudo, às vezes a angústia e a melancolia não nos dão essa licença. É aí que percebemos o que se perdeu e nos damos conta de que é melhor ser condenado por Deus do que esquecido por Ele. Se Ele tivesse punido Adão e Eva com o ócio, aí sim, sem dúvidas, eles teriam se convertido em párias amaldiçoados. Nem todos os sonhos do Éden, 'para onde confluem todos os quatro grandes rios', poderiam ser tão doces quanto os sonhos que estou tendo esta noite, pois a força do trabalho regressou a mim.

Ó Deus, enquanto eu viver, dê-me 'licença para trabalhar'. Assim eu rezo. Dê-me licença e coragem."

3

"25 DE MAIO DE 19...

Querido raio de sol, que remédio potente você é. Passei o dia todo maravilhada com a beleza deste magnífico mundo branco de neve. E esta noite, lavei e libertei minha alma do pó nos banhos celestiais do crepúsculo primaveril. Escolhi a velha estradinha que sobe a Montanha Deleitável, pois é mais tranquila e solitária, e caminhei alegre por ela, parando a cada momento para refletir com cuidado sobre alguma ideia ou fantasia que invadia a minha mente como um espectro alado. Depois, perambulei pelos prados até bem além do anoitecer, estudando as estrelas com minha luneta. Quando voltei para casa, senti como se tivesse estado a milhões de quilômetros dali, perdida no éter azul, e tive a impressão de que tudo à minha volta, que outrora era tão familiar, tivesse se convertido momentaneamente em algo estranho e esquecido.

Mas havia uma estrela para a qual não ousei olhar: a Vega de Lira."

4

"30 DE MAIO DE 19...

Esta tarde, bem quando eu estava no meio de um conto, a tia Elizabeth pediu que eu cortasse as ervas daninhas no canteiro de cebolas. Assim, precisei largar a pena e ir para a horta. Contudo, é possível limpar um canteiro e pensar em coisas lindas ao mesmo tempo, louvado seja. É uma bênção que nós nem sempre precisemos concentrar nossa atenção naquilo que nossas mãos estão fazendo, para graça de Deus. Do contrário, quem ainda teria alma? Desse modo, enquanto limpava o canteiro de cebolas, também viajava mentalmente pela Via Láctea."

5

"10 DE JUNHO DE 19...

Ontem à noite, o primo Jimmy e eu nos sentimos dois assassinos. E de fato fomos. Verdadeiros infanticidas!

Esta primavera foi uma dessas em que os bordos nascem por todos os cantos. Todas as sementes que caíram das árvores adultas parecem ter brotado. Havia pequenos brotos surgindo às centenas por toda parte: no gramado, no jardim, no velho pomar. Não daria nada certo deixá-los crescer. Assim, passamos o dia a arrancá-los, e nos sentimos péssimos com isso. Os pequenos bebezinhos! Eles têm direito de crescer e de se tornarem gigantescas árvores majestosas e imponentes. Quem somos nós para negar isso a eles? Flagrei o primo Jimmy chorando por causa dessa necessidade brutal.

– Às vezes, sinto que é errado impedir que qualquer coisa cresça – choramingou ele. – *Eu* nunca cresci; pelo menos não mentalmente.

À noite, eu acabei sonhando que era perseguida por milhares de bebês bordos indignados. Eles me cercavam, me derrubavam, me batiam com seus galhos e me sufocavam com suas folhas. Acordei afoita, arquejando, a ponto de morrer de susto, mas com uma ideia maravilhosa para um conto na cabeça: *A vingança das árvores*."

6

"15 DE JUNHO DE 19...

Esta tarde, colhi morangos na orla do lago, em meio à relva perfumava que se balançava ao vento. Adoro colher morangos. É um trabalho que tem um quê de juventude eterna. Os deuses deviam colher morangos no alto do Olimpo, sem que isso ferisse sua dignidade. Uma rainha – ou uma poeta – precisam se agachar para colhê-los; mas um mendigo já se encontra em posição privilegiada.

E esta noite, estou aqui em meu quartinho querido, com meus livros, meus retratos e minha janela de vidraças excêntricas, sonhando no entardecer suave e perfumado do verão, enquanto os pintarroxos cantam convidativos no bosque do John Sullivan e os choupos conversam misteriosamente sobre coisas antigas e esquecidas.

No fim das contas, o mundo não é tão horrível, e as pessoas que vivem nele também não. Até mesmo Emily Byrd Starr tem lá suas qualidades. Não é de todo perversa, falsa, inconstante e ingrata quanto acha que é às altas horas da noite; também não é a moça hostil e esquecida que se imagina nas noites de insônia; muito menos o fracasso irremediável que tem certeza de ser quando três de seus manuscritos são rejeitados, um atrás do outro. Tampouco é a perfeita covarde que acredita ser quando pensa na vinda de Frederick Kent para Blair Water em julho."

Capítulo 13

1

Emily estava lendo na janela de seu quarto quando o ouviu. Lia o estranho poema de Alice Meynell[30], "Letter from a girl to her own old age"[31], e tinha calafrios místicos com as estranhas profecias contidas nesses versos. Lá fora, a noite caía sobre o velho jardim de Lua Nova, quando então um assovio alto e claro atravessou a escuridão. Era o antigo chamado de Teddy no bosque de John Sullivan. O velho chamado de duas notas agudas e uma grave com que ele a atraía nos entardeceres de dias passados.

O livro de Emily caiu no chão sem que ela se desse conta. Ela se pôs de pé, pálida, com as pupilas se dilatando na escuridão. Teddy estava ali? A previsão era de que ele chegasse na semana seguinte; era Ilse quem chegaria naquele dia. Teria ela se confundido? Seria aquilo um truque de sua imaginação? O canto de um pintarroxo, talvez...?

---

[30] Alice Christiana Gertrude Meynell (1847-1922): escritora britânica. (N.T.)
[31] Em português, "Carta de uma moça para sua própria velhice". (N.T.)

Mas o assovio soou de novo. Ela teve certeza de que era Teddy; soube desde o início. Não havia som como aquele no mundo. E fazia tanto tempo que não o ouvia. Ele estava lá, esperando por ela, chamando por ela. Deveria ir? Ela sorriu baixinho. Não era como se tivesse escolha. Precisava ir! O orgulho não era capaz de contê-la; a amarga lembrança da noite em que ela esperara pelo chamado dele, que nunca chegou, não foi capaz de conter seus passos apressados. O medo e a vergonha haviam sido esquecidos no êxtase enlouquecido daquele momento. Sem parar para refletir que era uma Murray, apenas dando uma rápida conferida no espelho para verificar se o vestido cor de marfim estava adequado (que sorte que ela havia calhado de botar aquele vestido!), ela disparou escada abaixo e jardim afora. Ele a aguardava sob o esplendor dos antigos pinheiros, na entrada do bosque, sem chapéu e sorrindo.

– Teddy.

– Emily.

Suas mãos pertenciam a ele e seus olhos estavam cravados nos dele. A juventude havia sido restaurada e toda a magia estava de volta. Estavam juntos mais uma vez, depois de todos aqueles longos e penosos anos de alheamento e separação. Já não havia nenhuma timidez, nenhuma hesitação, nenhum medo da mudança. Eles eram como crianças de novo. Porém, essa doçura selvagem e indomável e essa entrega incondicional eram coisas novas, que não existiam na infância. Ah, ela era dele. Com as palavras, os olhares e o tom de voz, ele ainda era seu mestre. Que diferença fazia se, nos momentos mais calmos, ela não gostasse tanto dessa ideia de ser tão peremptoriamente dominada? Que diferença faria se, no dia seguinte, ela desejasse não ter corrido tão rápido, tão desejosa e tão resoluta ao encontro dele? Naquela noite, nada mais importava senão o fato de que Teddy havia voltado.

Apesar disso, exteriormente, eles não se encontravam como dois amantes, mas sim como bons e velhos amigos. Havia tanto para conversar e tanto silêncio para compartilhar enquanto passeavam pelo jardim, sob o brilho insinuante e risonho das estrelas.

A busca de Emily

Só não falaram de uma coisa: a coisa que Emily mais temia. Teddy não fez nenhuma menção ao mistério daquela visão na estação de trem em Londres. Era como se aquilo nunca tivesse acontecido. Não obstante, Emily sentia que foi aquilo que os reaproximou depois de tanto tempo de incompreensão. Ainda assim, faziam bem em não tocar no assunto. Era uma coisa mística; um segredo dos deuses sobre o qual não se devia falar. Era melhor esquecê-la agora que seu trabalho estava feito. Ao mesmo tempo (como são ilógicos os mortais!), Emily sentia uma pontada ridícula de decepção por ele não levantar a questão. Ela não queria que ele falasse daquilo. Porém, se isso tivera significado para ele, não era de se esperar que falasse?

– É bom estar de volta – disse Teddy. – Parece que nada mudou por aqui. O tempo parou neste Jardim do Éden. Veja, Emily, como está brilhando a estrela Veja de Lira. É nossa estrela. Lembra-se?

Se se lembrava? Quantas vezes ela desejou se esquecer disso!

– Soube que você ia se casar com Dean – disse Teddy, abrupto.

– Queria, mas não pude – retorquiu Emily.

– Por que não? – perguntou Teddy, como se tivesse todo direito de saber.

– Porque eu não o amava – respondeu Emily, concedendo-lhe esse direito.

E então riram. Riram gostosa e demoradamente, daquele jeito que faz outras pessoas quererem rir junto. O riso era algo *seguro*. Podemos rir sem revelar nada a ninguém. Nesse momento, notaram que Ilse vinha descendo o caminho. Usava um vestido de seda amarela como seus cabelos e um chapéu marrom-dourado, da mesma cor de seus olhos, o que dava a sensação de que uma magnífica rosa dourada estava à solta no jardim.

Emily quase suspirou aliviada ao vê-la. Aquilo havia ficado sério demais. Certas coisas não devem ser expressas em palavras. Ela se afastou de Teddy de um jeito que beirava a afetação: voltara a ser uma Murray de Lua Nova.

– Meus queridos! – exclamou Ilse, agarrando cada um deles em um abraço apertado. – Não é formidável que estejamos todos reunidos aqui de novo? Ah, como eu amo vocês! Vamos esquecer que somos velhos, maduros, sábios e infelizes! Vamos voltar a ser crianças alegres, loucas e aparvalhadas, nem que seja só por um verão!

2

O mês que se sucedeu foi maravilhoso. Foi um mês de rosas indescritíveis; de névoas primorosas; de inigualáveis luares prateados; de inesquecíveis anoiteceres ametísticos; de marchas pluviais; de ventos musicais; de floresceres púrpuras e estrelados; de cantoria; de magia. Um mês de riso, dança e alegria; de encantamentos sem fim. Não obstante, também foi um mês de descobertas ocultas e reprimidas. Nada se dizia. Emily e Teddy raramente ficavam a sós. Mas havia uma coisa perceptível ali; uma coisa latente. Emily simplesmente radiava de alegria. A antiga inquietação que tanto preocupava a tia Laura havia desaparecido de seus olhos. A vida era boa. As amizades, o amor, a alegria dos sentidos e da alma, a tristeza, a beleza, o sucesso, o fracasso e a saudade faziam parte da vida e, portanto, eram coisas interessantes e desejáveis.

Todas as manhãs, ao despertar, ela sentia que o novo dia lhe traria lindos e alegres presentes, como uma fada encantada. Pelo menos por um tempo, a ambição foi esquecida, bem como o sucesso, o poder e a fama. Essas coisas podiam ficar para aqueles que se preocupam com elas. Eles que paguem o preço para tê-las. O amor, contudo, não se compra nem se vende. É uma dádiva.

Até mesmo a lembrança de seu livro destruído deixou de machucar. O que significava um livro a mais ou a menos naquele universo cheio de vida e paixão? Como era pálida e sombria qualquer outra vida se comparada àquela existência pulsante e cintilante! De que valiam os louros no fim das contas? Flores alaranjadas dariam uma coroa muito mais bonita. E que estrela-guia conseguia ser mais brilhante e cativante que a Vega de Lira?

A BUSCA DE EMILY

O que, em outras palavras, simplesmente quer dizer que não havia nada neste e nos outros mundos que fosse mais importante do que Teddy Kent.

3

– Se eu tivesse uma cauda, a balançaria – grunhiu Ilse, saltando sobre a cama de Emily e arremessando do outro lado do cômodo um dos livros mais queridos da amiga. Era uma antiga cópia do *Rubaiyat*[32] que Teddy lhe dera no ensino médio. A capa se descolou e as páginas voaram por todos os lados. Emily se irritou.

– Você alguma vez já sentiu que não conseguia nem chorar, nem rezar, nem xingar? – indagou Ilse.

– Às vezes – respondeu Emily, seca. – Mas eu não desconto isso em livros que não me fizeram nenhum mal. Eu ajo como uma pessoa normal: mordo a mão de alguém.

– Não encontrei nenhuma mão para morder, mas fiz algo tão efetivo quanto – disse Ilse, lançando um olhar malicioso para uma fotografia de Perry Miller que ficava sobre a escrivaninha de Emily.

Emily também olhou, e seu rosto, como descreveu Ilse mais tarde, se "murrayificou". A fotografia ainda estava lá, mas, no lugar dos olhos determinados e destemidos de Perry, havia apenas dois buracos.

Emily se enfureceu. Perry sentira tanto orgulho daquelas fotos. Eram as primeiras que ele tirara na vida. "Eu nunca tive dinheiro para isso antes", havia dito ele, com franqueza. E, apesar de sua pose um tanto truculenta e agressiva, havia saído muito bonito nelas, com os cabelos anelados elegantemente penteados para trás e o queixo firme destacado de uma maneira que valorizava muito seu rosto. Quando viu a foto, a tia Elizabeth se perguntou em segredo como pôde exigir que um homem tão bem-apresentável

---

[32] Antologia de poemas persas atribuídos a Omar Khayyam (1048-1131), traduzidos para o inglês por Edward FitzGerald (1809-1883). (N.T.)

comesse na cozinha. Já a tia Laura secou os olhos marejados, fantasiando que seria muito bom para família que Emily e Perry, que era advogado, dessem certo juntos. Um marido advogado era a terceira melhor opção, logo abaixo de ministro e de médico. O problema era Stovepipe Town...

Perry havia arruinado aquele presente pedindo, mais uma vez, que Emily se casasse com ele. Era muito difícil para ele aceitar que não podia ter tudo que queria. E ele sempre a quisera muito.

– Eu já agarrei a vida pela cauda – disse ele, com orgulho. – A cada ano que passa, me torno um pretendente ainda melhor. Por que você não se decide logo a me aceitar, Emily?

– Mas você acha que é só questão de se decidir? – perguntou Emily, cáustica.

– É claro que é! De que mais seria?

– Ouça, Perry – disse Emily, resoluta. – Você é um bom rapaz. Gosto de você. Sempre vou gostar. Mas estou cansada desta tolice e vou botar um ponto-final nisto. Se você me pedir em casamento mais uma vez, nunca mais falo com você. Decida o que quer: minha amizade ou nada.

– Certo... – disse Perry, encolhendo os ombros, pensativo. De certa forma, já havia chegado à conclusão de que era hora de parar de cortejar Emily, visto que não conseguia nada além de desprezo com isso. Dez anos era tempo demais para continuar sendo um admirador fiel, apesar das rejeições. Afinal, havia outras moças no mundo. Talvez ele tivesse cometido um erro. Fora fiel e persistente *demais*. Se a tivesse cortejado apenas de tempos em tempos e se mostrado ora quente ora frio, como Teddy Kent, talvez tivesse tido mais sucesso. As mulheres eram assim. Mas Perry não chegou a dizer isso. Podia ser de Stovepipe Town, mas havia aprendido uma coisa ou outra. Tudo que se contentou a dizer foi:

– Se você não me lançar esses olhares, talvez eu consiga te superar. De uma forma ou de outra, eu nunca teria chegado até aqui se não estivesse apaixonado por você. Eu seria um mero trabalhador braçal em alguma fazenda ou um reles pescador em algum porto. Então peço desculpas. Não me esqueci de como você acreditou em mim e me defendeu diante de sua tia Elizabeth. Foi... foi... – o belo rosto de Perry enrubesceu de repente, e sua voz vacilou de leve. – Foi lindo sonhar com você todos esses anos. Mas vejo que é hora de parar. Entendo que não vai dar em nada. Mas não deixe de ser minha amiga, Emily.

– Nunca! – disse Emily, estendendo as mãos num impulso. – Você é forte como uma rocha, meu querido Perry. Você fez maravilhas, e tenho muito orgulho de você.

E agora, a foto que ele havia lhe dado estava arruinada. Ela fulminou os olhos de Ilse como uma tempestade em alto mar.

– Ilse Burnley, como ousa fazer uma coisa dessas?!

– Não adianta franzir suas sobrancelhas para mim desse jeito, minha capetinha querida – retorquiu Ilse. – Isso não tem efeito algum em mim. Eu não suportava essa foto. Ainda mais com Stovepipe Town ao fundo!

– Isso que você fez é digno de Stovepipe Town!

– Ora, ele fez por merecer. Com esse sorrisinho malicioso. "Olhem só para mim! Sou uma pessoa de interesse público!" Nada nunca me deu tanto prazer quanto enfiar a tesoura nesses olhões convencidos. Se passasse mais dois segundos olhando para eles, puxaria os cabelos e começaria a berrar. Ai, como eu detesto o Perry Miller! Ele é inflado como um baiacu!

– Eu jurava que você havia dito que o amava – disse Emily, um tanto rude.

– É a mesma coisa – retorquiu Ilse, macambúzia. – Emily, por que eu não consigo tirar essa criatura da cabeça? Digo cabeça e não coração para não soar romântica demais. Eu nem tenho coração. Eu não o amo; o deteste. Mas não consigo parar de pensar nele. É esse meu estado de espírito. Ah, me sinto a ponto de gritar para a lua. Mas o verdadeiro motivo pelo qual eu furei os olhos dele é porque ele virou liberal depois de ter nascido e crescido conservador.

– Mas você é conservadora.

– Certo, mas não importa. Odeio vira-casacas. Nunca perdoei Henrique IV por se converter ao catolicismo. Não porque ele fosse protestante, mas porque ele era um vira-casaca. Eu teria sido tão implacável quanto se ele fosse católico e tivesse se convertido ao protestantismo. Perry mudou suas convicções políticas para conseguir se associar com Leonard Abel. Típico filho de Stovepipe Town. Sei que um dia ele vai ser chamado de senhor juiz Miller e que vai ser podre de rico, mas… queria que ele tivesse cem olhos, para que eu pudesse furá-los todos! É nesses momentos que eu queria ser amiga íntima de Lucrécia Bórgia.

– Que foi uma mulher excelente e bastante estúpida, adorada por suas boas obras.

– Ah, já sei que os revisores de hoje em dia estão engajados a acabar com tudo que é pitoresco na história. Não importa. Manterei minha fé em Lucrécia e em Guilherme Tell. Leve essa foto para lá. *Por favor*, Emily.

Emily guardou a fotografia mutilada em uma gaveta da escrivaninha. Seu lapso de cólera já havia passado. Ela entendia aquilo. Entendia por que os olhos de Perry haviam sido furados. O mais difícil era entender por que Ilse se preocupava tanto com ele. Em seu coração, também havia um verniz de compadecimento. Um compadecimento condescendente por Ilse, que se importava tanto com um homem que não queria saber dela.

– Acho que isso vai me curar – disse Ilse, agreste. – Não posso e não vou amar um vira-casaca. Cavalo cego! Burro inato! Basta, já estou por aqui com ele. Me surpreende que eu não te odeie, Emily. Você, que rejeitou com escárnio o que eu tanto desejo. Me diga, rainha de gelo, você já se importou com alguém ou com alguma coisa que não fosse essa sua pena?

– Perry nunca me amou de verdade – tergiversou Emily. – Ele só acha que sim.

– Bom, eu ficaria bastante satisfeita se ele só achasse que me ama. Que descarada eu estou sendo com relação a isso tudo! Você é a última pessoa com quem posso desabafar sobre essas coisas. No fim das contas, é por isso que não posso te odiar. Ouso dizer que não passo nem perto de ser infeliz como acho que sou. A gente nunca sabe o que vai encontrar ao virar a esquina. Depois disto, pretendo arrancar Perry Miller da minha vida e de meus pensamentos, da mesma forma como arranquei os olhos da foto. Emily – disse ela, mudando de repente a postura e o tom de voz –, sabia que eu estou gostando do Teddy Kent mais do que costumava gostar?

– É? – a reação monossilábica era eloquente o bastante, mas Ilse mostrou--se completamente alheia às implicações dela.

– É! Ele é tão charmoso! Esses anos de Europa mudaram algo nele. Talvez ele só tenha aprendido a esconder melhor o egoísmo.

– Teddy Kent não é egoísta. Por que você diz isso? Veja como ele é devoto à mãe!

– Porque ela o idolatra! Teddy adora ser idolatrado. É por isso que ele nunca se apaixonou por ninguém, entende? Por isso e porque a garotas vivem atrás dele. A coisa era ridícula em Montreal. Elas se prestavam a um papel tão ridículo, amontoando-se em volta dele, praticamente com as línguas para fora. Eu sentia vontade de me vestir de homem e negar que sou mulher, de tanta vergonha alheia. Tenho certeza que foi a mesma coisa na Europa. Nenhum homem passa por seis anos disso sem virar um mimado convencido. Conosco, ele se porta bem; sabe que somos velhas amigas, que conseguimos sondá-lo e que não toleramos tolices. Mas eu mesma já o vi aceitando afagos e concedendo sorrisos graciosos, olhares e carinhos como recompensa. Dizendo a cada garota exatamente o que ela queria ouvir. Quando via isso, tinha vontade de dizer umas poucas e boas a ele.

O sol se pôs atrás da Montanha Deleitável e uma sombra fria correu sobre as colinas e os campos orvalhados rumo a Lua Nova. O pequeno cômodo escureceu e, por uma pequena brecha através das árvores do bosque de John Sullivan, foi possível ver que o lago adquiriu de súbito um tom cinzento.

A tarde de Emily estava acabada. Mas ela sentia, *sabia* que Ilse estava equivocada sobre muitas coisas. Também havia outro sentimento reconfortante: obviamente, ela havia guardado bem seu segredo, pois nem Ilse suspeitava dele. Esse pensamento era agradável tanto para seu lado Murray quanto para seu lado Starr.

4

Ainda assim, Emily passou um longo tempo sentada na janela, observando a noite escura que logo adquiriu tons argênteos quando a lua começou a brilhar. Quer dizer então que as garotas "perseguiam" Teddy?

Ela desejou não ter corrido tão rápido quando ele a chamou no bosque. "Oh, assobie, e eu irei até você, meu amor"[33], assim dizia a canção. Mas ela não estava vivendo em uma balada escocesa. E aquela mudança no tom de voz de Ilse... era um tom quase confidencial. Será que Ilse pretendia...? Como Ilse estava bonita aquela noite, com seu lindo vestido sem mangas de seda verde salpicada de borboletinhas douradas; seu colar verde, que se envolvia como uma cobra em seu pescoço e caía-lhe sobre o busto; com seus sapatos verdes de presilhas douradas (os sapatos de Ilse eram sempre de tirar o fôlego). Mas será que ela pretendia...? E se pretendesse...?

Depois do café da manhã, a tia Laura comentou com o primo Jimmy que tinha certeza de que alguma coisa estava desassossegando os pensamentos da menina.

---

[33] Referência a uma antiga canção escocesa, atribuída a Robert Burns (1759-1796). (N.T.)

Capítulo 14

1

– Quem madruga… consegue o desejo de seu coração – disse Teddy, aparecendo de súbito ao lado de Emily e sentando-se ao seu lado sobre a relva verde-pálida e aveludada da orla do lago de Blair Water.

Ele havia chegado tão silenciosamente que Emily não o percebeu e, por isso, não foi capaz de conter o susto nem o rubor que lhe invadiu as faces, algo que desejou que ele não notasse. Ela havia acordado cedo e sido tomada por algo que seu clã definitivamente descreveria como uma necessidade temperamental de observar o nascer do sol e de fazer novas amizades no Éden. Assim, descera as escadas de Lua Nova nas pontas dos pés, atravessara o calmo jardim e o bosque de John Sullivan e dirigiu-se ao lago, para encontrar-se com os mistérios da alba. Nunca lhe ocorrera que Teddy também pudesse estar passeando por ali.

– De vez em quando, gosto de vir aqui ao nascer do sol – disse ele. – É uma das poucas chances que tenho de ficar sozinho por alguns minutos. Nossas tardes e noites são, invariavelmente, dedicadas à folia, e minha mãe pede que eu passe as manhãs com ela. Estes últimos anos foram muito difíceis e solitários para ela, sabe?

– Sinto muito ter atrapalhado seu momento de introspecção – disse Emily, um tanto rígida, com medo de que ele pensasse que ela conhecia seus hábitos e havia ido até ali deliberadamente para vê-lo.

Teddy soltou uma gargalhada.

– Não venha com esses modos de Lua Nova para cima de mim, Emily Byrd Starr. Você sabe perfeitamente bem que encontrar você aqui foi o auge da minha manhã. Eu meio que torcia para que isso acontecesse um dia. E agora aconteceu. Que tal se ficarmos sentadinhos aqui, sonhando? Deus criou esta manhã só para nós. Mesmo as palavras podem estragar este momento.

Emily concordou em silêncio. Que gostoso era estar sentada ali com Teddy, na orla do lago, sob o espetáculo de cores do céu matutino, a sonhar e sonhar com coisas lindas, loucas, secretas e inesquecíveis. Sozinha com Teddy enquanto o resto do mundo dormia. Ah, quem dera esse momento lindo e fugidio durasse para sempre! O verso de um poema de Marjorie Pickthall estremeceu em sua mente como um compasso musical:

Oh, mantenha o mundo sempre no amanhecer.

Ela sussurrou isso baixinho, como quem faz uma oração.

Tudo era tão lindo naquele momento mágico que antecedia o nascer do sol. As íris azuis silvestres ao redor do lago; as sombras violetas nas curvas das dunas; a bruma branca e tênue que pairava sobre o vale de botões-de-ouro do outro lado do lago; a trama de ouro e prata formada pelo campo de margaridas; a brisa fria e agradável que vinha do golfo; o azul das costas longínquas além do porto; as plumas de fumaça púrpura e malva que subiam das chaminés de Stovepipe Town, onde os pesca-dores acordavam cedo. E Teddy deitado a seus pés, suas mãos magras e bronzeadas cruzadas sob a cabeça. Mais uma vez, ela sentiu o inescapável magnetismo da personalidade dele. Sentiu-o com tanta intensidade que não ousou olhá-lo nos olhos. Ainda assim, ela admitiu para si mesma, com uma franqueza que teria horrorizado a tia Elizabeth, que desejava correr os dedos pela cabeleira negra e sedosa dele; sentir seus braços; aproximar seu rosto do rosto bronzeado e macio dele; sentir seus lábios sobre os dele...

Teddy tirou uma das mãos de debaixo da cabeça e colocou-a sobre a de Emily.

Por um momento de rendição, ela aceitou. Então, as palavras de Ilse atravessaram-lhe a memória, cruzando sua consciência como uma adaga de fogo. "Eu mesma já o vi aceitando afagos"; "concedendo carinhos graciosos como recompensa"; "dizendo a cada garota exatamente o que ela queria ouvir". Quando via isso, tinha vontade de dizer umas poucas e boas a ele. Será que Teddy adivinhara seus pensamentos? Eles pareciam tão intensos para ela que lhe parecia possível que outras pessoas pudessem vê-los. Inadmissível! Ela se levantou de um salto, desvencilhando sua mão da dele.

– Preciso voltar.

Aquilo havia sido abrupto demais. De alguma forma, ela não via como amenizar a situação. Ele não devia achar que... não devia crer que... Teddy também se levantou. Sua expressão e sua voz haviam mudado. Aquele momento maravilhoso havia chegado ao fim.

– Eu também. Minha mãe já deve estar dando falta de mim. Ela sempre levanta cedo, pobrezinha. Ela não mudou nada. Ao mesmo tempo em que sente orgulho do meu sucesso, tem ódio dele. Ela acha que foi isso que me afastou dela. Os anos não tornaram as coisas mais fáceis. Queria que ela viesse comigo, mas ela não quer. Acho que, em parte, é porque ela não conseguiria deixar o velho Sítio dos Tanacetos e, em parte, porque não suportaria me ver trancado em meu estúdio, trabalhando – algo que a excluiria. Queria saber o que a deixou assim. Eu nunca conheci nenhuma outra face dela, mas acho que ela já foi diferente. É estranho que um filho saiba tão pouco da vida da própria mãe como eu. Não sei nem o que lhe causou aquela cicatriz no rosto. Também não sei quase nada do meu pai; e absolutamente nada da família dele. Ela se recusa a falar de qualquer coisa que tenha acontecido antes de virmos para Blair Water.

– Algo ou alguém a feriu; a feriu tão profundamente que ela nunca conseguiu se recuperar – disse Emily.

– A morte do meu pai, talvez?

– Não. Pelo menos não se for só a morte. Deve haver mais alguma coisa... algo daninho. Bom, até logo!

– Você vai ao jantar dançante da senhora Chidlaw amanhã à noite?

– Sim. Ela vai mandar me buscarem de carro.

– Ui! Então nem adianta te convidar para ir comigo de charrete; de charrete emprestada ainda por cima! Bom, vou levar Ilse, então. Perry também vai?

– Não. Ele me escreveu dizendo que não poderia ir porque precisa se preparar para sua primeira audiência. Vai ser no dia seguinte.

– Perry está subindo na vida, não é? Ele tem essa tenacidade que não o deixa desistir de nenhum objetivo. Ele vai ficar rico e nós dois continuaremos pobres como Jó. Mas *nós* estamos buscando o pote de ouro no fim do arco-íris, não é?

Ela não devia se demorar; não devia passar a impressão de que queria ficar mais, esperando "com a língua para fora". Ela se afastou de um jeito quase deselegante. Ele parecera tão indiferente a ter que "levar Ilse, então", como se isso não tivesse nenhuma importância. Ainda assim, havia aquele toque de mãos... ela ainda conseguia sentir o calor. Naquele momento fugaz, com aquela breve carícia, ele a tornara toda sua, de um jeito que Dean jamais conseguiria, nem com anos de casamento. Ela não conseguiu pensar em nada mais naquele dia. Relembrou aquele momento de rendição várias e várias vezes. Parecia-lhe muito inadequado que nada tivesse mudado em Lua Nova depois disso e que o primo Jimmy estivesse tentando acabar com a infestação de aranha nos ásteres.

A BUSCA DE EMILY

2

Um prego na estrada de Shrewsbury fez com que Emily saísse quinze minutos atrasada para o jantar da senhora Chidlaw. Ela deu uma rápida olhada no espelho antes de descer e sorriu satisfeita. O diadema de *strass* em seus cabelos (ela tinha uma cabeleira que sustentava bem as joias) dava um toque necessário de brilho ao vestido novo, que era de renda verde-prateada sobre um forro azul-bebê e lhe caía perfeitamente bem. A senhorita Royal o havia comprado para ela em Nova Iorque, e suas tias o olharam com desconfiança. Verde e azul era uma combinação *tão* estranha e tão rara. Mas ele provocou algo em Emily quando ela o vestiu. O primo Jimmy admirou aquela linda e radiante jovem de olhar estrelado e, quando ela se foi, disse à tia Laura, pesaroso:

– Ela não pertence a *nós* com esse vestido.

– Ela ficou parecendo uma *atriz* – disse a tia Elizabeth, fria.

Emily não se sentiu uma atriz descendo as escadas da senhora Chidlaw às pressas e cruzando o jardim de inverno rumo à ampla varanda onde a anfitriã havia achado por bem realizar seu jantar dançante. Ela se sentiu verdadeira, intensa, feliz e cheia de expectativa. Teddy estaria lá; seus olhares cheios de significados se cruzariam por sobre a mesa; haveria aquela alegria furtiva de poder observá-lo em segredo enquanto ele conversava com outra pessoa, e pensava *nela*; e, depois disso tudo, dançariam juntos. Talvez ele enfim lhe dissesse... aquilo que ela ansiava por ouvir.

Ela se deteve por um momento na porta, seu olhar suave e sonhador, como uma neblina púrpura, perscrutando a cena diante dela. Era uma dessas cenas cheias de charme e impossíveis de se esquecer.

A mesa se encontrava em uma alcova arredondada no canto daquela varanda coberta de videiras. Atrás dela, as silhuetas escuras dos pinheiros e dos choupos-da-lombardia se destacavam contra o rosa opaco e o amarelo desbotado do céu crepuscular. Através dos galhos, ela conseguiu ver a baía, escura e safírica. Grandes massas de sombras afastadas da pequena ilha de luz, o brilho das pérolas no pescoço alvo de Ilse. Também havia outros convidados: o professor Robins, da Universidade de McGill, com seu rosto longo e melancólico ainda mais alongado pela barba pontiaguda; Lisette Chidlaw, com seu rostinho redondo e beijável cor de creme, seus olhos escuros e a cabeleira negra presa em um penteado alto; Jack Glenlake, um galã saído dos sonhos; Annette Shaw, uma coisinha sonolenta de dourado e branco que só fazia afetar um sorriso de Mona Lisa; o pequeno e robusto Tom Hallam, com seu engraçadíssimo rosto de irlandês. Aylmer Vincent. Gordo. Calvo. Ainda adepto do hábito de fazer discursos para as moçoilas. Que absurdo pensar que ele já fora seu príncipe encantado! O solene Gus Rankin, com uma cadeira vazia a seu lado, obviamente para ela. Elsie Borland, jovem e rechonchuda, exibindo suas delicadas mãos à luz do candelabro. Porém, de todos os convidados, Emily teve olhos apenas para Teddy e Ilse. Os demais eram apenas fantoches.

Eles estavam sentados juntos, em frente a ela. Teddy estava elegante e alinhado, como de costume, e seu rosto estava próximo ao de Ilse. Por sua vez, ela era como uma gloriosa criatura iluminada com seu vestido de tafetá azul-turquesa; parecia a própria rainha com aquelas ondas de renda sobre o peito e os ramalhetes de flores rosas e prateadas nos ombros.

Bem no momento em que Emily olhou para eles, Ilse olhou para Teddy e fez uma pergunta – certamente alguma pergunta íntima e vital, pensou Emily, a julgar pela expressão no rosto dela. Não se lembrava de ter visto aquele olhar no rosto de Ilse antes. Havia um desafio patente naquele olhar. Teddy baixou o olhar e respondeu. Emily teve certeza de distinguir a palavra "amor" naquela resposta. Os dois se entreolharam longamente – ou pelo menos parecera bastante tempo para Emily, que contemplava aquela troca de olhares enlevados. Então, Ilse enrubesceu e desviou o olhar. Ilse já havia enrubescido alguma vez antes? Teddy então levantou o rosto e olhou em volta da mesa, com olhos que pareciam exultantes e vitoriosos.

Emily se deixou levar pela aura de esplendor daquele terrível momento de desilusão. Seu coração, tão leve e alegre momentos antes, agora parecia frio e morto. Apesar das luzes e do riso, uma noite fria e escura parecia envolvê-la. Subitamente, tudo parecia feio. A comida pareceu-lhe amarga e nunca se lembrou de nada do que Gus Rankin lhe disse. Evitava olhar para Teddy, que parecia estar se divertindo horrores e não parava de brincar com Ilse. Já ela, Emily, manteve-se fria e absorta o jantar inteiro. Gus Rankin contou-lhe todas as suas histórias favoritas, porém, tal como a Rainha Vitória (que Deus a tenha), Emily não se deixou entreter. A senhora Chidlaw se incomodou com isso e se arrependeu de ter enviado seu carro para buscar uma convidada tão temperamental. Pensou que Emily devia estar incomodada por ter que se sentar com Gus Rankin, convidado de última hora para substituir Perry Miller, e por isso se comportava como uma duquesa ultrajada. Ainda assim, era preciso ser muito educada com ela. Do contrário, havia a possibilidade de acabar virando personagem em um de seus livros. Lembram-se daquela vez em que ela escreveu uma resenha sobre a peça teatral...?

Mas não era bem isso. Na verdade, a pobre Emily estava mais do que agradecida por se sentar ao lado de Gus Rankin, que não queria nem esperava que ninguém mais falasse além dele.

O baile foi uma tortura para Emily. Sentia que estava se movendo entre foliões que, de repente, pareciam menos maduros que ela. Dançou uma vez com Teddy, que, notando que Emily era apenas uma bela casca esbelta e trajada de verde-prateado cuja alma havia se recolhido em alguma cidadela distante e impenetrável, não a convidou de novo. Ele dançou várias vezes com Ilse e sentou-se muitas vezes mais ao lado dela no jardim. A devoção dele a ela foi percebida e comentada. Millicent Chidlaw perguntou a Emily se era verdade o boato de que Ilse Burnley e Frederick Kent estavam noivos.

– Ele está louco por ela, não é? – quis saber Millicent.

Em uma voz fria e impertinente, Emily disse que ele devia estar. Por acaso Millicent a estava testando?

Era óbvio que ele estava apaixonado por Ilse. Por que a surpresa? Ilse era linda. Que chance teria o charme enluarado de sombra e prata de Emily contra aquela magnificência de ouro e marfim de Ilse? Teddy *gostava* de Emily como uma velha amiga e companheira. Isso era tudo. Mais uma vez, ela havia sido tola. Estava sempre se enganando. Aquela manhã no lago de Blair Water, quando ela quase havia deixado que ele percebesse... quando ele talvez *tivesse* percebido... esse pensamento era insuportável. Será que um dia ela criaria juízo? Ah, mas ela havia criado naquela noite. Basta de tolice. Dali em diante, ela seria sábia, digna e inacessível.

Mas não havia um antigo ditado feio e vulgar sobre fechar a porteira depois de o boi ter fugido?

Oh, como ela iria conseguir vencer o resto daquela noite?

Capítulo 15

1

Ao buscar suas correspondências no correio depois de voltar de uma semana interminável na casa do tio Oliver, onde compareceu ao casamento de um primo, Emily foi informada de que Teddy Kent havia partido.

– Foi embora quase sem avisar – contou-lhe a senhora Crosby. – Recebi um telegrama dizendo que ele iria assumir o posto de vice-diretor na Faculdade de Arte de Montreal e precisava ir imediatamente tratar disso. Não era esplêndido? Como ele é bem-sucedido, não acha? Blair Water deve se orgulhar dele, não te parece? Não é uma pena que a mãe dele seja tão estranha?

Felizmente, a senhora Crosby nunca esperava para receber as respostas a suas perguntas. Emily sabia que estava empalidecendo com a notícia e teve raiva de si mesma por isso. Pegou suas correspondências e saiu apressada da agência. Passou por várias pessoas no caminho para casa sem nem se dar conta delas. Como resultado disso, sua reputação de ser muito orgulhosa piorou drasticamente. Porém, quando ela chegou a Lua Nova, a tia Laura lhe entregou uma carta.

– É de Teddy. Ele esteve aqui ontem à noite; para se despedir.

A orgulhosa senhorita Starr escapou por pouco de irromper em histéricas lágrimas ali mesmo. Uma Murray histérica! Nunca se ouvira coisa assim antes e nunca se ouviria. Emily cerrou um punho, tomou a carta em silêncio e subiu para o quarto. O gelo em seu coração se derretia rapidamente. Oh, por que havia sido tão fria e impessoal com Teddy durante toda a semana que sucedeu o baile da senhora Chidlaw? Mas ela nem sonhava que ele partiria tão cedo. E agora...

Ela abriu a carta. Não havia nada nela senão o recorte de uma poesia ridícula que Perry havia publicado em um jornal de Charlottetown que não era recebido em Lua Nova. Ela e Teddy haviam rido daquele poema; Ilse ficou irritada demais para rir; e Teddy prometeu que lhe conseguiria uma cópia.

Bem, lá estava.

2

Lá estava ela, olhando absorta para a noite suave, escura e aveludada com suas árvores mágicas e balançantes, quando Ilse, que também estava em Charlottetown, entrou.

– Pois então o Teddy se foi... Ah, você também recebeu uma carta dele? Também?!

– Sim – respondeu Emily, perguntando-se se não era mentira. Por fim, concluiu, com uma pontada de desespero, que não se importava se era mentira ou não.

– Ele ficou muito triste por ter que ir tão cedo, mas precisava dar uma resposta logo e não podia se decidir sem antes conseguir mais informações sobre o cargo. Ele não quer se prender a um trabalho, independentemente de quão bom seja. E ser vice-diretor daquela faculdade na idade dele é uma dádiva. Bem, logo eu também me vou. Foram ótimas estas férias, mas... Você vai ao baile em Derry Pond amanhã, Emily?

A BUSCA DE EMILY

Emily meneou a cabeça negativamente. Para que dançar agora que Teddy havia ido embora?

– Sabe... – disse Ilse, pensativa – ... acho que este verão foi um fracasso monumental, apesar de termos nos divertido bastante. Pensamos que seríamos crianças de novo, mas não fomos. Apenas fingimos.

Fingiram? Ah, quem dera aquela dor no peito fosse apenas fingimento! Essa vergonha ardente e essa mágoa tão profunda. Teddy nem se importou em lhe escrever um bilhete de adeus. Ela já sabia, desde o baile da sra. Chidlaw, que ele não a amava, mas a amizade exigia pelo menos isso. Mas nem isso significava alguma coisa para ele. Aquele verão havia sido apenas um interlúdio. Agora, ele havia voltado para sua vida real e para as coisas que verdadeiramente lhe importavam. E havia escrito para Ilse! Fingimento? Ah, bem, já que era assim, ela seria tão fingida quanto se pode ser. Havia momentos em que o orgulho dos Murrays era uma ferramenta valiosa.

– Acho bom que o verão esteja terminando – disse ela, como que casualmente. – Eu simplesmente *preciso* retomar meu trabalho. Fui vergonhosamente displicente com minha escrita nestes últimos dois meses.

– No fim das contas, é só com isso que você se importa, não é? – disse Ilse, em um tom curioso. – Eu amo meu trabalho, mas ele não me domina como o seu domina você. Eu abriria mão dele em um piscar de olhos em troca de... Bem, cada um com seu cada um. Mas não é difícil, Emily, se importar com apenas uma única coisa na vida?

– É muito mais cômodo do que se importar com várias.

– Imagino. Bem, o sucesso é certo quando sacrificamos tudo no altar de nossa deusa. E essa é a diferença entre nós. Eu sou feita de um barro mais fraco. Tem coisas das quais eu não conseguiria abrir mão; das quais *não vou* abrir mão. E, como costuma dizer o Velho Kelly, se não posso ter o que quero, vou querer o que posso ter. Não te parece sensato?

Desejando ser capaz de se enganar tão facilmente quanto enganava outras pessoas, Emily foi até a janela e beijou a testa de Ilse.

– Já não somos mais crianças e não podemos voltar à infância, Ilse. Somos mulheres, e precisamos fazer o melhor que pudermos com esse fato. Acredito que você vai ser feliz algum dia. Eu *quero* que você seja.

Ilse acariciou a mão de Emily, apertando-a.

– Maldita sensatez! – disse ela, um tanto comovida.

Se não estivesse em Lua Nova, ela provavelmente teria usado uma expressão um pouco mais censurável.

Capítulo 16

1

"17 DE NOV. DE 19…

Há dois adjetivos que sempre acompanham um dia de novembro: "tedioso" e "sombrio". Eles se casaram no nascer da língua e não cabe a mim divorciá-los agora. Assim, hoje foi um dia sombrio e tedioso, tanto dentro quanto fora de casa, tanto material quanto espiritualmente.

Ontem não foi ruim. Fez um sol caloroso de outono; as abóboras do primo Jimmy formaram uma linda piscina de cor contra os antigos celeiros cinzentos; e o vale pelo qual corre o riacho jazia tranquilo, adornado com o dourado dos zimbros sem folhas. À tarde, caminhei em meio ao estranho encantamento dos bosques de novembro, ainda assombrados por alguma beleza, e também ao cair da noite, à luz do ocaso outonal. A noite estava amena, envolvida na calma profunda, melancólica e cinzenta dos campos silvestres e das colinas expectantes – uma calma que era atravessada por sons misteriosos e belos, que eu conseguia ouvir se escutasse com a alma tanto quanto com os ouvidos. Mais tarde, houve uma procissão de estrelas, e eu recebi uma mensagem delas.

Mas *hoje* foi horrível. E esta noite toda virtude se esvaiu de mim. Eu escrevi o dia todo, mas à noite, não consegui. Me tranquei no quarto e andei de um lado para o outro, como um animal enjaulado. 'Já é meia-noite no relógio do castelo'[34], mas de nada adianta pensar em dormir. Não consigo. A chuva contra a janela é deprimente, e os ventos marcham ao redor como um exército espectral. Todas as coisas alegres e mágicas do passado agora me assombram, bem como todos os medos fantasmagóricos do futuro.

Esta noite, de um jeito um tanto tolo, não paro de pensar na Casa Desolada lá sobre a colina, com a chuva rugindo ao seu redor. Por algum motivo, isso é o que mais me incomoda esta noite. Geralmente, o que me incomoda é o fato de não saber sequer para *onde* Dean foi neste inverno; ou que Teddy não tenha me escrito nem uma vez; ou simplesmente porque às vezes a solidão tira todas as minhas forças. Nesses momentos, busco refúgio neste velho diário. É como conversar com um amigo fiel."

2

"30 DE NOV. DE 19...

Dois crisântemos e uma roseira floresceram lá fora. A roseira é, ao mesmo tempo, uma canção, um sonho e um feitiço. Os crisântemos também são muito bonitos, mas não podem ficar perto das rosas. Vistos sozinhos, eles são flores maravilhosas, rosas e amarelas, alegres, passando a sensação de estarem muito satisfeitos consigo mesmos. Mas bote uma roseira ao lado deles e a mudança chega ser cômica. Subitamente, eles são como serviçais vulgares e desleixados ao lado de uma imponente rainha branca.

---

[34] Verso do poema *Christabel*, de Samuel Taylor Coleridge (1772-1834). (N.T.)

A BUSCA DE EMILY

Não é culpa dos pobres crisântemos não terem nascido rosas; assim, para ser justa com eles, eu os mantenho isolados e os admiro assim.

Escrevi um conto *bom* hoje. Acho que até o professor Carpenter teria ficado satisfeito com ele. Estava feliz enquanto o escrevia. Mas, quando terminei, voltei à realidade...

Bom, não vou reclamar. Pelo menos a vida voltou a ser *vivível* de novo, algo que não era no outono. Sei que a tia Laura achou que eu estava padecendo de tuberculose. Eu não. Isso seria romântico demais para o meu gosto. Eu lutei, venci e estou finalmente sã; sou novamente uma mulher *livre*. Mesmo que o gosto amargo da tolice ainda invada minha boca vez por outra.

Ah, e estou indo muito bem, de verdade. Estou começando a ganhar dinheiro o suficiente para me sustentar, e à noite a tia Elizabeth lê meus contos em voz alta para a tia Laura e o primo Jimmy. Conseguirei chegar ao fim do dia de hoje. É o amanhã que eu temo."

3

"15 DE JAN. DE 19...

Fui passear pela neve à luz da lua. Fazia um frio de congelar e a noite estava charmosa: uma poesia gélida e estrelada de luz. Algumas noites são como o mel, outras como o vinho e outras como o absinto. Esta noite é como o vinho; um vinho branco; uma bebida clara e espumante das fadas que sobe fácil à cabeça. Estou tremendo dos pés à cabeça de esperança e expectativa e por ter saído vitoriosa sobre certos principados e potestades que me possuíram por volta das três da manhã da noite de ontem.

Acabo de abrir as cortinas do meu quarto e de olhar para fora. O jardim está branco e calmo sob o luar, um misto do ébano das sombras com o prateado da neve congelada. Sobre ele, formando delicados arabescos, as árvores se erguem nuas com um aparente ar de morte e tristeza. Mas é só aparência. O sopro da vida ainda corre dentro delas e, pouco a pouco, elas se cobrirão de vestes nupciais tecidas com jovens folhas verdes e flores cor--de-rosa. Mais além, onde a massa de neve é mais profunda, os Dourados[35] vão erguer seus trompetes matutinos.

Além do jardim, campos e campos se estendem brancos e solitários sob o luar. Solitários? Não era minha intenção escrever essa palavra. Ela me escapou. Eu *não* estou solitária: tenho meu trabalho, meus livros e a esperança da primavera. E eu sei que esta existência calma e simples é muito melhor e mais feliz do que a vida agitada que eu levava no verão.

Eu acreditava nisso antes de botar no papel. Agora já não acredito mais. Não é verdade. Estou estagnada!

Oh, e eu estou, *estou* solitária... com a solidão dos pensamentos não compartilhados. Para que negar? Quando cheguei, eu *era* vencedora, mas agora meu estandarte está coberto de poeira outra vez."

4

"20 DE FEV. DE 19...

Algo aconteceu com o mau humor de fevereiro. É um mês tão rabugento. O clima das últimas semanas definitivamente esteve à altura das tradições da família Murray.

Uma tempestade violenta ruge lá fora, e o vento persegue assombrações atormentadas por sobre as colinas. Eu sei que, além das árvores, o lago se converteu em uma coisa triste e sombria em meio a um deserto de gelo. Mas essa noite tremenda, escura e invernal faz com que meu quartinho, com sua lareira crepitante, pareça ainda mais aconchegante, e eu me sinto muito mais satisfeita com o mundo do que eu me sentia naquela bela noite de janeiro. A noite de hoje não é tão... *ofensiva.*

---

[35] O primo Jimmy chama os narcisos de "os Dourados" (*Golden Ones*). V. *Emily de Lua Nova.* (N.T.)

A busca de Emily

Hoje, na *Glassford's Magazine*, havia um conto ilustrado por Teddy. Eu vi meu próprio rosto olhando para mim na heroína. Isso sempre me causa uma sensação estranha. E, desta vez, também me causou raiva. Meu rosto não tem *nenhum* direito de significar algo para ele quando *eu* mesma não significo.

Apesar disso, eu recortei o retrato dele, que estava na coluna dos colaboradores, emoldurei-o e coloquei-o na minha escrivaninha. Não tinha nenhuma fotografia de Teddy. Mas esta noite, retirei o recorte da moldura, lancei na lareira e observei enquanto queimava. Só que, logo antes de o fogo terminar de consumi-lo por completo, ele pareceu tremer de um jeito estranho, e senti que Teddy me lançava uma piscadela brejeira e jocosa, como se dissesse:

– Você *acha* que me esqueceu, mas se tivesse me esquecido, não estaria me queimando. Você é minha; sempre será minha; e eu não te quero.

Se uma fada aparecesse de repente na minha frente e me oferecesse um pedido, eu pediria isto: que Teddy viesse e assobiasse várias e várias vezes no bosque de John Sullivan. E eu não iria ao encontro dele; não daria um passo sequer.

Não consigo suportar mais isso. *Preciso* tirá-lo da minha vida."

Capítulo 17

1

A família Murray passou tempos dificílimos no verão que sucedeu o vigésimo segundo aniversário de Emily. Nem Teddy nem Ilse voltaram para casa naquele verão. Ilse fazia uma turnê pelo Oeste e Teddy foi se esconder em algum cafundó do extremo Norte com uma tribo de índios, a fim de fazer ilustrações para um periódico. Mas Emily teve tantos pretendentes que os fofoqueiros de Blair Water não tinham tempo nem de respirar. Tantos pretendentes e nenhum que a família aprovasse.

Havia um tal de Jack Bannister, muito bonito e elegante, o Don Juán de Derry Pond; "um canalha pitoresco", como o descreveu o doutor Burnley. É verdade que Jack não se deixava refrear por nenhum código moral, mas quem haveria de saber os efeitos que sua lábia e sua boa aparência causavam na temperamental Emily de Lua Nova? Isso preocupou os Murrays ao longo de duas semanas. Mas por fim Emily pareceu criar algum juízo, e Jack Bannister saiu definitivamente de cena.

A BUSCA DE EMILY

– Emily *nunca* devia ter dado confiança a ele – disse o tio Oliver, indignado. – Pensem só: dizem que ele tem um diário onde anota todos os seus casos amorosos e tudo que as moças dizem a ele.

– Não se preocupe. Ele não vai escrever o que *eu* disse – declarou Emily quando a tia Laura lhe reportou essa informação, angustiada.

Harold Conway trouxe mais desassossego. Era um trintão de Shrewsbury que, com sua juba ruiva escura e seus cintilantes olhos castanhos, parecia um poeta maltrapilho que "ganha a vida vadiando".

Emily foi a uma peça de teatro e a um concerto com ele, e as tias de Lua Nova passaram noites sem dormir. Porém, quando Rod Dunbar o "tirou de jogo", para usar o linguajar de Blair Water, as coisas pioraram ainda mais. No que dizia respeito à religião, os Dunbars não eram "nada". É certo que a mãe de Rod era presbiteriana, mas seu pai era metodista; seu irmão, batista; e uma de suas irmãs, cientista cristã[36]. A outra irmã era teosofista, o que era bem pior, porque ninguém sabia *o que* era isso. Nessa mistura toda, que diabos era Rod? Definitivamente não era bom partido para uma sobrinha ortodoxa de Lua Nova.

– O tio-avô dele era um maníaco religioso – disse o primo Wallace, funesto. – Ele passou dezesseis anos acorrentado em seu quarto. O que passa na cabeça dessa menina? É burra ou está possessa?

Ainda assim, pelo menos os Dunbars eram uma família respeitável, o que não se podia dizer de Larry Dix. Ele era um dos "famigerados Dixes de Priest Pond"; seu pai certa vez havia levado o gado para pastar no cemitério e suspeitava-se que seu tio tivesse jogado um gato morto no poço do vizinho, por pura maldade. É preciso reconhecer que Larry estava indo muito bem na profissão de dentista e era um jovem tão sério e educado que nada se podia levantar contra ele, exceto o fato de ser um Dix. Fosse o que fosse, a tia Elizabeth ficou muito aliviada quando Emily o rejeitou.

---

[36] A ciência cristã é um movimento religioso fundado em Boston, nos EUA. (N.T.)

– Quanta presunção! – disse a tia Laura, referindo-se ao fato de um Dix cortejar uma Murray.

– Não foi por isso que o rejeitei – disse Emily. – Foi porque ele não sabia amar. Ele transformava o amor, que é lindo, em uma coisa feia.

– O que eu acho é que você o rejeitou porque ele não fez o pedido de forma romântica o bastante – disse a tia Elizabeth, desdenhosa.

– Não. Acho que o verdadeiro motivo foi porque ele me pareceu o tipo de homem que dá um aspirador de pó de presente à esposa no Natal – objetou Emily.

– Ela não leva nada a sério – disse a tia Elizabeth, angustiada.

– *Eu* acho que ela está amaldiçoada – disse o tio Wallace. – Ela não teve nenhum pretendente que se preze neste verão. É tão temperamental que os rapazes decentes têm medo dela.

– Ela está ganhando fama de namoradeira – lamentou-se a tia Ruth. – Não é de se espantar que nenhum bom partido se interesse por ela.

– Está sempre às voltas com algum casinho extravagante – alfinetou o tio Wallace. Os parentes sentiram que Wallace havia sido bastante certeiro com aquele comentário, o que era raro. Os "casinhos" de Emily nunca eram convencionais e decorosos, como cabia a uma Murray. Eram de fato extravagantes.

2

Porém, Emily agradecia às estrelas pelo fato de que nenhum parente, salvo a tia Elizabeth, estivesse a par do mais extravagante de todos. Do contrário, definitivamente a achariam temperamental.

Tudo começou de maneira muito simples. O editor do *The Argus*, um jornal de Charlottetown com aspirações de ser alta literatura, havia selecionado, em um antigo periódico estadunidense, uma novela de vários capítulos e sem direitos autorais (*O noivado real*, de um autor desconhecido

A BUSCA DE EMILY

chamado Mark Greaves) para republicar em uma edição especial dedicada a "fomentar" a imagem da Ilha do Príncipe Edward como um *resort* de verão. O jornal tinha poucos funcionários e, ao longo de um mês, nos momentos livres, os linotipistas haviam composto toda a edição especial, com exceção do último capítulo da novela. O capítulo havia desaparecido e ninguém conseguia encontrá-lo. O diretor estava furioso, mas isso não ajudava a resolver as coisas. Àquela altura, não poderia encontrar outro texto que se encaixasse perfeitamente na diagramação e, ainda que achasse, não haveria tempo de fazer a composição. A edição especial começaria a ser impressa dentro de uma hora. O que se poderia fazer?

Nesse momento, entrou Emily. Ela e o senhor Wilson eram bons amigos e, sempre que estava na cidade, ela o visitava.

– Você é uma enviada dos céus – disse o senhor Wilson. – Me faria um favor? – perguntou ele, lançando-lhe os capítulos rasgados e sujos da novela. – Pelo amor de Deus, me escreva um capítulo final para essa história. Te dou meia hora. Depois disso, com mais meia hora os linotipistas fazem a composição e assim eu consigo publicar essa maldita edição a tempo.

Emily correu os olhos pela história. Pelo que pôde ver, não havia nenhuma pista do que o tal Mark Greaves planejara para o desfecho.

– Você não faz ideia de como termina? – perguntou ela.

– Não. Nunca li – resmungou o senhor Wilson. – Escolhi apenas e tão somente pelo tamanho.

– Bem, vou fazer o possível, apesar de não estar acostumada a escrever sobre essas frivolidades de reis e rainhas – concordou Emily. – Esse Mark Greaves, seja quem for, parece estar muito familiarizado com a realeza.

– Aposto que ele nunca viu ninguém da família real – farpeou o senhor Wilson.

Na meia hora que lhe concederam, Emily produziu um capítulo final bastante passável, resolvendo o mistério de forma bastante engenhosa. O senhor Wilson agarrou o manuscrito com ar de alívio e entregou-o ao linotipista; depois, despediu-se de Emily com uma reverência agradecida.

– Me pergunto se algum leitor vai notar onde começa meu remendo – refletiu Emily, divertida. – E também o que Mark Greaves pensaria se soubesse.

Não parecia muito provável que ela conseguisse respostas a essas perguntas, de modo que se esqueceu do assunto. Por isso, quando certa tarde, duas semanas depois, o primo Jimmy apareceu conduzindo um desconhecido à sala de estar, onde ela arrumava algumas rosas em um vaso de cristal de rocha com base de rubi (um tesouro de Lua Nova herdado pela tia Elizabeth), Emily não fez nenhuma conexão entre o homem e *O noivado real*, embora ele tenha lhe parecido bastante indignado.

O primo Jimmy se retirou discretamente, e a tia Laura, que entrara para deixar uma travessa de compota de morango para esfriar sobre a mesa, também deu meia-volta, perguntando-se quem era aquela estranha visita de Emily. Emily também se perguntou o mesmo. Continuou parada junto à mesa, uma linda figura esbelta e graciosa com seu vestido azul-claro, brilhando feito uma estrela naquele cômodo escuro e antiquado.

– Queira se sentar – convidou ela, com a fria polidez de Lua Nova. Porém o homem não se moveu. Contentou-se em ficar parado ali, encarando-a. Outra vez, Emily sentiu que, embora ele parecesse furioso quando entrou, já não demonstrava nenhum sinal de ira.

Com certeza, ele nascera algum dia, porque estava ali, mas Emily achava difícil acreditar que ele já tivesse sido um bebê. Usava roupas arrojadas e levava um monóculo preso a um dos olhos – olhos que pareciam duas pequenas groselhas negras, com as sobrancelhas formando dois triângulos retângulos perfeitos acima deles. Tinha uma juba negra que lhe chegava aos ombros, um queixo longuíssimo e um rosto branco como marfim. Se o tivesse visto em alguma fotografia, Emily o teria achado bastante bonito e romântico. Porém ali, na sala de visitas de Lua Nova, ele parecia estranho.

– Lírica criatura – disse ele, olhando-a.

Por um momento, Emily se perguntou se ele não seria um maluco fugido do manicômio.

A BUSCA DE EMILY

– Você não peca pela feiura – continuou ele, fervoroso. – Este é um momento maravilhoso! Perfeitamente maravilhoso! É uma pena que precisemos maculá-lo com conversas. Olhos violeta-acinzentados, salpicados de ouro. Olhos que venho procurando a vida inteira. Olhos doces, nos quais eu me afoguei em outras vidas.

– Eu te conheço? – perguntou Emily, curta e grossa, agora plenamente convencida de que ele era louco. Ele botou a mão no peito e fez uma reverência.

– Meu nome é Mark Greaves. Mark D. Greaves. Mark Delage Greaves.

Mark Greaves... Emily tinha a sensação de conhecer esse nome. Soava-lhe curiosamente familiar.

– É possível que você não reconheça meu nome? Assim é a fama... Mesmo neste rincão do mundo, eu deveria imaginar...

– Ah! – exclamou Emily, quando tudo se esclareceu. – Agora me lembro. Você escreveu *O noivado real*.

– A novela que você assassinou sem nenhuma clemência, sim.

– Oh, eu peço mil desculpas – clamou Emily. – Claro que o senhor achou aquilo imperdoável. Vou lhe explicar tudo: o que aconteceu foi que...

Ele a interrompeu com um gesto de sua mão grande e muito pálida.

– Não importa; não importa. Não me interessa. Admito que estava furioso quando vim. Estou de passagem por Derry Pond, alojado no Hotel das Dunas (ah, que nome lindo esse! É poético... misterioso... romântico...), e vi a edição especial do *The Argus* hoje pela manhã. Fiquei furioso. Não tinha direito de ficar? Porém mais triste que com raiva. Minha história havia sido barbaramente mutilada. Um final feliz. Que horrível! O final que *eu* criei era triste e artístico. Um final feliz nunca é artístico. Fui voando para a sede do *The Argus*. Disfarcei minha raiva e descobri quem era a responsável. Vim para cá com a intenção de acusar e censurar. Agora, me rendo à adoração.

Emily simplesmente não sabia o que dizer. As tradições de Lua Nova não tinham precedentes para aquilo.

155

– Você não está me entendendo. Está intrigada, e a confusão lhe cai bem. Repito: que momento maravilhoso! Irar-se e dar de cara com a divindade. Percebi, assim que a vi, que você foi feita para mim; para mim e mais ninguém.

Emily desejou que alguém entrasse. Aquilo era um pesadelo.

– Esta conversa é completamente absurda – disse ela, sem rodeios. – Concorda que somos desconhecidos...

– Não somos desconhecidos – interrompeu ele. – Já nos amamos em outra vida, é óbvio. E nosso amor foi lindo e violento; um amor eterno. Eu a reconheci assim que entrei. Assim que você se recuperar de seu lindo susto, vai perceber também. Quando nos casamos?

Ser pedida em casamento cinco minutos depois de conhecer um homem é uma experiência mais estimulante do que prazerosa. Emily estava incomodada.

– Por favor, não diga bobagens – disse, curta. – Não vamos nos casar em nenhum momento.

– Não vamos? Mas devemos! Eu nunca antes pedi uma mulher em casamento. Sou Mark Greaves! Tenho fama e dinheiro. Carrego o charme romântico de minha mãe francesa e a sensatez de meu pai escocês. Com meu lado francês, reconheço e admiro sua beleza e mistério. Com meu lado escocês, me curvo em respeito a seu recato e a sua dignidade. Você é ideal; adorável. Muitas mulheres me amaram, mas eu não amei nenhuma. Entrei nesta sala livre e sairei cativo. E que doce cativeiro o meu! Que adorável captora! Em espírito, me ajoelho à sua frente.

Emily teve medo de que ele ajoelhasse diante dela em corpo. Ele parecia plenamente capaz disso. E se a tia Elizabeth entrasse bem na hora?

– Por favor, vá embora – implorou Emily, desesperada. – Eu... estou muito ocupada e não posso mais perder tempo conversando. Sinto muito pela novela... se o senhor me deixasse explicar...

– Já disse que isso não importa, embora você precise aprender a nunca escrever finais felizes. Nunca. Vou lhe ensinar. Vou lhe ensinar a arte e a

A BUSCA DE EMILY

beleza do descontentamento e da incompletude. Ah, e que aluna você será! Que alegria ensinar uma aluna dessas! Quero beijar sua mão.

Ele deu um passo adiante, como se para tomar a mão dela. Emily se afastou alarmada.

– O senhor *com certeza* é louco! – exclamou ela.

– Eu pareço louco? – indagou o senhor Greaves.

– Sim – retorquiu Emily, direta e cruel.

– Talvez pareça... talvez pareça... *Louco*, intoxicado com o vinho de uma rosa. Todos os amantes são loucos. Que loucura divina! Oh, que belos lábios virginais!

Emily se aprumou. Aquela conversa absurda precisava acabar já. Àquela altura, ela já estava furiosa.

– Senhor Greaves – disse ela, e o poder do olhar de Murray denunciou que suas palavras eram seriíssimas –, não ouvirei nem mais uma palavra dessa tolice. Já que não quer que eu explique a questão da novela, peço que se retire. Passe bem.

Por um momento, o senhor Greaves pareceu muito grave. Em seguida, disse, em tom solene:

– Um beijo? Ou um pontapé? Qual dos dois?

Falava metaforicamente? Fosse como fosse...

– Um pontapé – respondeu Emily, com desdém.

De súbito, o senhor Greaves agarrou o vaso de cristal e o arremessou com toda violência contra o fogão[37].

Emily soltou um gritinho débil, em parte por pavor e em parte por tristeza. Aquele era o prezado vaso da tia Elizabeth!

– Isso foi só meu instinto de defesa – explicou-se o senhor Greaves, fitando-a. – Precisava fazer isso, do contrário a mataria. Dama do gelo! Álgida vestal! Fria como os ventos nórdicos! Adeus.

---

[37] Neste caso, trata-se de um aquecedor a lenha. (N.T.)

Ele não bateu a porta quando saiu. Apenas a fechou, gentil e terminantemente, de modo que Emily se desse conta do que perdera. Quando viu que ele já havia atravessado o jardim e marchava indignado pelo caminho, como se estivesse esmagando alguma coisa com os pés, Emily se permitiu um longo suspiro de alívio, o primeiro que ela dava desde que ele chegara.

– Imagino que devo agradecer por ele não arremessar a travessa de compota em mim – disse ela, nervosa.

A tia Elizabeth entrou na sala.

– Emily, o vaso de cristal! O vaso da sua avó! Você quebrou!

– Não fui eu, titia querida. Foi o senhor Greaves. Foi ele quem o arremessou contra o fogão.

– Arremessou?! – a tia Elizabeth estava atônita. – E por que ele fez isso?

– Porque eu não quis me casar com ele.

– Se casar com ele?! Você já conhecia esse homem?

– Nunca vi.

A tia Elizabeth recolheu os fragmentos do vaso e saiu, muda. Havia (devia haver) alguma coisa de muito errado com uma moça quando um homem lhe pedia em casamento na primeira vez que a via. E ainda arremessava vasos valiosíssimos contra fogões inofensivos!

3

Mas na verdade foi a história do príncipe japonês que realmente tirou o sossego dos Murrays no verão.

Louise Murray, uma prima de segundo grau que morava no Japão havia vinte anos, foi visitar Derry Pond e trouxe consigo um jovem príncipe japonês, filho de um amigo de seu marido. O rapaz havia se convertido ao cristianismo por obra dela e queria conhecer o Canadá. A mera vinda dele era um evento tremendo para a família e a comunidade. Mas isso não foi

A BUSCA DE EMILY

nada comparado ao que aconteceu quando se deram conta de que o príncipe havia se apaixonado perdidamente por Emily Byrd Starr de Lua Nova.

Emily gostava dele; sentia interesse por ele; tinha pena de suas reações
assombradas à atmosfera presbiteriana de Derry Pond e Blair Water. Era
natural que um príncipe japonês, ainda que convertido, não se sentisse
em casa. Por isso, ela conversava bastante com ele (ele falava um inglês
primoroso) e o levava frequentemente a caminhar pelo jardim enluarado,
de modo que, praticamente todas as noites, aquele jovem de rosto inescrutável e olhos oblíquos, com sua cabeleira lisa como seda penteada para
trás, podia ser visto na sala de visitas de Lua Nova.

Mas foi só quando ele presenteou Emily com uma pequena rã lindamen-
te entalhada em pedra ágata cor de musgo que os Murrays se alarmaram. A
prima Louise foi a primeira. Tinha os olhos marejados. *Sabia* o que aquele
presente significava. Essas rãs de ágata eram tesouros da família do príncipe. Nunca eram dadas a ninguém, salvo como presentes de casamento e
noivado. Emily estava noiva... *dele*? A tia Ruth, parecendo acreditar que
todos haviam perdido a cabeça, foi até Lua Nova e aprontou uma cena. Isso
deixou Emily tão irritada que se recusou a responder qualquer pergunta
que fosse. Para início de conversa, estava incomodada com a forma como
a família a havia importunado desnecessariamente o verão inteiro por
causa de pretendentes que não escolheu e que não havia a menor chance
de levar a sério.

– Tem coisas que é melhor a senhora não saber – disse ela à tia Ruth,
impertinente.

Com isso, os Murrays concluíram aflitos que ela já havia decidido se
tornar uma princesa japonesa. E se realmente fosse assim... Bem, eles já
sabiam o que acontecia quando Emily botava algo na cabeça. Aquilo parecia
inevitável, como uma visita de Deus, mas isso não tornava a coisa menos
reprovável. O príncipe não despertava nenhuma simpatia aos olhos dos
Murrays. Nenhum membro da família jamais sonhara em se casar com

um estrangeiro, quanto mais um japonês. Mas ela, obviamente, era toda temperamental.

– Sempre metida com alguma criatura de má reputação – criticou a tia Ruth. – Mas isso supera meus piores temores. Um pagão! Um...

– *Isso* ele não é, Ruth – interveio a tia Laura. – Ele se converteu. A prima Louise disse que foi uma conversão sincera, mas...

– Estou lhe dizendo: ele é pagão! – reiterou a tia Ruth. – A prima Louise não conseguiria converter ninguém. Ela mesma não é o melhor exemplo de cristã. Fora que o marido é modernista[38], para dizer o mínimo. Nem me diga! Um pagão amarelo[39]! Com seus sapinhos de ágata!

– Ela parece ter uma fascinação por homens extravagantes – disse a tia Elizabeth, lembrando-se do vaso de cristal.

O tio Wallace disse que aquilo era um absurdo. Andrew disse que ela podia pelo menos ter escolhido um homem branco. A prima Louise, que sentia que o clã a responsabilizava por tudo aquilo, insistia aos prantos que ele era bastante educado, que só era preciso conhecê-lo melhor.

– E pensar que ela podia ter escolhido o reverendo James Wallace – lamentou-se a tia Elizabeth.

Essa aflição durou cinco semanas, até que o príncipe retornou ao Japão. Ele havia sido chamado de volta por sua família, explicou a prima Louise; um casamento fora arranjado para ele com uma princesa pertencente a uma antiquíssima família de samurais. Obviamente, ele atendeu ao chamado; mas deixou a rã de ágata em posse de Emily, e ninguém nunca soube o que ele lhe disse em sua última noite no jardim enluarado. Emily estava um tanto pálida, estranha e distante quando entrou em casa, mas deu um sorriso levado para as tias e a prima Louise.

---

[38] Neste caso, trata-se do movimento modernista da Igreja Católica, e não do movimento artístico. (N.T.)

[39] Optamos por fazer uma tradução direta do termo original (*yellow*). Portanto, a palavra reflete uma escolha autoral, sejam quais forem suas implicações. (N.T.)

A BUSCA DE EMILY

– No fim das contas, não vou virar uma princesa japonesa – disse ela, secando lágrimas imaginárias.

– Emily, sinto que você estava apenas flertando com o pobre rapaz – repreendeu a prima Louise. – Você o deixou muito triste.

– Não estava flertando. Nossas conversas eram sobre literatura e história... quase sempre. Ele não vai mais se lembrar de mim.

– *Eu* vi o estado em que ele ficou quando leu aquela carta – retorquiu a prima Loiuse. – E eu conheço bem o significado das rãs de ágata.

Com um suspiro agradecido de alívio, Lua Nova retornou à rotina de sempre. Os olhos carinhosos da tia Laura já não tinham mais aquele verniz de desassossego, mas a tia Elizabeth lembrava-se com melancolia do reverendo James Wallace. Os boatos de Blair Water diziam que Emily havia se "frustrado", mas que um dia se sentiria grata por isso. Os estrangeiros não eram de confiança. Talvez ele nem fosse príncipe no fim das contas.

Capítulo 18

1

Em um dia da última semana de outubro, quando o primo Jimmy começou a arar os pastos na colina, Emily encontrou o lendário diamante dos Murrays[40], e a tia Elizabeth caiu na escada da despensa e quebrou a perna.

No calor amarelado da tarde, Emily se deteve nos degraus de arenito de Lua Nova e olhou em volta, com olhos ávidos pela doce beleza daquele ano que ia terminando. Quase todas as árvores já haviam perdido suas folhas, mas uma pequena bétula, ainda colorida em vários tons de dourado, se assomava entre os jovens abetos (era uma Dânae[41] em forma de árvore), e os choupos-da-lombardia ao longo do caminho eram como uma fileira de gigantescas velas douradas. Mais além, abria-se o campo da colina, ainda seco, circundado por três faixas vermelho-vivas: eram os sulcos que

---
[40] Cf. *Emily de Lua Nova*. (N.T.)
[41] Segundo a mitologia grega, Acrísio, rei de Argos, recebe de um oráculo a profecia de que o filho de Dânae o mataria. Para evitar isso, o rei aprisiona a mulher, que ainda era virgem, em uma torre. Seus esforços, contudo, são inúteis, pois, para visitá-la, Zeus toma a forma de uma chuva dourada (donde a comparação com a árvore). Dânae engravida e a profecia se cumpre. (N.T.)

A busca de Emily

o primo Jimmy havia feito. Emily havia passado o dia escrevendo e estava cansada. Ela desceu o jardim rumo ao gazebo coberto de trepadeiras e caminhou distraidamente em volta dele, tentando decidir onde plantar o novo canteiro de tulipas. Talvez ali naquela terra fértil e úmida de onde o primo Jimmy arrancara, pouco tempo antes, os antigos degraus laterais, que haviam apodrecido. Na primavera seguinte, aquele cantinho se converteria em uma verdadeira cornucópia carregada de imponentes flores. O calcanhar de Emily afundou na terra úmida e arrancou um torrão. Em um pé só, ela saltou até o banco de pedra e, delicadamente, raspou a terra do sapato com um graveto. Algo caiu e brilhou sobre a grama, como uma gota de orvalho. Emily se abaixou e, com um arquejo de surpresa, tomou a coisa nas mãos. Ali estava o Diamante Perdido, desaparecido havia sessenta anos, desde o dia em que sua tia-avó Miriam Murray fora até o gazebo.

Encontrar aquele diamante era um de seus sonhos de criança. Ela, Ilse e Teddy haviam procurado por ele inúmeras vezes, mas, nos últimos anos, ela havia deixado de pensar nisso. Agora lá estava ele, tão bonito e brilhante como sempre. Devia estar escondido em alguma fresta dos antigos degraus laterais e caiu na terra quando eles foram arrancados. Isso foi motivo de grande alvoroço em Lua Nova. Alguns dias depois, os Murrays conduziram um conclave em volta da cama da tia Elizabeth para decidir o que se faria com ele. Resoluto, o primo Jimmy disse que o diamante deveria ficar com quem o encontrou. Afinal, Edward e Miriam Murray estavam mortos havia muito tempo e não haviam deixado herdeiros. Portanto, por direito, o diamante pertencia a Emily.

– Nós todos temos direito a ele – disse o primo Wallace, com ares de juiz. – Pelo que me disseram, ele custava mil dólares há sessenta anos. É uma pedra maravilhosa. A coisa justa a se fazer e vendê-lo e dar a Emily a parte que caberia à mãe dela.

– Um diamante não se vende – disse a tia Elizabeth, com firmeza.

Em suma, essa parecia ser a opinião geral. Até mesmo o primo Wallace cedeu ao chamado da *noblesse oblige*[42]. Por fim, todos concordaram que o diamante deveria ficar com Emily.

– Ela pode mandar fazer um pingente com ele – disse a tia Laura.

– Ele foi pensado para ser usado em um anel – retrucou a tia Ruth, só para contrariar. – E, de qualquer forma, ela não deveria usá-lo antes de se casar. Um diamante grande como esse não cai bem em uma moça jovem.

– Se casar! – a tia Addie soltou uma risada bastante desagradável. A ideia subjacente àquela risada era de que, se Emily esperasse pelo casamento para usar o diamante, corria o risco de nunca o usar. A tia Addie nunca perdoou Emily por rejeitar Andrew. E, aos vinte e três anos, ela não tinha nenhum pretendente à vista. Bem...

– O Diamante Perdido vai lhe trazer sorte, Emily – disse o primo Jimmy. – Fico feliz que o tenham deixado com você. É seu por direito. Mas será que você me deixaria segurá-lo de vez em quando, Emily? Só segurá-lo e admirá-lo? Quando olho uma coisa assim, eu... eu me encontro. Deixo de ser o "Jimmy zureta". Torno a ser o que seria se não tivessem me empurrado no poço. Não conte nada à Elizabeth, Emily; só me deixe segurá-lo e admirá-lo de vez em quando.

"No frigir dos ovos, os diamantes são minhas pedras prediletas", escreveu Emily para Ilse aquela noite. "Mas eu adoro várias outras pedras. Exceto a turquesa. Delas eu não gosto: são rasas, insípidas e sem alma. O brilho das pérolas; o resplendor dos rubis; a ternura das safiras; o violeta derretido das ametistas; o fulgor enluarado das águas-marinhas; e o fogo lácteo das opalas: adoro tudo isso".

"E quanto às esmeraldas?", respondeu Ilse, um tanto desagradável para o gosto de Emily, que não sabia de uma correspondente secreta de Ilse que lhe contava, vez por outra, alguns boatos nada confiáveis sobre as visitas de

---

[42] Expressão francesa que significa "a nobreza obriga". Em outros termos, quer dizer que pertencer a uma família nobre ou ter uma importante posição social obriga o indivíduo a agir conforme determinados parâmetros de ética e moralidade. (N.T.)

A BUSCA DE EMILY

Perry Miller a Lua Nova. A verdade é que ele havia parado de pedir Emily em casamento e parecia completamente investido em sua profissão. Ele já era visto como um homem promissor e, segundo os boatos, os políticos mais sagazes já estavam a postos, esperando que ele atingisse a idade apropriada para ser "lançado" como candidato à assembleia legislativa da província.

"Quem sabe? Um dia pode ser que você seja chamada de *lady* Emily", escreveu Ilse. "Afinal, Perry com certeza ainda ostentará o título de *sir*".

Emily achou isso ainda mais desagradável do que a alfinetada sobre a esmeralda.

2

De início, não pareceu que o Diamante Perdido tivesse trazido sorte a Lua Nova. Na mesma tarde em que ele foi encontrado, a tia Elizabeth quebrou a perna. Guarnecida com um xale e uma touca para ir visitar uma vizinha acamada (as toucas haviam saído de moda havia tempo, mesmo entre as velhas senhoras, mas a tia Elizabeth insistia em usá-las), ela foi descer a escada da despensa[43], a fim de buscar um pote de geleia para a doente, tropeçou em alguma coisa e caiu. Quando a resgataram e trouxeram para cima, descobriu-se que sua perna estava quebrada, e ela teve de encarar o fato de que, pela primeira vez na vida, precisaria passar semanas na cama.

Obviamente, Lua Nova seguiu funcionando sem ela, embora ela não acreditasse que isso fosse possível. Mas a necessidade de entretê-la era algo mais sério do que a manutenção da fazenda. Ela reclamava e reclamava do sedentarismo forçado; não conseguia ler muito, pois nunca gostara de ler; também não gostava que lessem para ela; tinha certeza de que não estavam fazendo nada direito; estava convicta de que seria uma coxa inútil pelo resto da vida; estava certa de que o doutor Burnley era um velho tolo; não

---

[43] Nas casas antigas da América do Norte, não era raro que a despensa fosse no subsolo. (N.T.)

tinha dúvidas de que Laura não empacotaria as maçãs da forma correta; e temia que o criado passasse a perna no primo Jimmy.

– Gostaria de ouvir o conto que terminei de escrever hoje, tia Elizabeth? – perguntou Emily certa noite. – Talvez te distraia.

– Tem alguma cena romântica? – indagou a tia Elizabeth, rabugenta.

– Não tem nada de romântico. É pura comédia.

– Bom, então quero. Quem sabe ajuda a passar o tempo?

Emily leu o conto. A tia Elizabeth não fez um comentário sequer, mas, na tarde seguinte, perguntou, meio hesitante:

– Você não teria... uma continuação... do conto que leu para mim ontem?

– Não. ·

– Bom, se tivesse, eu não me importaria em ouvir. Ele ajudou a me distrair. As personagens pareciam... reais. Acho que é por isso que quero saber o que aconteceu com elas – concluiu a tia Elizabeth, como que se desculpando pela própria fraqueza.

– Vou escrever um conto novo sobre elas para a senhora – prometeu Emily.

E quando o segundo foi lido, a tia Elizabeth ressaltou que não se importaria de ouvir um terceiro.

– Que engraçados esses Applegaths! – disse ela. – Conheço gente igual a eles. E aquele menininho, o Jerry Stowe, o que acontece com ele depois de adulto, coitadinho?

3

Emily teve a ideia naquela noite, quando observava pela janela, um tanto tristonha, os campos gelados e as colinas cinzentas sobre as quais soprava um vento frio e solitário. Ela conseguia ouvir as folhas secas voando contra os muros do jardim. Alguns pequenos flocos brancos começavam a cair.

A BUSCA DE EMILY

Havia recebido uma carta de Ilse mais cedo. Uma obra de Teddy, *A Garota Sorridente*, que havia sido exibida em Montreal e causado um furor sensacional, fora aceita pelo Salon de Paris.

"Voltei do litoral bem a tempo de pegar o último dia de exibição na cidade", escreveu Ilse. "E era você, Emily. Era você! Era exatamente aquele velho esboço que ele fez de você anos atrás, só que agora terminado e melhorado. Aquele mesmo que sua tia Nancy não quis devolver e te deixou enfurecida, lembra-se? Você estava lá, sorrindo no quadro de Teddy. Os críticos não paravam de falar sobre as cores, a técnica, o 'sentimento' e essas coisas todas que eles dizem… Mas teve um que comentou: 'O sorriso dessa moça vai ser tão famoso quanto o da Mona Lisa'. Já vi esse mesmo sorriso no seu rosto centenas de vezes, Emily, em especial quando você via aquela coisa invisível que você chama de lampejo. Teddy capturou bem a essência dele: não era um sorriso jocoso e desafiador como o da Mona Lisa, mas um sorriso que parecia insinuar algum segredo maravilhoso que você poderia nos contar se quisesse; como um sussurro da eternidade; um segredo que faria todos felizes se te convencessem a contá-lo. Imagino que seja só um truque; você não sabe de nenhum segredo que o resto de nós desconhece. Mas o sorriso sugere que sim, e o faz de maneira formidável. Pois é, seu querido Teddy tem talento, e esse sorriso prova isso. Emily, como é saber que você serviu de inspiração para um gênio? Eu trocaria anos da minha vida por um elogio assim."

Emily não sabia bem como responder a essa pergunta. Porém, sentia uma raiva fútil e mesquinha de Teddy. Que direito tinha ele, que zombou de seu amor e foi indiferente a sua amizade, de pintar seu rosto, sua alma e seu segredo, e exibi-los para o mundo todo ver? De fato, quando ainda eram crianças, ele havia dito a ela que pretendia fazer isso, e ela havia concordado. Mas tudo havia mudado desde então. Tudo.

Bem, com relação àquele conto que tanto agradara a tia Elizabeth, e se Emily escrevesse mais um? De repente, teve a ideia: e se o aumentasse e escrevesse um livro? Não como *O vendedor de sonhos*, obviamente. Aquela antiga glória já não voltava mais. Porém ela teve uma imagem imediata do livro novo, como um todo: um riacho espirituoso e cintilante de comédia sobre a natureza humana. Ela foi correndo até a tia Elizabeth.

– Titia, o que acha de eu escrever um livro sobre as personagens daquele conto? Só para a senhora... um capítulo por dia.

A tia Elizabeth foi cuidadosa ao camuflar seu interesse.

– Ora, pode escrever, caso queira. Eu não me importaria de ouvir mais sobre elas. Mas cuidado para não botar nenhum dos vizinhos nele!

Emily não fez isso; não precisou. Um sem número de personagens brotaram em sua mente, exigindo um lugar para morar e um nome. Eles riam, se irritavam, choravam e dançavam, e até se apaixonavam. A tia Elizabeth decidiu tolerar isso, supondo que não era possível escrever um romance sem algo de amor. Emily lia-lhe um capítulo todas as noites, e a tia Laura e o primo Jimmy eram convidados para ouvir junto à tia Elizabeth. O primo Jimmy estava em êxtase. Tinha certeza de que aquela era a história mais maravilhosa jamais escrita.

– Me sinto jovem de novo quando estou te ouvindo – disse ele.

– Às vezes, sinto vontade de rir e, às vezes, de chorar – confessou a tia Laura. – Não consigo dormir de curiosidade sobre o que vai acontecer com os Applegaths no capítulo seguinte.

– Podia ser pior – admitiu a tia Elizabeth. – Mas queria que você cortasse isso que disse sobre os panos de prato engordurados da Gloria Applegath. A senhora Charlie Frost, de Derry Pond, vai pensar que você está falando dela. Os panos de prato dela estão sempre imundos.

– Algumas carapuças vão servir – disse o primo Jimmy. – Gloria é engraçada no livro, mas seria horrível de se conviver. Está sempre tentando salvar o mundo. Alguém precisava dizer a ela para ler a Bíblia.

– Eu não gosto muito da Cissy Applegath – disse a tia Laura, quase se desculpando. – Ela tem um jeito tão presunçoso de falar.

– Ela é uma cabeça oca – determinou a tia Elizabeth.

– É o velho Jesse Applegath que eu não suporto – declarou o primo Jimmy, com furor. – Um homem que chuta um gato só para aliviar a raiva!

A BUSCA DE EMILY

Eu atravessaria o mundo para dar na cara daquele diabo. Mas... – acrescentou, esperançoso – ... talvez ele não demore a morrer.

– Ou a se redimir – sugeriu a tia Laura, misericordiosa.

– Não, não! Não quero que ele se redima – disse o primo Jimmy, ávido. – Mate-o, se preciso for, mas não o redima. Mas eu queria que você mudasse a cor dos olhos da Peg Applegath. Não gosto de olhos verdes. Nunca gostei.

– Mas não posso mudar. Eles *são* verdes – protestou Emily.

– Ora, está bem, então corte as suíças do Abraham Applegath – implorou o primo Jimmy. – Gosto do Abraham. Ele é um tipo alegre. Não dá para cortar as suíças dele, Emily?

– Não – respondeu ela, peremptória –, não dá.

Por que eles não conseguiam entender? Abraham *tinha* suíças; *queria* ter suíças e estava *determinado* a ter suíças. Ela não podia mudá-lo.

– Precisamos nos lembrar que essas pessoas não existem de verdade – repreendeu a tia Elizabeth.

Mas houve um momento, e Emily o considerou seu maior triunfo, em que a tia Elizabeth riu. Sentiu-se tão envergonhada por isso que não quis nem sorrir pelo resto da leitura.

– Elizabeth acha que Deus não gosta de nos ouvir rindo – sussurrou o primo Jimmy para a tia Laura, escondendo a boca com a mão. Se Elizabeth não estivesse acamada, com a perna quebrada, Laura teria rido. Mas rir de alguém naquelas circunstâncias parecia abuso.

O primo Jimmy desceu as escadas meneando a cabeça e resmungando:

– *Como* ela consegue fazer isso? *Como*?! Eu sei compor poesia, mas não algo assim. Era como se as personagens estivessem vivas!

Aos olhos da tia Elizabeth, uma delas estava tão viva quanto se pode estar.

– Esse Nicholas Applegath é igualzinho ao velho Douglas Courcy, de Shrewsbury – apontou ela. – Eu lhe disse para não botar conhecidos na história.

– Mas eu não conheço esse Douglas Courcy.

– Mas é ele sem tirar nem pôr. Até o primo Jimmy percebeu. Você precisa cortá-lo, Emily.

Obstinada, Emily recusou-se a "cortá-lo". O velho Nicholas era uma das melhores personagens de seu livro. Àquela altura, ela já estava entregue à história. A escrita daquele livro não acontecia em momentos de êxtase, como fora com *O vendedor de sonhos*, mas ainda assim era fascinante. Ela se esquecia de todas as tristezas e mágoas enquanto escrevia. O último capítulo foi terminado exatamente no dia em que as talas foram retiradas da perna da tia Elizabeth, que foi levada para a cozinha.

– Bem, sua história me ajudou – admitiu ela. – Mas fico feliz em poder estar onde posso ficar de olho nas coisas. O que você vai fazer com seu livro? Como vai chamá-lo?

– *A moral da rosa*.

– Achei péssimo esse título. Não sei nem o que significa. Ninguém vai saber.

– Não importa. O título é esse.

A tia Elizabeth suspirou.

– Não sei de onde vem essa sua teimosia, Emily. Não sei mesmo. Você não aceita conselho algum. E tenho certeza de que os Courcys nunca mais vão nos dirigir a palavra depois que o livro for publicado.

– Não tem chance de ele ser publicado – vaticinou Emily, tristonha. – Vão recusá-lo, tecendo "elogios vazios".

A tia Elizabeth nunca havia ouvido essa expressão antes e achou que fora Emily quem a inventara; que fosse algum xingamento.

– Emily – disse ela, firme –, não quero ouvir você dizer isso de novo. Sempre desconfiei que Ilse dissesse esse tipo de coisa; a pobrezinha nunca superou o jeito que foi criada. Não posso julgá-la com nossos padrões. Mas os Murrays de Lua Nova definitivamente não xingam.

– Estava apenas fazendo uma citação, tia Elizabeth – disse Emily, abatida.

Estava cansada; cansada de tudo. Era Natal e um terrível inverno se estendia a sua frente; um inverno vazio e sem objetivos. Nada parecia valer a pena; nem mesmo encontrar uma editora para *A moral da rosa*.

A BUSCA DE EMILY

4

Ainda assim, ela datilografou o livro e o submeteu. Ele voltou. Ela tornou a submetê-lo, três vezes. Ele voltou. Ela o redatilografou, pois estava todo amassado, e enviou-o mais uma vez. A intervalos, ela passou o inverno e o verão submetendo o manuscrito, trabalhando obstinada sobre uma lista de possíveis editores. Já me esqueci de quantas vezes ela passou o texto a limpo. Isso até virou piada; uma piada amarga.

O pior disso tudo era que os moradores de Lua Nova sabiam dessas recusas, e era difícil aturar a solidariedade e a indignação deles. O primo Jimmy estava tão furioso com a rejeição daquela obra-prima que não conseguiu comer por dias a fio, e ela acabou desistindo de atualizá-lo sobre essa empreitada. Uma vez, pensou em enviá-lo para a senhorita Royal e pedir ajuda, mas o orgulho de Murray não lhe permitiu levar a ideia a cabo. Por fim, no outono, quando o último editor da lista devolveu o manuscrito, Emily nem se prestou a abrir o envelope. Contentou-se a guardá-lo com desdém em um compartimento de sua escrivaninha.

Tenho o coração cansado demais para guerrear
Com o fracasso uma vez mais.

– Este é o fim de tudo… e de todos os meus sonhos – disse ela. – Vou usar o manuscrito como papel de anotação. E agora, vou me resignar a uma existência tépida escrevendo literatura comercial.

Pelo menos os editores de periódicos eram mais receptivos do que os de livros. Como disse o primo Jimmy, eles parecem ser mais sensatos. Enquanto buscava em vão uma oportunidade para seu livro, sua clientela cresceu entre as revistas. Ela passava longas horas na escrivaninha e até apreciava o trabalho, em certa medida. Mas havia consciência do fracasso por trás de tudo. Ela jamais chegaria mais alto que aquilo no caminho alpino. A gloriosa cidadela da plenitude no topo dele não lhe pertencia.

LUCY MAUD MONTGOMERY

Literatura comercial! Só isso. Ganhar a vida de uma forma que a tia Elizabeth considerava vergonhosamente fácil.

A senhorita Royal lhe escreveu uma carta franca, dizendo que ela estava decaindo.

"Você está entrando em um buraco, Emily", avisou ela. "Um buraco de autossatisfação. A admiração da tia Laura e do primo Jimmy te faz mal. Você deveria estar *aqui*. Nós te manteríamos na linha".

E se ela tivesse ido para Nova Iorque com a senhorita Royal quando teve a chance, seis anos antes? Será que conseguiria publicar seu livro? Não seria o fatídico carimbo postal da Ilha do Príncipe Edward o que a condenava, essa pequena província longe de tudo, de onde nada de bom jamais saía?

Talvez sim. Talvez a senhorita Royal estivesse certa. Mas e daí?

Ninguém voltou para Blair Water naquele verão. Isto é, Teddy Kent não voltou. Ilse estava na Europa de novo. Dean Priest aparentemente havia fixado residência na costa do Pacífico. A vida em Lua Nova seguiu imutável. Exceto pelo fato de que a tia Elizabeth agora mancava de leve e que os cabelos do primo Jimmy ficaram brancos de repente, quase da noite para o dia. Vez por outra, Emily tomava uma consciência fugaz e terrível de que o primo Jimmy estava envelhecendo. A tia Elizabeth estava com quase setenta anos. E, quando ela morresse, Lua Nova passaria às mãos de Andrew. Ele já parecia estar aspirando a dono em suas últimas visitas. Não que algum dia fosse morar ali. Mas era preciso garantir que estivesse em boas condições para quando fosse vendê-la.

– Já está na hora de cortar aqueles choupos-da-lombardia; estão velhos – disse Andrew ao tio Oliver um dia. – Veja como estão esfrangalhados no alto. Fora que essas árvores estão tão fora de moda. E aquele campo cheio de abetos precisa ser limpo e arado.

– Precisamos limpar o velho pomar – acrescentou o tio Oliver. – Está mais para selva que para jardim. De qualquer maneira, as árvores estão velhas demais para servir para qualquer coisa. Eles não tiram nem metade do dinheiro que podiam tirar com esta fazenda.

A BUSCA DE EMILY

Ao entreouvir isso, Emily cerrou os punhos. Ver Lua Nova ser profanada daquela maneira; suas árvores antigas, queridas e amigas sendo cortadas; o campo de abetos onde cresciam os morangos silvestres sendo apagado da existência; aquele lindo pomar dos sonhos sendo destruído; os belos vales e prados que guardavam suas memórias sendo maculados... Isso era insuportável.

– Se você tivesse se casado com Andrew, Lua Nova seria sua – disse a tia Elizabeth, amarga, quando a encontrou chorando por causa do que havia ouvido.

– Mas as mudanças seriam feitas da mesma maneira – retrucou Emily. – Andrew não iria me ouvir. Ele acredita que o marido é a cabeça da esposa.

– No seu próximo aniversário, você vai fazer vinte e quatro anos – lembrou a tia Elizabeth. Mas por quê?

Capítulo 19

1

"1º DE OUT. DE 19...

Esta tarde, me sentei à janela, ora escrevendo ora admirando um par de pequenos bordos muito graciosos que cresceram ao pé do jardim. Eles cochicharam segredos entre si a tarde inteira. Inclinavam-se um na direção do outro e conversavam animadamente por alguns instantes; em seguida, voltavam à posição inicial e se entreolhavam, jogando as mãos para o alto de um jeito engraçadíssimo, como se de horror ou assombro diante das revelações mútuas. Me pergunto qual é o novo escândalo que anda abalando a Terra das Árvores."

2

"10 DE OUT. DE 19...

A noite hoje está linda. Subi a colina e caminhei por ali até que o pôr do sol tivesse se transformado nesta noite outonal, abençoada com a quietude das estrelas. Estava só, mas não solitária. Eu era como uma rainha nos salões da fantasia. Tive um sem número de conversas com amigos imaginários e, mentalmente, criei tantos epigramas que me senti positivamente surpresa comigo mesma."

3

"28 DE OUT. DE 19...

Esta noite, saí para fazer uma de minhas longas caminhadas. Em um mundo estranho, púrpura e sombrio, coberto de enormes nuvens frias empilhadas sobre o céu amarelado; com colinas que meditavam no silêncio dos bosques desertos; com um mar que quebrava em uma praia pedregosa. Toda aquela paisagem parecia:

Como aqueles que esperam
Que o juízo determine destino.

Isso fez com que eu me sentisse... terrivelmente *solitária*.

Como meus humores mudam!

Sou 'inconstante' como diz a tia Elizabeth? 'Temperamental', como diz Andrew?"

4

"5 DE NOV. DE 19...

Como o mundo está mal-humorado! Anteontem, ele não carecia de formosura; era como uma velha senhora, trajada com garbo de marrom e arminho. Ontem, tentou fingir juventude, cobrindo-se de primavera,

LUCY MAUD MONTGOMERY

com xales de névoa azul. E que velha feia e desgrenhada me saiu, com seus frangalhos e rugas. Depois disso, irritou-se com a própria feiura e passou a noite enfurecido. Acordei de madrugada ouvindo o vento uivar em meio às árvores e lágrimas de mágoa e rancor golpeando minha janela."

5

"23 DE NOV. DE 19…

Este é o segundo dia de uma chuva forte e incessante de outono. Choveu praticamente todos os dias este mês. Não recebemos nenhuma carta hoje. O mundo está feio, com suas árvores encharcadas e gotejantes e seus campos lamacentos. E essa atmosfera escura e úmida invadiu minha alma e meu espírito, minando toda minha energia.

Não consegui ler, comer, dormir, escrever ou fazer qualquer coisa que fosse, a não ser que eu me forçasse, e então eu tinha a sensação de estar trabalhando com as mãos e o cérebro de outra pessoa, sem conseguir me entender muito bem com eles. Sinto-me sem brilho, desgrenhada e pouco atraente. Chego até a me entediar.

Vou criar limo vivendo assim!

Pronto! Já me sinto melhor com essa pequena explosão de descontentamento. Ela deu vazão a alguma coisa que estava dentro de mim. Sei que todo mundo tem seus dias de depressão e desânimo, quando as coisas parecem perder o sabor. Mesmo o dia mais ensolarado tem suas nuvens; mas não se deve esquecer que o sol continua lá.

Como é fácil filosofar – no papel!

(Questionamento: Se estamos ao ar livre na chuva, vamos nos manter secos se pensarmos que o sol continua existindo?)

Graças aos céus nenhum dia é igual ao outro!"

A BUSCA DE EMILY

6

"3 DE DEZ. DE 19…

Hoje o pôr do sol foi inquieto e tempestuoso. O sol se pôs atrás das colinas brancas lançando olhares fulminantes para os choupos e os pinheiros no bosque de John Sullivan. Vez por outra, as árvores tinham espasmos repentinos e angustiantes à mercê das rajadas de vento. Me sentei junto à janela e observei. Lá embaixo, no jardim, estava escuro, e eu só conseguia enxergar as folhas mortas que giravam e dançavam loucamente por sobre os caminhos sem vida. Pobres folhas mortas – ou não tão mortas assim, aparentemente. Ainda havia vida o suficiente nelas para deixá-las inquietas e desesperadas. Elas atendiam a todo e qualquer chamado do vento, que, por sua vez, já não se importava com elas, mas se divertia atormentando-lhes o sossego. Senti pena delas e as observei naquele crepúsculo opaco e estranho, irada (de um jeito que quase me fez rir) com o vento que não as deixava em paz. Por que elas, como eu, perdiam-se nesses sopros apaixonados e transitórios de desejo por uma vida que já passou?

Já faz tempo que não recebo notícias de Ilse. Ela também me esqueceu."

7

"10 DE JAN. DE 19…

Esta noite, enquanto voltava para casa do correio, trazendo três cartas de aceite, me deixei maravilhar pela beleza do inverno à minha volta. Estava tudo tão calmo e quieto; o sol poente projetava belos e pálidos matizes cor-de-rosa sobre a neve; e uma gigantesca lua prateada brilhava sobre a Montanha Deleitável, me lançando um sorriso íntimo e amigo.

Quanta diferença no jeito de olhar a vida três cartas de aceite podem causar!"

8

"20 DE JAN. DE 19…

Ultimamente, as noites têm sido profundamente deprimentes e os dias têm se resumido a breves períodos de céu cinza e sem sol. Passo o dia trabalhando e meditando e, quando a noite chega (sempre muito cedo), o desânimo se abate sobre meu espírito. Não consigo descrever o sentimento. É horrível – pior que a dor física. A melhor forma que encontro de expressá-lo em palavras é dizendo que uma fortíssima e terrível fraqueza toma conta de mim – não do corpo ou da mente, mas dos sentimentos –, e ela é acompanhada de um pavor imanente do futuro – de *qualquer* futuro, até mesmo dos futuros felizes; *principalmente* dos felizes, pois, quando esse estranho humor me acomete, sinto que ser feliz demandaria ainda mais esforço e ainda mais resiliência do que eu tenho a oferecer.

Permita-me ser franca – pelo menos aqui, se em nenhum outro lugar. Sei muito bem qual é o problema comigo. Esta tarde, estava vasculhando meu antigo baú no sótão e encontrei um bolo de cartas que Teddy me mandou em seu primeiro ano de Montreal. Fui tola o suficiente para perder meu tempo relendo todas elas. Foi uma estupidez fazer isso. E este é o preço a pagar. Cartas assim têm um poder de ressuscitar coisas terríveis. Me sinto cercada de fantasias amargas e fantasmas indesejados – são minhas antigas alegrias do passado."

8

"5 DE FEV. 19...

A vida já não me parece ser o que era. Algo *se perdeu*. Não sou infeliz, mas a vida se converteu em uma coisa negativa. No geral, consigo aproveitá-la e vivo momentos lindos. Sou cada vez mais bem-sucedida (pelo menos em parte do que faço) e sei apreciar as coisas que o mundo e

A busca de Emily

o tempo oferecem para meu deleite e interesse. Mas sob tudo isso, existe um sentimento latente de vazio. Tudo isso porque, lá fora, a neve chega aos joelhos, e eu não posso fazer minhas caminhadas. Espere só quando chegar o degelo e eu puder sair para me deleitar no bálsamo dos pinheiros, na paz dos lugares calmos e nos 'cumes dos montes'[44] (que linda frase bíblica essa!). Então, eu me sentirei completa de novo."

10

"6 DE FEV. DE 19...

Ontem à noite, não pude mais suportar aquele vaso de ramos secos sobre a lareira. Estava lá havia quarenta anos! Por isso agarrei os ramos, abri a janela e joguei-os no jardim. Isso aliviou meus sentimentos, e eu dormi como um bebê. Mas, hoje pela manhã, o primo Jimmy os recolheu e os trouxe de volta para mim, dizendo para eu tomar cuidado quando os botasse para 'respirar' na janela. A tia Elizabeth ficou horrorizada.

Coloquei-os de volta no vaso. Não se pode escapar à própria sina."

11

"22 DE FEV. DE 19...

Esta tarde, o pôr do sol foi brumoso e cor de creme e, depois dele, veio o luar. E que luar! É uma dessas noites em que podemos cair no sono e sonhar com jardins alegres e amizades festivas, sentindo, durante todo o sono, o esplendor e o brilho do mundo enluarado, enquanto ouvimos as palavras de uma canção distante ressoando através dos pensamentos.

Saí para uma caminhada solitária por aquele mundo de fadas e glórias. Atravessei o pomar, onde a sombra escura das árvores caía sobre a neve;

---

[44] Salmo 95:4. (N.T.)

subi até o alto da colina branca, luminosa e encimada de estrelas; espiei através das copas escuras, misteriosas e inertes dos pinheiros: esconderijos lenhosos onde a noite se oculta do luar; vaguei por campos oníricos de ébano e marfim. Tive um encontro com minha amiga dos velhos tempos, a Mulher de Vento. Cada inspirar era como um poema; cada pensamento, um êxtase. Quando voltei, minha alma estava limpa; havia sido lavada nas grandes banheiras de cristal da noite.

Mas a tia Elizabeth disse que as pessoas me achariam louca se me vissem perambulando sozinha àquela hora da noite. E a tia Laura me deu uma bebida quente de groselha, para que eu não apanhasse nenhum resfriado. Só o primo Jimmy me entendeu, em parte.

'Você saiu para tentar escapar. Eu te entendo', ele sussurrou.

Em resposta, sussurrei estes versos:

'Minha alma pasceu com as estrelas
Sobre os campos do universo.'"[45]

12

"26 DE FEV. DE 19...

Ultimamente, Jasper Frost, que mora em Shrewsbury, vinha nos visitando bastante. Não acho que continuará vindo depois de nossa conversa de ontem à noite. Ele disse que me amava, com um amor que 'atravessaria a eternidade'. Mas me pareceu que uma eternidade com Jasper seria tempo demais. A tia Elizabeth vai ficar um tanto decepcionada, pobrezinha. Ela gosta de Jasper, e os Frosts são 'uma boa família'. Eu também gosto dele, o problema é que ele é muito empertigado e caxias.

'Você quer um namorado desleixado?', a tia Elizabeth me perguntou.

---

[45] Citação do poema *Dawn*, de Frederick George Scott (1861–1944). (N.T.)

A BUSCA DE EMILY

Essa pergunta me desconcertou, porque eu de fato não queria.

'Deve haver um meio-termo', eu respondi.

'Uma moça não deve escolher demais quando...', tenho certeza de que a tia Elizabeth ia dizer 'já tem vinte e quatro anos', mas acabou mudando no último momento para 'também não é *tão* perfeita assim'.

Queria que o professor Carpenter estivesse vivo para ouvir o itálico da tia Elizabeth. Foi de matar."

13

"1º DE MARÇO DE 19...

Uma linda música da noite está entrando pela minha janela, vindo do bosque do John Sullivan. Não, já *não* é mais do John Sullivan.

Agora é o bosque de Emily Byrd Starr!

Comprei-o hoje, com o dinheiro que ganhei com meus últimos escritos. É meu, meu, meu! Todas as lindas coisas nele são minhas: seus corredores enluarados; a graça de seu único olmeiro contrastando com o céu estrelado; seus pequenos vales escuros; suas flores e samambaias; sua fonte cristalina; sua música de vento, mais doce que a de um antigo violino de Cremona. Ninguém vai poder derrubá-lo ou profaná-lo.

Estou tão feliz. Sinto que o vento é meu companheiro, e as estrelas, minhas amigas."

14

"23 DE MARÇO DE 19...

Existe algum som no mundo mais triste e estranho do que o lamento do vento ao redor das eiras e das janelas em uma noite de tempestade? Esta noite, sinto como se os gritos desolados de belas mulheres que morreram e foram esquecidas há muitos anos estivessem se ecoando nos gemidos do vento. Meu próprio passado encontra voz neles, como se estivesse clamando para ser readmitido na alma da qual fora expulso. Esse vento ululante que assopra contra minha janela esta noite está carregado de sons estranhos. Ouço o pranto de antigas almas; e os gemidos de desesperos passados; e as canções fantasmagóricas das esperanças mortas. O vento da noite é uma alma perdida do passado. Ele não encontra lugar no futuro, e por isso se lamenta."

15

"10 DE ABRIL DE 19...

"Hoje pela manhã, senti-me mais eu, como há muito tempo não acontecia. Fui caminhar pela Montanha Deleitável. A manhã estava fresca, calma e brumosa, com um céu perolado e um cheiro de primavera no ar. Cada curva naquele antigo caminho era como uma amiga para mim. E tudo parecia tão novo. Não existe velhice em abril. Os pequenos abetos estavam extremamente verdes e amigáveis, com contas peroladas de orvalho cobrindo suas folhas.

'Você é minha', clamou o mar além do lago.

'Temos que dividi-la', disseram as colinas.

'Ela é minha irmã', disse um pinheiro alegre.

Olhando para eles, vi o lampejo, meu velho amigo sobrenatural que aparece tão raramente nestes últimos meses tristes. Será que vou perdê-lo completamente quando envelhecer? Será que não vou ter nada, senão a 'luz de um dia comum'?

Mas, pelo menos esta manhã, ele apareceu para mim, e eu experimentei a imortalidade. Afinal, a liberdade é uma questão da alma.

'A natureza nunca trai um coração que a ama.'

Ela sempre tem algum presente alentador a nos oferecer quando a buscamos com humildade. Minhas lembranças ácidas e meus descontentamentos corrosivos desapareceram. De súbito, senti que uma antiga alegria esperava por mim, bem na curva da colina.

As rãs estão cantando hoje à noite. Por que é que *rã* é uma palavra tão querida, charmosa, absurda e engraçada?"

16

"15 DE MAIO DE 19...

Sei que, quando morrer, vou descansar em paz sob a relva ao longo do verão, do outono e do inverno. Porém, quando a primavera chegar, meu coração voltará a bater e chamará ansiosamente por todas as vozes no mundo acima de mim. A primavera e a manhã estavam rindo uma para a outra hoje, e eu saí ao encontro das duas, para me juntar a elas.

Recebi hoje uma carta de Ilse. Era tão lacônica quanto se pode ser. Dizia que estava voltando para casa.

'Estou com saudades de casa', ela escreveu. 'Os pássaros silvestres ainda cantam nos bosques de Blair Water? As ondas ainda nos chamam além das dunas? Eu as quero. E, oh!, assistir a lua nascer sobre o porto, como fizemos tantas vezes em nossa infância... E quero ver você. As cartas não me satisfazem mais. Quero falar de muitas coisas. Sabia que me senti meio *velha* hoje? Foi um sentimento estranho...'

Ela não mencionou o nome de Teddy. Mas perguntou se era verdade 'que o Perry Miller está noivo da filha do juiz Elmsley'.

Não acho que seja, mas o mero boato mostra o quanto ele subiu na vida."

Capítulo 20

1

Em seu aniversário de vinte e quatro anos, Emily abriu e leu a carta que havia escrito para si aos catorze. Não foi o evento maravilhoso que esperava ser. Passou um longo tempo sentada na janela, com a carta na mão, observando o brilho amarelado das estrelas sobre o bosque que, por hábito, ainda era atribuído a John Sullivan. O que saltaria para fora quando ela abrisse o envelope? Um fantasma da juventude? Da ambição? De um amor acabado? De uma amizade perdida? Emily sentiu que preferia queimar a carta a lê-la. Mas isso seria covardia. Era preciso encarar as coisas; até mesmo os fantasmas. Com um movimento rápido e repentino, ela abriu o envelope e tirou a carta.

Um perfume emanou dela. Em meio à folha dobrada, havia pétalas secas de rosa, tão delicadas que se desfizeram em sua mão. Sim, ela se lembrava daquela rosa. Foi Teddy quem a trouxera para ela, em uma tarde dos tempos de infância. Estava orgulhoso daquela primeira flor nascida na roseira que o doutor Burnley lhe dera. Foi a única rosa que jamais brotou

A BUSCA DE EMILY

nela, por sinal. Sua mãe sentira ciúmes de seu amor pela planta e, certa noite, acidentalmente, o vaso acabou caindo da janela e se quebrando. Se Teddy algum dia achou que havia uma conexão entre esses dois fatos, nunca chegou a dizer. Emily a manteve em um vaso sobre a escrivaninha pelo tempo que durou, mas, no dia em que escreveu sua carta, tomou a florzinha murcha, beijou-a e depositou-a no meio da folha dobrada. Havia se esquecido dessa rosa. Agora, ela se despedaçou em sua mão, feia, como as esperanças de tempos passados, ainda que emanasse dela um perfume adocicado. Toda a carta parecia carregada dessa fragrância – se era algo dos sentidos ou do espírito, ela não sabia dizer.

A carta, Emily reconheceu com severidade, era uma tolice romântica. Algo digno de riso. Emily de fato riu de algumas partes. Que imatura! Que boba! Que sentimental! Que engraçada! Havia mesmo sido uma criança tão pueril a ponto de escrever uma bobagem tão extasiada e pomposa? Sem dizer que, aos catorze anos, os vinte e quatro lhe pareciam a última fronteira da glória.

"Já escreveu seu grande livro?", perguntou a alegre Catorze, começando a concluir a carta. "Já escalou o Caminho Alpino? Ah, Vinte e Quatro, tenho inveja de você. Deve ser esplêndido ser *você*. Você está olhando para trás e sentindo pena de *mim*? Você não se pendura nas porteiras agora, não é? Você se tornou uma dona de casa séria, com vários filhos, morando na Casa Desolada com o Você-Sabe-Quem? Só não seja aborrecida, é o que eu te imploro, querida Vinte e Quatro. E seja dramática. Eu amo as coisas e as pessoas dramáticas. Você já se tornou a senhora _____? Que nome vai preencher essa lacuna? Oh, querida Vinte e Quatro, estou guardando um beijo para você nesta carta; e um punhado de luar; e a alma de uma rosa; e um pouco do doce verdume da velha colina; e a fragrância de algumas violetas silvestres. Espero que você seja feliz, famosa e adorável; e espero que não tenha se esquecido de mim.

Da tola
VOCÊ DO PASSADO."

Emily guardou a carta.

– Quanta tolice! – exclamou, com escárnio.

Em seguida, sentou-se em frente à escrivaninha e apoiou a cabeça na mesa. Essa pequena, inocente, sonhadora e alegre Catorze! Sempre achando que havia algo de grandioso, maravilhoso e belo à frente. Convicta de que a "montanha púrpura" podia ser alcançada. Certa de que os sonhos sempre se tornam realidade. Catorze tola, que ainda sabia como ser feliz.

– Sou eu que tenho inveja de você – disse Emily. – Queria nunca ter aberto sua carta, minha tola Catorze. Volte para as sombras do passado e não saia mais; não venha caçoar de mim. Vou passar a noite em claro por sua causa. Ficarei acordada, sentindo pena de mim mesma.

Ainda assim, os passos do destino subiam forte as escadas, mas Emily achou que era apenas o primo Jimmy.

2

Ele vinha trazendo uma carta, uma carta fina, e, se não estivesse tão absorta, ela teria notado que os olhos do primo Jimmy brilhavam como os de um gato e que um ar de entusiasmo mal velado estava estampado em seu rosto. Além disso, quando ela o agradeceu distraidamente pela carta, ele não se foi, mas permaneceu no corredor escuro do lado de fora, observando-a pela porta entreaberta. De início, ele achou que ela não fosse abrir a carta: ela a havia deixado na mesa com indiferença. O primo Jimmy já estava a ponto de explodir de impaciência.

Porém, depois de alguns poucos minutos, com um suspiro, ela estendeu a mão e tomou o envelope.

"Se meu palpite estiver certo, pequena Emily, você não vai suspirar quando ler essa carta", pensou o primo Jimmy, em êxito.

Emily olhou o endereço do remetente no envelope e se perguntou o que a Editora Wareham queria com ela. Logo eles, grandes como eram!

A BUSCA DE EMILY

Era a editora mais antiga dos Estados Unidos. Certamente era alguma propaganda. Segundos depois, ela lia incrédula o bilhete datilografado. O primo Jimmy fez uma dancinha silenciosa no corredor.

– Mas... eu não... não estou entendendo – espantou-se Emily.

CARA SENHORITA STARR.

Temos o prazer de informá-la que nossos leitores nos deram retornos positivos sobre seu romance, A moral da rosa. *Se conseguirmos alcançar um acordo favorável a ambas as partes, ficaremos felizes em incluir o livro em nosso catálogo da próxima temporada. Reiteramos nosso interesse em seus futuros projetos.*

Cordialmente, etc.

– Não estou entendendo – repetiu Emily.

O primo Jimmy não conseguiu permanecer escondido. Soltou um grito entre o "aê" e o "eba". Emily atravessou o quarto voando e o puxou para dentro.

– Primo Jimmy, *o que* significa isto? Você deve saber alguma coisa a respeito... Como foi que a Wareham recebeu meu livro?

– Eles aceitaram mesmo?

– Sim, mas *eu* não enviei o manuscrito para eles. Não achei que valeria a pena. A *Wareham*! Devo estar sonhando!

– Não está. Vou te explicar tudo, mas não fique brava, Emily. Lembra que, mês passado, Elizabeth me pediu para organizar o sótão? Bem, eu estava movendo uma caixa de papelão onde você guarda suas coisas quando o fundo dela cedeu. Caiu tudo no chão. Enquanto eu juntava a papelada, notei que seu manuscrito estava ali no meio. Comecei a ler, de início só uma página; aí continuei e continuei, até que Elizabeth me encontrou sentado no chão uma hora depois, ainda lendo. Havia me esquecido de tudo. Nossa, como ela ficou brava! Já era hora do jantar e eu não tinha feito nem metade do que deveria. Mas nem me importei com o que ela disse. Pensei: "Se esse livro me fez esquecer de tudo desse jeito, deve ter *alguma coisa* nele. *Eu* vou enviá-lo para algum lugar". E o único lugar que eu conhecia era a Wareham. Eu sempre ouvia falar neles. E eu não sabia nem *como* enviar; só enfiei tudo em um envelope e mandei.

– Você não colocou um selo para devolverem, caso rejeitassem? – perguntou Emily, lívida.

– Não. Nem pensei nisso. Talvez seja por isso que aceitaram. Talvez as outras editoras tenham mandado de volta porque tinham o selo.

– Duvido. – Emily riu e, de repente, estava chorando.

– Emily, você está brava comigo?

– Não! Não estou, meu querido, só estou desorientada, como você costuma dizer, de modo que nem sei o que fazer. Isto é tão… a Wareham!

– Ando de olho na correspondência desde que postei o manuscrito – disse o primo Jimmy, rindo satisfeito. – Elizabeth achou que eu havia enlouquecido de vez. Se o livro fosse devolvido, eu o guardaria de novo no sótão, sem ninguém ver. Não ia deixar que você soubesse. Mas, quando vi o envelope fino, me lembrei de quando você disse que eles traziam boas notícias. Minha pequena, não chore!

– Eu não consigo evitar. Oh, sinto muito pelas coisas que te disse, Catorze. Você não era tola! Era sábia! Já sabia desde o início!

"A notícia abalou o raciocínio dela, coitada", pensou o primo Jimmy. "Não é de se surpreender, depois de tantos percalços. Logo ela estará melhor."

Capítulo 21

1

Teddy e Ilse iriam passar dez dias na cidade em julho. Como conseguiam combinar tão bem as datas? Emily sentiu que isso não devia ser apenas coincidência. Ela temeu a visita e desejou que aquilo acabasse logo. Seria bom rever Ilse; de certa forma, era impossível se afastar dela. Não importa quanto tempo ela passava longe: sempre que voltava, era a mesma. Mas Emily não queria ver Teddy. Ele a havia esquecido. Não havia escrito enquanto esteve longe. Já era famoso – um pintor de lindas mulheres. Tão famoso (contara-lhe Ilse) que ia parar de trabalhar para revistas. Emily sentiu certo alívio quando leu isso. Não teria mais medo de abrir uma revista e encontrar seu rosto em alguma ilustração, com "Frederick Kent" escrito nas bordas, como se fosse uma mensagem para todos os outros homens de que aquela mulher era dele. Emily ressentia menos as ilustrações que continham seu rosto inteiro do que as que continham apenas seus olhos. Para ser capaz de pintar seus olhos daquela forma, Teddy devia conhecer perfeitamente sua alma. Esse pensamento a encheu de fúria e vergonha – e de um sentimento horrível de impotência. Ela não pediria – não poderia pedir – que Teddy parasse de usá-la como modelo. Ela nunca havia se rebaixado ao nível de reconhecer para ele que percebia a semelhança entre si e as ilustrações – e *nunca* se rebaixaria.

E agora ele estava vindo para a cidade. Chegaria a qualquer momento. Se ela pudesse ao menos fugir, com qualquer desculpa que fosse, por algumas semanas. A senhorita Royal sempre a convidava para ir a Nova Iorque. Mas não seria certo partir quando Ilse estava vindo.

Ora – Emily se recompôs – que estúpida ela era! Teddy estava voltando porque era um filho dedicado à mãe, e ficaria feliz em rever velhos amigos quando topasse com eles. Por que haveria algum problema nisso? Ela precisava se livrar dessa angústia absurda. E o faria já.

Estava sentada em frente à janela aberta. Lá fora, a noite era como uma flor escura de perfume pungente. Uma noite cheia de expectativas; uma noite em que as coisas aconteciam. Muito calma. Somente os mais delicados sons, os mais débeis sussurros, os mais fraquinhos dos suspiros eram entreouvidos.

– Ó, beleza! – exclamou Emily apaixonada, erguendo as mãos para as estrelas. – O que eu teria feito sem você todos esses anos?

Beleza da noite – e perfume – e mistério. Sua alma estava cheia dessas coisas. Naquele momento, não havia espaço para mais nada. Ela se inclinou, erguendo os olhos para o céu cravejado – extática, enlevada.

E foi então que ela ouviu um chamado suave vindo do bosque de John Sullivan: duas notas mais agudas e uma longa e grave. Aquele antigo sinal que, outrora, a teria feito voar escada abaixo rumo à escuridão dos pinheiros.

Emily permaneceu sentada como se fosse uma estátua, seu rosto emoldurado pelas trepadeiras que cresciam ao redor da janela. Ele estava lá… Teddy estava lá… No bosque de John Sullivan… esperando por ela… chamando por ela, como antigamente. Ansioso por vê-la!

Por pouco não se levantou; por pouco não saiu correndo escada abaixo e se enfiou na escuridão; aquela linda e perfumada escuridão onde ele esperava por ela. Mas… será que ele não estava apenas conferindo se ainda a possuía?

A BUSCA DE EMILY

Havia estado dois anos fora e não escrevera nem um bilhete de adeus quando partiu. Seu orgulho de Murray toleraria isso? Deveria correr, ela que era Murray, ao encontro de um homem que lhe dava tão pouca importância? Não; a resposta era não. O rosto jovem de Emily adquiriu, sob aquela luz débil, as linhas de uma obstinada determinação. Ela não iria. Ele que chamasse o quanto quisesse. "Assobie, e eu irei ao seu encontro, meu jovem!", uma ova! Emily Byrd Starr estava farta disso. Teddy Kent não devia pensar que podia ir e vir o quanto quisesse, enquanto ela permanecia submissa àquele chamado senhorial.

Outra vez, o sinal soou. Ele estava lá, tão perto. Se quisesse, poderia estar ao lado dele em instantes; suas mãos nas dele; seus olhos fitando os dele; e talvez...

Ele havia partido sem dizer adeus!

Deliberadamente, Emily se levantou e acendeu a lâmpada. Em seguida, sentou-se em frente à escrivaninha, próximo à janela, e pôs-se a escrever – ou pelo menos a fingir que escrevia. Continuou escrevendo sem parar (no dia seguinte, seus lençóis estavam cobertos de repetições sem sentido de antigos poemas que aprendera na escola) e, enquanto escrevia, permanecia com o ouvido atento. Será que o chamado soaria de novo? Será que voltaria? Não, não voltou. Quando teve certeza de que os assovios haviam cessado, ela apagou a luz e se deitou na cama, com o rosto metido no travesseiro. Seu orgulho havia sido satisfeito. Mostrara a ele que não seria arrastada para lá e para cá à base de assovios. Ah, como estava grata por ter se mantido firme e não ter ido. Foi por esse motivo, sem dúvidas, que seu travesseiro ficou encharcado de lágrimas desesperadas.

2

Na noite seguinte, ele apareceu em seu carro novo, acompanhado de Ilse. Houve apertos de mão, brincadeiras e risadas – ah, quantas risadas!

Ilse estava radiante com seu gigantesco chapéu amarelo adornado de rosas carmesim. Era um desses chapéus absurdos que só caíam bem nela. Como estava diferente da Ilse negligenciada e quase maltrapilha dos velhos tempos. Não obstante, continuava adorável como sempre. Adorar Ilse era inevitável. Teddy também estava elegante, equilibrando muito bem o ar de interesse com o de indiferença, como se espera de alguém que visita a cidade natal depois de muito tempo. Ele afetava interesse em tudo e em todos. Ah, sim, parecia muitíssimo interessado! Era verdade que ela ia publicar um livro? Brava! Sobre o que era? Ele ganharia uma cópia? Blair Water não mudara nada. Que alegria estar ali!

Emily pensou que aquele assobio no bosque talvez não tivesse passado de um sonho.

Apesar de tudo, ela aceitou ir em um passeio de carro a Priest Pond com ele e Ilse – isso causou um alvoroço e tanto, pois os carros ainda eram coisa rara por aqueles lados. Eles viveram momentos alegres e deliciosos, tanto nesse dia quanto nos outros que o sucederam durante as férias. Ilse tinha a intenção de ficar três semanas, mas descobriu que poderia ficar apenas cinco dias. Já Teddy, que parecia ser dono do próprio tempo, decidiu que também não ficaria. Assim, no último dia, ambos foram a Lua Nova despedir-se de Emily, e os três saíram em um derradeiro passeio enluarado e regado a gargalhadas. Com um abraço, Ilse declarou que aqueles dias haviam sido exatamente como os velhos tempos, e Teddy concordou.

– Queria que Perry também estivesse aqui – acrescentou ele. – Fico triste por não poder vê-lo. Dizem que ele está indo de vento em popa.

Perry havia ido para o litoral, em uma viagem a trabalho. Emily se gabou um bocado do sucesso dele. Teddy Kent não devia imaginar que era o único que a visitava.

– E o comportamento dele melhorou? – perguntou Ilse.

– O comportamento dele é mais do que adequado para nós, simples habitantes da Ilha de Príncipe Edward – disse Emily, cáustica.

– Bom, admito que nunca o vi palitar os dentes em público – reconheceu Ilse. – Sabia... – continuou ela, com um olhar de soslaio para Teddy que foi imediatamente percebido por Emily – ... que eu achava que estava apaixonada por ele?

– Que sortudo! – exclamou Teddy, com o que pareceu ser um sorriso discreto de entendimento mútuo.

Ilse não se despediu de Emily com um beijo, mas sim com um aperto cordial de mãos, tal como Teddy. Emily agradeceu aos céus, desta vez a sério, por não ter ido ao encontro de Teddy quando ele assoviara – se é que ele realmente fez isso. O carro se afastou alegre pelo caminho. Porém, quando Emily se virou para entrar, houve passos apressados atrás dela e, de repente, ela foi envolvida em um abraço acetinado.

– Adeus, Emily, minha querida. Eu te amo tanto quanto antes, mas tudo mudou tanto... Nunca voltaremos a encontrar as Ilhas da Magia. Queria não ter vindo, mas diga que me ama e que sempre vai me amar. Não suportaria viver sem seu amor.

– É claro que sempre vou te amar, Ilse.

Elas se abraçaram longamente – de um jeito quase triste – em meio aos perfumes suaves, frios e doces da noite. Ilse voltou correndo até o carro, onde Teddy ronronava por ela – ou talvez fosse só o motor –, e Emily entrou em Lua Nova, onde suas tias e o primo Jimmy esperavam por ela.

– Será que Ilse e Teddy se casam? – perguntou a tia Laura.

– Já está na hora da Ilse se aquietar – determinou a tia Elizabeth.

– Pobre Ilse! – compadeceu-se o primo Jimmy, não se sabe com quê.

3

Certa tarde linda de outono, Emily voltava para casa da agência de correio de Blair Water, trazendo consigo uma carta de Ilse e um pacote. Tremia com um entusiasmo que se confundia facilmente com felicidade. O dia havia sido estranhamente agradável, sem qualquer razão de ser: foi um dia de colinas ensolaradas; de bosques florescentes; e de um céu azul-bebê com pinceladas cinzentas aqui e ali, como véus lançados ao alto. Emily havia sonhado com Teddy – com o Teddy querido e amigo dos velhos tempos – e passou o resto do dia sendo atormentada por uma estranha sensação de estar próxima dele. Era como se os passos dele ressoassem à sua volta; como se ela pudesse dar com ele em alguma curva ladeada de abetos na estrada vermelha ou em algum vale onde as samambaias crescem fortes e douradas; como se pudesse encontrá-lo sorrindo para ela, sem qualquer sombra de mudança, lançando no esquecimento os anos de exílio e alienação. Fazia tempo que não pensava muito nele. O verão e o outono haviam sido agitados (ela havia trabalhado duro em um conto novo), enquanto as cartas de Ilse se tornavam mais raras e curtas. Por que aquele sentimento repentino e irracional de proximidade? Quando recebeu uma carta mais grossa de Ilse, soube de imediato que ela continha notícias sobre Teddy.

Mas, na realidade, o motivo de seu entusiasmo era aquele pacote. Estava estampado com o logotipo da Editora Wareham, e Emily logo soube o que ele continha. Era seu livro: *A moral da rosa.*

Voltou correndo para casa pelo caminho vicinal (uma antiga estradinha pela qual os vadios flanavam, onde os amantes encontravam suas donzelas, aonde as crianças iam brincar e pela qual os trabalhadores cansados voltavam para casa), que dava na campina de Blair Water e no Caminho de Ontem. Neste refúgio frondoso, Emily se sentou sobre algumas samambaias marrons e abriu o pacote.

Lá estava seu livro. *Seu* livro, acabado de sair da gráfica. Aquele era um momento maravilhoso de orgulho e entusiasmo! Teria enfim chegado ao cume do Caminho Alpino? Emily levantou seus olhos cintilantes para o céu azul-escuro de novembro e viu vários picos ensolarados erguendo-se um atrás do outro no horizonte. Sempre haveria novos cumes a aspirar. A verdade é que jamais se chegava ao topo. Mas que fantástico era poder alcançar esse planalto e ter uma vista como aquela! Que recompensa por seus longos anos de esforços, pelejas, descontentamentos e frustrações.

Mas que tristeza era pensar em seu filho natimorto: *O vendedor de sonhos!*

A BUSCA DE EMILY

4

A comoção que se deu em Lua Nova naquela tarde quase igualou à da própria Emily. Sem qualquer cerimônia, o primo Jimmy desistiu do plano de terminar de arar o campo e foi admirar o livro na cozinha. A tia Laura chorou e, obviamente, a tia Elizabeth afetou indiferença, contentando-se em dizer que a encadernação era de qualidade, digna de um livro de verdade. Evidentemente, ela esperava uma capa fina. Apesar disso, cometeu uns erros bobos na colcha de retalhos que estava fazendo e não perguntou nem uma vez ao primo Jimmy por que ele não estava arando o campo. Além disso, quando a tia Elizabeth avistou um automóvel cheio de visitas subindo o caminho da casa, *A moral da rosa* apareceu misteriosamente na mesa da sala de estar, muito embora estivesse devidamente guardado na escrivaninha de Emily minutos antes. A tia Elizabeth não fez nenhuma menção ao livro, e os visitantes também não o notaram. Porém, quando se foram, ela fez questão de apontar que John Angus continuava lerdo como sempre e que, se fosse a prima Margaret, não se vestiria como se tivesse vinte anos a menos do que realmente tem.

– Ela é uma ovelha velha em pele de cordeiro – disse, com desdém.

Se eles tivessem prestado a devida deferência ao *A moral da rosa*, a tia Elizabeth provavelmente teria dito que John Angus sempre fora um homem jovial e bem-humorado e que era impressionante como a prima Margaret estava conservada.

5

Apesar de toda a empolgação, Emily não se esqueceu da carta de Ilse, mas preferiu esperar até que a poeira baixasse para lê-la. Ao entardecer, foi para o quarto e se sentou sob aquela luz que se esvazia. O vento havia mudado quando o sol se pôs, e a tardinha estava fria e cortante. Um "lençol" de neve, como costumava dizer o primo Jimmy, havia caído de repente, cobrindo de branco o jardim seco e triste e tudo que havia ao redor. Mas a tempestade havia passado, e o céu estava limpo e amarelado sobre as colinas nevadas e os pinheiros escuros. O perfume estranho que Ilse sempre usava emanou do envelope aberto. Emily nunca gostara muito desse cheiro. Seu gosto se diferenciava do de Ilse no que tocava aos perfumes e a várias outras coisas. Ilse gostava de fragrâncias orientais, exóticas e provocativas. Já Emily, enquanto viveu, nunca conseguiu sentir um perfume assim sem que seu estômago embrulhasse.

"Planejei te escrever um milhão de vezes", dizia Ilse na carta, "mas quando estamos girando rápido na roda da fortuna, é difícil encontrar tempo para fazer o que se quer. Durante os últimos meses, ando tão apressada que me sinto como uma gata a um pulo de ser abocanhada pelo cachorro. Se eu parasse um minuto, ele me pegava.

Mas o espírito me incitou a rabiscar estas linhas. Tenho algo para te dizer. Além disso, sua carta chegou hoje cedo. De modo que aqui estou, escrevendo, e o cachorro que me pegue.

Fico feliz que você esteja bem e contente. Às vezes, invejo você profundamente, Emily: sua Lua Nova de paz e prazer; sua intensa devoção e satisfação com o trabalho; sua invariabilidade de propósitos. 'Se teus olhos forem bons, teu corpo será cheio de luz'. Isso está na Bíblia. Ou é de Shakespeare? Seja como for, é verdade. Me lembro que um dia você disse ter inveja das oportunidades que eu tenho de viajar. Emily, minha velha amiga, correr de um lado para o outro não é viajar. Se você fosse como esta sua amiga tola, perseguindo uma infinidade de ambições e projetos fugazes, você não seria tão feliz quanto é. Você me lembra (sempre me lembrou, mesmo quando éramos crianças) de um verso que não sei quem escreveu: 'sua alma era como uma estrela e habitava o além'.

Bom, quando não se pode ter o que realmente se quer, é preciso buscar algo que preencha a função. Sei que você sempre me achou uma idiota por gostar tanto de Perry Miller. Sei que você nunca entendeu. Como poderia?

Você não se preocupa com criaturas do sexo masculino, não é, Emily? Por isso, você me achou idiota. E ouso dizer que é verdade. Mas, de agora em diante, serei mais sensata. Vou me casar com Teddy Kent."

6

– Pronto! Aí está!

Por um momento, Emily soltou a carta, não sei se de propósito ou sem querer. Não sentia dor nem surpresa – não se sente nenhuma dessas coisas quando se toma um tiro no peito, segundo me disseram. Sentiu como se sempre tivesse sabido daquilo. Sempre. Ou pelo menos desde aquela noite no jantar dançante da senhora Chidlaw. Ainda assim, agora que a verdade vinha à tona, tinha a sensação de estar padecendo de todos os sintomas de uma morte dolorosa, sem de fato conseguir morrer. No espelho mal iluminado à sua frente, divisou o próprio rosto. Não se lembrava de ter visto a Emily-no-espelho com aquela aparência antes. Mas seu quarto continuava o mesmo. Parecia errado que continuasse o mesmo. Depois de alguns momentos – ou anos –, Emily tomou a carta novamente e continuou a leitura.

"Obviamente, não estou apaixonada por Teddy. Mas me acostumei a ele. Não consigo viver sem ele. E preciso escolher entre a ausência dele e o casamento. Ele se recusa a continuar tolerando minha hesitação. Além disso, ele vai ser muito famoso. Vou gostar de ser esposa de um homem famoso. E ele vai ficar bem de vida. Não acho que sou interesseira, Emily. Na semana passada, disse não a um milionário. Era um bom homem, mas tinha cara de fuinha. Ele *chorou* quando eu disse que não me casaria com ele. Céus!

Sim, admito: a maioria dos meus motivos tem a ver com a ambição. E também com um cansaço e uma impaciência com a vida como ela tem sido para mim nos últimos anos. Tudo parece ter perdido a cor. Mas sinto muito carinho por Teddy. Sempre senti. Ele é gentil e companheiro, e nossos gostos são exatamente os mesmos. E ele nunca me enfada. Não suporto gente enfadonha. Certo que ele é bonito além da conta; vai sempre despertando o interesse de uma ou de outra. Mas como não o amo *tanto*, não vou morrer de ciúmes. Na aurora da vida, quando eu ainda era jovem, eu teria fritado em óleo quente qualquer pessoa para quem Perry Miller olhasse, exceto você.

Faz anos que sinto que este momento chegaria, mas eu driblava Teddy; não o deixava dizer as palavras que nos uniriam para sempre. Não acho que eu teria conseguido juntar coragem para deixar que ele as dissesse, mas o destino se ocupou disso. Duas semanas atrás, saímos para dar um passeio, quando uma terrível tempestade nos pegou. Passamos um aperto enorme tentando voltar: não havia nenhum abrigo naquela estrada deserta e sem árvores; a chuva caía a cântaros; e havia raios e trovões. Era uma situação verdadeiramente insuportável, e nós não a suportamos. Apenas seguimos em frente, praguejando. Até que a tempestade passou tão subitamente quanto havia começado. Meus nervos estavam em frangalhos (imagine só: agora tenho *nervos*!), e eu comecei a chorar como uma garotinha tola e assustada. Teddy me deu um abraço reconfortante e disse que eu *precisava* me casar com ele e deixar que ele cuidasse de mim. Devo ter dito sim, porque ele parece convicto de que estamos noivos. Ele me deu um filhotinho preto de chow-chow e um anel de safira, que ele havia escolhido em algum lugar da Europa – uma joia centenária pela qual um crime já foi cometido, ou coisa assim.

Acho que vai ser muito bom ter alguém que cuide de mim. Adequadamente. Eu nunca tive, como você bem sabe. Papai nunca quis saber de mim antes de saber a verdade sobre Mamãe (graças a você, sua feiticeira!). Depois disso, ele passou a me adorar, mas nunca *cuidou* mesmo de mim.

Vamos nos casar em junho. Acho que papai vai ficar satisfeito. Teddy sempre foi o menino dos olhos dele. Além disso, acho que ele estava começando a se preocupar com a possibilidade de que eu nunca encontrasse marido. Papai gosta de se fazer de radical, mas, no fundo, é o mais romântico dos românticos.

A BUSCA DE EMILY

E, evidentemente, quero que você seja minha dama de honra. Oh, Emily querida, como eu queria poder te ver esta noite; conversar com você, como fazíamos antigamente; caminhar com você pela Montanha Deleitável e ao longo do bosque congelado e cheio de samambaias; passear pelo antigo jardim junto ao mar, onde as papoulas florescem vermelhas; revisitar todos esses lugares tão íntimos para nós. Queria (queria mesmo!) ser de novo aquela Ilse descalça, louca e maltrapilha. A vida ainda é agradável; não digo o contrário. Mas o 'primeiro êxtase, belo e incauto' é algo que não conseguimos reaver. Emily, minha velha amiga, você voltaria no tempo se pudesse?"

7

Emily releu a carta três vezes. Depois, passou um longo tempo sentada na janela, olhando perdidamente para aquele mundo escuro e branco que jazia sob um céu jocoso e estrelado. O vento estava carregado de vozes fantasmagóricas. Trechos da carta da Ilse surgiam, se contorciam e desapareciam de sua consciência como pequenas cobras venenosas, cada uma com um bote fatal.

"Sua invariabilidade de propósitos"... "Você não se preocupa com criaturas do sexo masculino"... "Evidentemente, quero que você seja minha dama de honra"... "Sinto muito carinho por Teddy"... "minha hesitação"...

Como alguém podia "hesitar" diante de um pedido de Teddy Kent? Emily ouviu uma risadinha amarga. Fora ela mesma que rira ou aquele espectro de Teddy que a perseguira o dia todo? Ou teria sido uma esperança antiga e persistente, soltando uma risadinha derradeira antes de morrer de vez?

Naquele exato momento, Teddy e Ilse provavelmente estavam juntos.

"Se eu tivesse respondido ao chamado dele aquela vez, será que teria feito diferença?", era a pergunta que ela se fazia repetidamente.

"Queria conseguir odiar Ilse. Isso tornaria tudo mais fácil", pensou ela, sombria. "Se ela amasse Teddy, acho que *conseguiria* odiá-la. Por algum motivo, o fato de ela não o amar ameniza a situação. É muito estranho que eu consiga suportar a ideia que ele a ame, mas não o contrário.

Subitamente, uma fraqueza profunda se abateu sobre ela. Pela primeira vez em sua vida, a morte pareceu uma boa amiga. Já era bem tarde quando ela enfim foi se deitar. Por volta do amanhecer, ela conseguiu dormir um pouco. Mas, quando o sol nasceu, ela acordou, um pouco perdida. Que barulho era aquele que acabara de ouvir?

Lembrou-se.

Levantou-se e vestiu-se, como seria preciso se levantar e se vestir todas as manhãs pelos incontáveis anos que ainda viriam.

– Bem – disse ela, em voz alta, para a Emily-no-espelho –, parece que derramei minha taça de vinho da vida no chão. E a vida não vai querer me servir mais. Portanto, preciso seguir com sede. Será que... será que teria sido diferente se eu tivesse ido encontrá-lo quando ele me chamou? Se eu ao menos soubesse! – Ela teve a sensação de ver os olhos irônicos e compassivos de Dean.

De repente, riu.

– Como a Ilse costuma dizer, que bagunça dos diabos eu aprontei!

Capítulo 22

1

Obviamente, a vida seguiu em frente, apesar dos descontentamentos. A rotina da existência não parava porque alguém estava triste. Houve até alguns momentos em que a coisa não era de todo ruim. Mais uma vez, Emily desafiou a dor e venceu. Valendo-se do orgulho de Murray e do recato de Starr, ela escreveu uma carta de felicitações na qual ninguém poderia botar defeito. Se pelo menos isso bastasse! Se pelo menos não ficassem falando o tempo todo de Ilse e Teddy com ela.

O noivado foi anunciado nos jornais de Montreal e, depois, nos da Ilha.

– Sim, estão noivos, e Deus ajude todos os envolvidos – disse o doutor Burnley, sem conseguir disfarçar muito bem a satisfação.

– Um dia, eu cheguei a achar que *você* e Teddy ficariam juntos – disse ele a Emily, jovial. Ela sorriu com elegância e mencionou qualquer coisa sobre o inesperado sempre acontecer.

– Seja como for, faremos um casamento que se preze – declarou o médico. – Deus sabe há quanto tempo não temos um casamento na família. Acho que meus parentes nem se lembram mais como é. Vou tratar de relembrá-los. Ilse me escreveu dizendo que você será dama de honra.

Vou precisar que você ajude a organizar tudo. Não se pode confiar um casamento a uma governanta.

– Estou às ordens – Emily respondeu automaticamente. Ninguém deveria perceber como ela se sentia, nem que ela morresse tentando esconder. Nem que precisasse ser dama de honra.

Não fosse por isso, ela teria tido um inverno bastante passável, pois *A moral da rosa* fez sucesso imediato. A primeira tiragem se esgotou em dez dias; mais três grandes outras em duas semanas; e mais cinco em oito. Boatos exagerados sobre os retornos financeiros disso circularam por toda parte. Pela primeira vez, o tio Wallace olhou para ela com respeito e, em segredo, a tia Addie desejou que Andrew não tivesse arranjado uma substituta tão rápido. Ao ouvir falar das inúmeras tiragens, a velha prima Charlotte, de Derry Pond, opinou que Emily devia estar ocupadíssima juntando e costurando as páginas e colando as capas. Já os moradores de Shrewsbury estavam furiosos porque achavam que ela os havia colocado no livro. Toda família da cidade acreditar ser os Applegaths.

"Você estava certa em não vir para Nova Iorque", escreveu a senhorita Royal. "Você jamais teria escrito *A moral da rosa* aqui. Rosas silvestres não crescem na cidade. E sua história é como uma rosa silvestre, minha querida: doce e inesperada, com uns poucos espinhos de sarcasmo e sátira. Tem força, delicadeza e sabedoria. Não é uma mera contação de histórias. Tem alguma mágica nesse livro. Emily Byrd Starr, de onde você tira sua estranha capacidade de entender a natureza humana, criança?"

Dean também lhe escreveu: "É uma história criativa, de qualidade. As personagens são naturais, humanas e agradáveis. Também gostei do espírito de juventude que permeia o livro".

2

– Esperava aprender algo com as críticas e resenhas, mas elas são muito contraditórias – disse Emily. – O que um crítico considera o grande mérito do livro, o outro condena como seu pior defeito. Ouça só: "A senhorita Starr foi bem-sucedida em criar personagens convincentes", mas "Tem-se a impressão de que as personagens da autora foram copiadas da vida real. Têm uma natureza tão absolutamente verossímil que dificilmente são produtos da imaginação".

– Eu disse que as pessoas reconheceriam o velho Douglas Courcy – declarou a tia Elizabeth.

– "É um livro bastante cansativo"; "é delicioso"; "uma obra comum de ficção"; "em cada página, nota-se o toque cuidadoso de um artista"; "um livro de romance barato e débil"; "tem a qualidade dos clássicos"; "uma história ímpar que denuncia uma formidável intimidade com a literatura"; "uma história boba, inútil, insossa e desconexa"; "um trabalho efêmero"; "uma obra destinada à imortalidade". Em *que* devo acreditar?

– Eu acreditaria apenas nas positivas – opinou a tia Laura.

Emily soltou um suspiro.

– Eu tenho tendência a fazer o contrário. Não consigo deixar de acreditar nas negativas e de achar que as positivas foram escritas por uns tontos. Mas eu não me importo muito com o que dizem em relação ao *livro*. É só quando eles criticam minha heroína que fico furiosa. Meu sangue subiu à cabeça quando li algumas das resenhas sobre minha querida Peggy. "É uma garota de uma estupidez extraordinária"; "a heroína tem uma confiança exagerada em sua missão".

– Confesso que a achei um tanto namoradeira – admitiu o primo Jimmy.

– "Uma heroína rasa e água com açúcar"; "a heroína é meio maçante"; "extravagante, talvez um pouco demais".

– Eu disse que ela não devia ter olhos verdes – resmungou o primo Jimmy. – As heroínas devem ter olhos azuis.

– Ah, mas ouçam estas – exclamou Emily, alegre –: "Peg Applegath é simplesmente irresistível"; "Peg tem uma personalidade vivaz"; "uma heroína fascinante"; "Peg é cativante demais para passar despercebida"; "uma dessas moças imortais da literatura". O que me diz dos olhos verdes agora, primo Jimmy?

O primo Jimmy meneou a cabeça. Não estava convencido.

– O que acha desta aqui, primo Jimmy? – perguntou Emily, travessa. "A questão psicológica do livro tem raízes que se espalham por profundezas subliminares, o que teria conferido solidez e relevância à obra se abordado de forma adequada."

– Eu sei o significado de todas essas palavras individualmente, exceto duas. Mas, juntas, elas não fazem nenhum sentido para mim – lamentou--se o primo Jimmy, pesaroso.

– "Sob a intangibilidade e o charme atmosférico, esconde-se uma maravilhosa firmeza na delineação das personagens."

– Também não entendi muito bem isso – confessou o primo Jimmy –, mas me parece algo positivo.

– "Um livro convencional e lugar-comum."

– O que querem dizer com "convencional"? – perguntou a tia Elizabeth, que não se deixava abalar por nenhuma transubstanciação ou gnosticismo.

– "Belamente escrito e carregado de humor. A senhorita Starr é uma verdadeira artista da literatura".

– Ah, eis aí um crítico sensato! – ronronou o primo Jimmy.

– "A impressão que se tem do livro é de que ele poderia sem bem pior."

– Já esse aí estava tentando parecer inteligente, acho – disse a tia Elizabeth, esquecendo-se de que ela própria já havia dito exatamente a mesma coisa que o crítico.

– "O livro carece de espontaneidade. É sacarino e melodramático; piegas e ingênuo."

– A única coisa que eu sei na vida é que caí num poço – disse o primo Jimmy, lamentando-se. – Deve ser por isso que não entendi nada do que você disse.

– Aqui vai uma mais fácil de entender… acho: "A senhorita Starr deve ter inventado o pomar dos Applegath assim como inventou sua heroína de olhos verdes. Não existem pomares na Ilha do Príncipe Edward. Eles morreriam com os ventos frios e salinos que assolam aquela faixa fina e arenosa de terra que é a ilha".

A busca de Emily

– Leia isso de novo por favor, Emily.

Emily atendeu ao pedido. O primo Jimmy meneou a cabeça.

– Como é que deixam um sujeito desses andar solto por aí?

– "A história é gostosa e bem narrada. As personagens são descritas com maestria; os diálogos são primorosamente conduzidos; e as passagens descritivas são surpreendentemente efetivas. Há humor latente que é simplesmente delicioso."

– Espero que isso não te deixe vaidosa, Emily – alertou a tia Elizabeth.

– Se deixar, aqui vai o antídoto: "Esta narrativa débil e pretenciosa – se é que se pode chamá-la de narrativa – é cheia de banalidades e trivialidades. Uma massa desconexa de acontecimentos com uns retalhos de diálogo, entremeada de longos períodos de reflexão e autoanálise".

– Me pergunto se a própria criatura que escreveu isso sabia o significado dessas palavras – disse a tia Laura.

– "O cenário da narrativa é a Ilha do Príncipe Edward, um lugar isolado próximo à costa da Terra Nova."

– Mas será que os ianques *nunca* estudam geografia? – farpeou o primo Jimmy, exasperado.

– "Uma história que não vai corromper seus leitores."

– Aí está um elogio de verdade – disse a tia Elizabeth.

O primo Jimmy olhou desconfiado. A frase não soava mal, mas... Claro que o livro da pequena Emily não iria corromper ninguém, mas...

– "Escrever uma resenha sobre um livro assim é como tentar dissecar a asa de uma borboleta ou arrancar a pétala de uma bela rosa para descobrir a origem secreta de seu perfume."

– Que coisa extravagante – fungou a tia Elizabeth.

– "Cheio de um sentimentalismo melífluo que a autora evidentemente confunde com poesia."

– Não dá vontade de dar um safanão? – perguntou o primo Jimmy, sentido.

– "Uma leitura fácil e inofensiva."

– Não sei por quê, mas não gostei muito dessa – comentou a tia Laura.

– "A história deixará o leitor com um sorriso satisfeito nos lábios e no coração."

– Agora sim! Esse aí falou minha língua. Isso sim eu consigo entender! – iluminou-se o primo Jimmy.

– "Começamos a leitura, mas nos pareceu impossível terminar esse livro cru e enfadonho."

– Bom, o que *eu* acho... – interveio o primo Jimmy, indignado – ... é que quanto mais eu leio *A moral da rosa*, mais gosto dele. Estava lendo ontem pela quarta vez e fiquei tão interessado que me esqueci completamente do jantar.

Emily sorriu. Era mais importante para ela conquistar os moradores de Lua Nova do que o mundo. Que importância tinha o que diziam os críticos quando a tinha Elizabeth comentou, com ar de quem dita um veredito final:

– Bem, eu nunca pensei que um monte de mentiras pudesse soar tão real.

Capítulo 23

1

Certa noite de janeiro, ao voltar para casa depois de uma visita, Emily decidiu tomar o caminho vicinal que passava próximo do Sítio dos Tanacetos. Quase não nevara naquele inverno, e o chão estava descoberto e duro. Ela parecia ser a única criatura fora de casa naquele momento e caminhava devagar, saboreando o charme delicado, triste e insólito dos campos sem flor e dos bosques silentes, com a lua surgindo inesperadamente de trás das nuvens negras sobre as planícies cobertas de pinheiros. Tentava, sem tanto sucesso, não pensar na carta que recebera de Ilse mais cedo. Era uma de suas cartas alegres e incoerentes, na qual um fato se destacava: o casamento havia sido marcado para o dia quinze de junho.

"Quero que você use um vestido de gaze azul com forro de tafetá marfim. Como sua cabeleira negra vai resplandecer com um vestido assim!

Meu vestido de noiva vai ser de veludo marfim. Minha tia-avó Edith vai me mandar da Escócia seu véu de rosas bordadas; minha tia-avó Theresa, que também é de lá, vai me mandar uma cauda bordada em prata de estilo oriental, que o marido dela trouxe de Constantinopla. Vou mandar cobri-la de tule. Não vou ficar linda? Acho que essas queridas velhinhas nem sabiam da minha existência quando meu pai lhes escreveu contando sobre 'as bodas iminentes'. Papai está muito mais empolgado com tudo do que eu.

Teddy e eu vamos passar a lua-de-mel em estalagens antigas de isolados cantinhos europeus aonde ninguém vai: Vallombrosa, etc. Aquele verso de Milton sempre me intrigou: 'numerosas como as folhas outonais que correm pelos riachos de Vallombrosa'. Quando retirado de seu contexto horrível, esse verso se converte em um quadro de puro deleite.

Eu voltarei para casa em maio para tratar dos últimos preparativos, e Teddy irá no início de junho, para passar um tempo com a mãe. E ela, como está levando esta história? Você tem alguma ideia? Não consigo tirar nada de Teddy, então imagino que não tenha gostado. Ela sempre me odiou, eu sei. Mas parece odiar todo mundo, especialmente você. Não vou ser muito sortuda quando o assunto é sogra. Vou estar sempre com a terrível sensação de que, em segredo, ela está despejando maldições sobre mim. Porém, Teddy é gentil o bastante para compensar isso. De verdade. Eu não fazia ideia de quão gentil ele era e gosto dele cada dia mais. Falo com sinceridade. Quando olho para ele e percebo como ele é bonito e charmoso, não entendo por que não estou perdidamente apaixonada. Mas a verdade é que é muito melhor não estar. Se eu estivesse, meu coração se partiria toda vez que brigássemos. Estamos sempre brigando; você me conhece. Vamos sempre estar. Vamos estragar todos os melhores momentos com nossas brigas. Mas pelo menos a vida não vai ser enfadonha."

Emily estremeceu. Sua vida lhe pareceu subitamente sombria e inane. Oh, como seria bom quando esse estivesse, enfim, terminado. Esse casamento no qual ela deveria ser a noiva (sim, *deveria* ser), mas no qual seria dama de honra. Como seria bom quando parassem enfim de falar nele. "Gaze azul sobre forro marfim!" Estava mais para pano de saco e cinzas.

A BUSCA DE EMILY

2

– Emily! Emily Starr!

Emily quase deu um pulo. Não havia percebido a senhora Kent no escuro até que estavam face a face no caminhozinho lateral que conduzia ao Sítio dos Tanacetos. Mas lá estava ela, com os cabelos descobertos no frio da noite e uma mão estendida.

– Emily, preciso falar com você. Vi você passar por aqui mais cedo e fiquei esperando você voltar desde então. Me acompanhe até a casa.

Emily preferia não fazer isso. Ainda assim, se virou e subiu o caminho íngreme e cheio de raízes, com a senhorita Kent balançando à sua frente como uma folha morta ao vento. Atravessaram o velho jardim maltratado onde nada crescia além dos tanacetos e entraram na casinha, malcuidada como sempre fora. As pessoas comentavam que Teddy devia mandar reformar a casa da mãe, já que estava ganhando tanto dinheiro. Mas Emily sabia que era a senhora Kent quem não permitia. Ela não admitia que nada fosse alterado.

Emily olhou ao redor com curiosidade. Fazia anos que não entrava ali; da última vez, ainda era uma criança brincando com Teddy e Ilse. Nada parecia ter mudado. Como antes, a casa parecia temer o riso. Parecia sempre haver alguém rezando nela. Havia uma atmosfera de reza. O velho salgueiro a oeste ainda batia na janela com seus dedos fantasmagóricos. Sobre a lareira, havia uma fotografia recente de Teddy, muito bonita. Ele parecia estar prestes a dizer algo; algo triunfante e exultante.

– Emily, encontrei o ouro do arco-íris. Tenho fama! Tenho amor! – parecia querer dizer.

Emily deu as costas para a foto e se sentou. A senhora Kent se sentou à sua frente – uma pequena criatura desbotada e trêmula, cujo rosto enrugado e amargo era atravessado por uma cicatriz pálida da boca à orelha, rosto esse que devia ter sido muito belo em outros tempos. Seu olhar era firme e perscrutador, mas Emily logo percebeu que o antigo ódio ardente havia desaparecido dos olhos dela, que, em outra vida, deviam ter brilhado de juventude, amor e alegria. Ela se inclinou para frente e tocou o braço de Emily com seus dedos magros feito garras.

– Você já sabe que Teddy vai se casar com Ilse Burnley – disse.

– Sim.

– Como se sente quanto a isso?

Emily fez um movimento impaciente.

– Que importância têm meus sentimentos, senhora Kent? Teddy a ama. Ela é bela, radiante e calorosa. Tenho certeza de que vão ser felizes.

– Você *ainda* o ama?

Emily se perguntou por que não se irritou com essa pergunta. A verdade é que a senhora Kent não podia ser julgada com leis comuns. Ali se apresentava uma oportunidade de livrar a própria cara com uma mentira inofensiva. Tudo que precisava fazer era dizer algumas palavras indiferentes. "Não, senhora Kent. Não mais. Sei que já imaginei amá-lo; a imaginação é uma de minhas fraquezas. Mas já não penso mais assim."

Por que não conseguia fazer isso? Bem, o fato é que não conseguia, e isso é tudo. Ela não poderia, de maneira alguma, negar seu amor por Teddy. Era algo tão inerente a ela que parecia ter um direito divino de ser respeitado. Além disso, no fundo, havia um sentimento de alívio em perceber que havia alguém com quem ela podia ser ela mesma; diante de quem não precisava fingir ou se esconder.

– Não acho que caiba à senhora fazer essa pergunta, senhora Kent, mas sim, eu o amo.

A senhora Kent soltou uma risada silenciosa.

– Eu costumava te odiar, mas já não odeio mais. Agora somos uma só, você e eu. Nós o amamos, e ele nos esqueceu. Não se importa conosco. Ele se entregou a *ela*.

– Ele se importa com a senhora, sim. Sempre se importou. A senhora com certeza entende que existe mais de uma forma de amar. E eu espero… que a senhora não odeie Ilse porque Teddy a ama.

– Não, eu não a odeio. Ela é mais bonita que você, mas não tem nenhum mistério nela. Ela nunca vai possuí-lo completamente como você. É muito diferente. Mas tem algo que quero saber: você está triste com isso?

– Não. Só de vez em quando. No geral, ando ocupada demais com meu trabalho para ruminar sobre alguém que não posso ter.

A senhora Kent ouvia com avidez.

– Sim, sim... Exatamente... Foi isso que pensei. Os Murrays são muito sensatos. Algum dia, você ficará grata. Grata que ele não goste de você. Não acha?

– Talvez.

– Ah, eu tenho certeza. É muito melhor para você. Você não sabe a tristeza e a angústia de que está sendo poupada. É uma loucura ter tanto amor por alguém. Assim é melhor... Você vai viver o bastante para perceber que é melhor assim.

Tap-tap-tap, fazia o salgueiro na janela.

– Precisamos continuar falando disto, senhora Kent?

– Você se lembra da noite em que encontrei você e Teddy no cemitério? – perguntou a senhora Kent, aparentemente ignorando a pergunta de Emily.

– Sim – Emily se lembrou muito vividamente daquela noite estranha e maravilhosa em que Teddy a salvara do senhor Morrison Louco e disse a coisa mais doce e inesquecível que ela jamais ouvira.

– Ah, como te odiei naquela noite! – exclamou a senhora Kent. – Mas eu não devia ter dito aquelas coisas. Passei a vida dizendo coisas que não devia. Uma vez, eu disse uma coisa horrível, terrível demais. Nunca consegui tirar o eco dela de meus ouvidos. E você se lembra do que disse *para mim*? Foi por isso que deixei Teddy ir embora. Foi por *sua* causa. Se ele não tivesse ido, talvez você não o tivesse perdido. Se arrepende de ter dito aquilo?

– Não. Se algo que eu disse ajudou a abrir o caminho para a alegria dele, fico feliz.

– Você faria a mesma coisa de novo?

– Faria.

– E você não odeia Ilse? Ela tomou o que você queria. Você *deve* odiá-la.

– Não odeio. Continuo amando Ilse como sempre amei. Ela não me tomou nada que fosse meu.

– Mas eu não entendo… não entendo… – sussurrou a senhora Kent. – O *meu* amor não é assim. Talvez por isso eu seja tão infeliz. Não, já não te odeio mais. Mas, nossa, como te odiei! Eu sabia que Teddy se importava mais com você do que comigo. Você e ele não conversavam sobre mim? Não me criticavam?

– Nunca fizemos isso.

– Achei que sim. As pessoas estão sempre me criticando.

De repente, a senhora Kent juntou as pequenas mãos com violência.

– Por que você não me disse que não o amava mais? Por que não, mesmo que fosse mentira? Era isso que eu queria ouvir. Eu teria acreditado. Os Murrays nunca mentem.

– Oh, mas faz diferença? – chorou Emily, angustiada. – Meu amor não significa nada para ele agora. Ele é de Ilse. A senhora já não precisa mais ter ciúmes de mim.

– Eu não tenho… não tenho… não é bem isso. – A senhora Kent a olhou de um jeito estranho. – Ah, se eu tivesse coragem… mas não, já é tarde demais. Já não faria diferença agora. Acho que nem sei mais o que estou dizendo. Emily, você poderia vir me visitar de vez em quando? Me sinto muito, muito solitária aqui… E é muito pior agora que ele pertence a Ilse. Fora essa foto dele que chegou esta quarta, digo, quinta, não tem nada aqui que ajude a distinguir os dias. Botei-a ali, mas isso só piorou as coisas. Ele estava pensando nela quando a foto foi tirada. Não te parece o olhar de um homem pensando na mulher amada? Já não sou importante para ele agora. Não sou importante para ninguém.

– Se eu vier visitá-la, não quero que a senhora fale dele. Nem deles – disse Emily, compadecendo-se.

A BUSCA DE EMILY

– Não vou falar. Oh, não vou! Embora isso não vá nos ajudar a deixar de pensar neles, não é? Você e eu vamos nos sentar aqui e conversar sobre o tempo, quando na verdade estamos pensando *nele*. Que divertido! Mas, quando tiver se esquecido dele; quando realmente não o amar mais, por favor, me diga, sim?

Emily concordou com um aceno e se levantou para ir embora. Já não podia mais suportar aquilo.

– Se houver algo que eu possa fazer pela senhora...?

– Só quero poder descansar – disse a senhora Kent, com um sorriso. – Conseguiria isso para mim? Sou como um fantasma, Emily. Morri há muito tempo. Agora, caminho na escuridão.

Quando a porta fechou atrás de si, Emily ouviu a senhora Kent chorar desesperadamente. Com um suspiro de alívio, ela se entregou ao ar frio da noite, às sombras e à lua. Ah, finalmente podia respirar!

Capítulo 24

1

Ilse chegou em maio. Estava alegre e risonha. Talvez até demais, pensou Emily. Ilse sempre fora uma criatura festiva e irresponsável, mas não tanto como agora. Parecia nunca estar séria. Fazia troça de tudo, até do casamento. A tia Elizabeth e a tia Laura ficaram bastante chocadas com ela. Uma moça tão prestes a assumir as responsabilidades da vida a dois devia se mostrar mais sóbria e introspectiva. Ilse dizia a Emily que isso não passava de lamúrias românticas. Ela falava incessantemente quando estava com Emily, mas nunca *conversava*, apesar do desejo que expressou na carta de poder conversar como antigamente. Talvez a culpa não fosse só dela. Apesar de sua determinação a não se deixar alterar, Emily não conseguia evitar certa reserva e comedimento, frutos de sua dor secreta e da necessidade de escondê-la. Ilse percebeu isso, embora não soubesse a causa. Para ela, Emily estava apenas se tornando mais parecida com suas tias antediluvianas depois de morar tanto tempo com elas.

– Quando Teddy e eu voltarmos e estabelecermos residência em Montreal, você precisará passar os invernos conosco, minha querida. Lua Nova é linda no verão, mas, no inverno, é como ser enterrada viva.

A busca de Emily

Emily não fez nenhuma promessa. Ela não se via como hóspede na cada de Teddy. Todas noites, dizia a si mesma que não conseguiria vencer o dia seguinte. Mas quando o dia seguinte chegava, era possível vivê-lo. Era possível até mesmo conversar calmamente sobre as roupas e os preparativos com Ilse. O vestido azul se tornou realidade, e Emily experimentou-o dois dias antes da chegada de Teddy. O casamento estava a apenas duas semanas.

– Você parece um sonho com ele, Emily – disse Ilse, estirada na cama da amiga com a graça e a despreocupação de um gato, a safira de Teddy reluzindo em seu dedo. – Você vai fazer meu maravilhoso vestido de veludo e renda parecer uma coisa óbvia e rústica. Te contei que Lorne Halsey vai ser padrinho de Teddy? Achei maravilhoso; grande Halsey! A mãe dele estava tão doente que ele achou que não poderia vir. Mas a prestativa velhinha melhorou de repente, e ele aceitou. O livro dele é uma sensação. Em Montreal, estão todos fascinados com ele, e Halsey de repente se tornou o homem mais interessante de todos. Não seria lindo se vocês dois se apaixonassem, Emily?

– Não banque a alcoviteira comigo, Ilse – disse Emily, com um sorriso contido, enquanto tirava o vestido. – Tenho certeza de que vou conquistar o posto de solteirona, o que é bem diferente de virar uma sem querer.

– Para ser sincera, ele é feio como uma gárgula – disse Ilse, pensativa. – Mas, se não fosse por isso, acho que eu teria me casado com ele. Tenho quase certeza. Para mostrar afeto, ele me perguntava sobre as coisas. Eu gostava disso. Mas tive a sensação de que, se nos casássemos, ele deixaria de perguntar minha opinião. *Disso* eu não gostei. Além disso, ninguém consegue saber o que ele está pensando. Ele é capaz de te olhar com a cara mais encantada quando na verdade está reparando em seus pés de galinha. Por falar nisso, Teddy não é lindo?

– Ele sempre teve boa aparência.

– "Boa aparência" – imitou Ilse. – Emily Starr, se algum dia você se casar, espero que seu marido te prenda ao pé da cama. Logo vou te chamar de tia

Emily. Não tem ninguém em Montreal que se compare a ele. É da aparência dele que eu realmente gosto, não dele mesmo. Na verdade, às vezes, ele me entedia, embora eu tivesse tanta certeza de que isso não fosse acontecer. Antes do noivado, não acontecia. Tenho a sensação de que, algum dia, vou jogar um bule na cabeça dele. Não é uma pena que não possamos ter dois maridos? Um para admirar e um para conversar. Mas Teddy e eu damos um lindo casal, não acha, querida? Ele é tão bronzeado e moreno; eu, tão branca e loira. É ideal. Eu sempre quis ser morena como você, mas, quando disse isso a ele, ele citou aqueles versos:

> *Se os bardos de antigamente tivessem dito a verdade*
> *Diriam que as sereias têm cabelos negros.*
> *Mas desde que a arte nasceu no mundo*
> *Os anjos são brancos e loiros.*

Isso foi o mais próximo que ele chegou de me chamar de anjo. Felizmente. Porque, no fim das contas, Emily, eu preferia... Tem certeza de que a porta está fechada? Não quero matar sua tia Laura... eu preferia ser sereia a anjo. Você não?

– Acho melhor conferirmos os convites para garantir que ninguém ficou para trás – foi a resposta de Emily a essas palavras de rebeldia.

– Não é horrível pertencer a famílias como as nossas? – lamentou-se Ilse. – Preciso convidar um mar de gente velha e chata. Espero viver para não ter parentes. Queria que isso acabasse. Tem certeza de que endereçou um para o Perry?

– Tenho.

– Será que ele virá? Espero que sim. Como fui boba em achar que o amava! Eu tinha... as esperanças mais loucas, apesar de ele gostar de você. Mas deixei de ter depois do jantar dançante da senhora Chidlaw. Se lembra, Emily?

Sim, Emily se lembrava *muito* bem.

– Até aquele jantar, sempre tive *um pouquinho* de esperança de que algum dia ele percebesse que não podia te ter. Quando isso acontecesse, eu estaria lá para remendar o coração partido dele. Que romântico isso, não? Achei que ele fosse estar no jantar; sabia que ele tinha sido convidado. Perguntei a Teddy, que olhou fundo nos meus olhos e respondeu que não, que ele estaria se preparando para uma audiência que teria no dia seguinte. "Perry só tem ambição. Não tem tempo para o amor", foi o que ele me disse. Eu sabia que ele estava tentando me alertar. Sabia que não valia a pena seguir nutrindo esperanças. Então desisti definitivamente. No fim, tudo terminou bem. Não é lindo como as coisas sempre se ajeitam? Nos faz acreditar que a Providência está no comando de tudo. Não é ótimo poder botar a culpa de qualquer coisa em Deus?

Emily mal ouviu o que Ilse dizia. Ocupava-se de pendurar mecanicamente o vestido azul no armário e de botar um outro mais leve, verde. Então era *aquilo* que Teddy havia dito a Ilse naquela noite anos antes, quando Emily notou a palavra "amor" saindo de seus lábios. Ela havia sido tão fria com ele por causa disso. Bem, provavelmente isso não fez diferença. Ele certamente estava alertando Ilse apenas para conseguir que ela voltasse seus pensamentos virginais para ele. Emily se sentiu aliviada quando Ilse finalmente se foi. Aquele falatório alegre e contínuo da amiga estava lhe dando nos nervos, embora ela estivesse com vergonha de admiti-lo. A verdade é que seus nervos estavam à flor da pele naqueles dias intermináveis e torturantes. Mais duas semanas e tudo terminaria, graças a Deus.

2

Ela foi até o Sítio dos Tanacetos à noite para devolver um livro que a senhora Kent havia lhe emprestado na noite anterior. Precisava fazer aquela visita antes que Teddy chegasse. Havia ido ao sítio várias vezes desde aquela tarde em que uma estranha amizade se formara entre ela e a senhora Kent. Elas trocavam livros e conversavam sobre tudo, exceto sobre o assunto que mais lhes importava. O livro que Emily estava devolvendo era *A fazenda sul-africana*. Emily dissera que queria lê-lo, e a senhora Kent fora buscá-lo imediatamente no piso superior. Quando desceu, seu rosto estava mais pálido e sua cicatriz, mais vermelha que de costume, como sempre acontecia quando se emocionava.

– Aqui está – disse ela. – Estava guardado em uma caixa lá em cima.

Emily terminou a leitura antes de dormir. Não andava dormindo bem, e as noites eram longas. O livro tinha cheiro de mofo, sinal de que a caixa onde a senhora Kent o mantinha guardado não era aberta com frequência. Dentro dele, Emily encontrou uma carta, sem selo, destinada à senhora David Kent[46].

O curioso disso era que a carta, aparentemente, não havia sido aberta. Bem, às vezes as cartas voltam a se fechar quando se coloca algum peso sobre elas, se o envelope não tiver se rasgado quando aberto pela primeira vez. Não devia ser nada de importante. Mas, obviamente, devia mencioná-la quando devolvesse o livro.

– Você sabia que havia uma carta dentro do livro, senhora Kent?

– Uma carta? Você disse carta?

– Sim, destinada à senhora.

Emily estendeu a carta à senhora Kent, cujo rosto ficou lívido ao ver a caligrafia no envelope.

– Você achou isso... dentro do livro? – perguntou ela, quase em um sussurro. – Daquele livro que não era aberto há mais de vinte e cinco anos? Você sabe... quem escreveu essa carta? Meu... marido... e eu nunca a li.., nunca soube da existência dela.

Emily sentiu que estava presenciando alguma tragédia – talvez o segredo que atormentava a vida da senhora Kent.

---

[46] David Kent, na verdade, é o nome do marido. Era comum que as mulheres casadas fossem tratadas com o nome do companheiro em países de língua inglesa. (N.T.)

A BUSCA DE EMILY

– Vou embora, para que a senhora possa lê-la com tranquilidade – disse ela, em voz baixa, saindo e deixando a senhora Kent em pé no pequeno cômodo escuro, com a carta na mão, como quem segura uma cobra.

3

– Mandei chamá-la porque tem algo que quero lhe contar – disse a senhora Kent.

Estava sentada numa poltrona junto à janela; era uma pequena, rígida e determinada criatura sob a luz forte daquele frio pôr-do-sol. Era junho e fazia frio. O céu outonal estava mal-humorado. Enquanto ia pelo caminho vicinal, Emily teve um calafrio e desejou estar em casa. Porém, o bilhete da senhora Kent parecia urgente, quase peremptório. Por que diabos queria vê-la? Certamente não era nada a ver com Teddy. Mas então o que motivaria a senhora Kent a chamá-la daquela maneira?

No momento em que a viu, Emily soube que algo havia mudado nela. Algo difícil de definir. Estava frágil e miserável como sempre. Parecia inclusive haver um brilho desafiador em seus olhos. Mas, pela primeira vez desde que a conhecera, Emily não sentiu que estava na presença de uma mulher infeliz. Havia paz nela. Uma paz estranha, pesarosa e há muito tempo esquecida. O peso havia enfim sido removido de sua alma torturada.

– Eu estava morta, no inferno, mas agora estou viva de novo – disse a senhora Kent. – Graças a você, que encontrou a carta! Por isso, preciso lhe contar algo. Você vai me odiar, e eu vou me lamentar por isso. Mas é algo que preciso dizer.

De súbito, Emily sentiu que não queria ouvir o que ela tinha a dizer. Devia ter algo a ver com Teddy. E ela não queria ouvir nada, absolutamente *nada* sobre Teddy naquele momento. Em duas semanas, ele se tornaria marido de Ilse.

– A senhora não acha que talvez seja melhor *não* me contar?

219

– Mas é preciso. Cometi um erro e preciso confessá-lo. Não posso desfazer o que fiz; é tarde demais, mas preciso confessar. Só que, antes, tem outras coisas que preciso explicar. Coisas das quais nunca falei; coisas que têm me torturado ao ponto de me fazer gritar à noite de tanta angústia. Oh, você nunca vai me perdoar, mas acho que vai se compadecer de mim.

– Sempre me compadeci da senhora.

– Acredito; sei que sim. Mas você não sabia de tudo, Emily. Eu não era assim quando moça. Eu era... como as outras pessoas. E era muito bonita, de verdade. Quando David Kent chegou e me conquistou, eu era bela. E ele me amava; sempre me amou. É o que ele diz na carta.

Ela tirou a carta do bolso e a beijou, de um jeito quase selvagem.

– Não posso deixar que você a leia, Emily. Ninguém além de mim deve lê-la. Mas vou lhe contar o que há nela. Oh, você não tem como saber, não tem como entender o quanto eu o amava, Emily. Você acha que ama Teddy, mas não ama. Você não tem como amá-lo como eu amei o pai dele.

Emily discordou, mas não disse nada.

– Ele se casou comigo e me levou para morar em Malton, que era onde vivia sua família. Éramos tão felizes no início; felizes demais. Acho que Deus sentiu ciúmes. E a família dele não gostou de mim, desde o primeiro momento. Sentiam que David havia se casado com alguém de posição social inferior à dele; sentiam que eu não era boa o suficiente. Estavam sempre tentando nos separar. Ah, eu sabia o que estavam aprontando. A mãe dele me odiava. Ela nunca me chamava de Aileen, só de "você" ou "esposa do David". Eu a detestava, porque ela estava sempre me observando, sem nunca dizer nem fazer nada. Só observando. Eu nunca me tornei parte da família. Nunca consegui entender as piadas deles. Estavam sempre rindo de alguma coisa, provavelmente de mim, eu achava. Nunca perguntavam de mim nas cartas que enviavam a David. Alguns eram friamente corteses comigo; outros estavam sempre me dando alfinetadas. Uma vez, uma das irmãs dele me enviou um livro sobre etiqueta. Ela estava sempre tentando me magoar, e eu não podia revidar. Eu não era capaz de machucar nem mesmo alguém que me machucava. David tomou o partido deles; compartilhavam segredos entre si que ele não me contava. Mas, apesar disso, eu estava feliz. Até o dia em que eu deixei a lamparina cair, meu vestido pegou fogo e eu ganhei esta cicatriz no rosto. Depois disso, eu não conseguia acreditar que David fosse continuar me amando. Eu estava tão feia. Passei a me irritar com facilidade e estava sempre brigando com ele por causa dos motivos mais fúteis. Mas ele era paciente. Me perdoava toda vez. O problema é que eu tinha tanto medo que ele deixasse de me amar por causa da cicatriz. Eu sabia que estava grávida, mas não disse isso a ele. Fiquei adiando. Eu tinha medo que ele amasse o bebê mais do que a mim. E foi então que eu fiz uma coisa horrível. Detesto ter que te contar. David tinha um cachorro e o adorava tanto que eu comecei a ter ciúmes. Eu acabei envenenando o bicho. Não sei o que me deu. Eu não era assim. Pelo menos não antes da queimadura. Talvez fosse por causa da chegada do bebê.

A senhora Kent se deteve. Ela, que até aquele momento era uma mulher trêmula a confessar seus pecados, converteu-se de repente na mais puritana das senhoras.

– Eu não deveria estar falando desses assuntos com uma moça – reconheceu ela, tensa.

– Já faz tempo que eu sei que os bebês não são trazidos pela cegonha – assegurou Emily, séria.

– Bom – a senhora Kent se transformou novamente na apaixonada Aileen –, David descobriu o que eu havia feito. Oh, a cara que ele fez! Nós tivemos uma briga horrível. Foi logo antes de ele partir em uma viagem de negócios a Winnipeg. Eu fiquei tão furiosa com algo que ele havia dito que gritei… oh, Emily!… gritei que nunca mais queria vê-lo. E nunca mais vi. Deus ouviu minhas palavras. Ele morreu de pneumonia em Winnipeg. Eu nunca soube que ele estava doente até o dia em que recebi a notícia de sua morte. E a enfermeira era uma moça com quem ele já havia tido algo. Ela o amava e cuidou dele, enquanto eu estava em casa, odiando-o. É por isso que eu sentia que nunca seria capaz de perdoar Deus. Ela colocou os pertences dele numa mala e os enviou para mim; o livro estava no meio. Deve ter sido comprado em Winnipeg. Eu nunca o abri; nunca suportei tocá-lo. David deve ter escrito a carta quando estava no leito de morte e guardado dentro do livro para mim. E talvez tenha morrido antes de avisar alguém que ela estava lá. Talvez a enfermeira soubesse e tenha preferido não me dizer. Por isso, a carta passou todos esses anos sem ser lida. Todo esse tempo, Emily, em que eu segui acreditando que ele não havia me perdoado. Noite após noite, sonhei com ele, sempre com o rosto virado para longe de mim. Vinte e sete anos dessa tortura, Emily! Vinte e sete anos! Imagine! Já não expiei meus pecados? E aí, ontem, finalmente li a carta. Eram só algumas linhas rabiscadas a lápis. O pobrezinho mal devia conseguir segurá-lo. Ele me chamava de "querida esposinha" e pedia que eu o perdoasse por ter sido tão duro aquele dia. Eu, perdoar a *ele*! Dizia que me desculpava pelo que eu havia feito e que não devia me sentir mal por isso, nem por ter dito que não queria vê-lo nunca mais. Que sabia que eu não falava a sério e que entendia melhor as coisas agora. Que sempre me amou muito e sempre amaria. E… e… uma outra coisa que não posso contar a ninguém. Uma coisa querida e maravilhosa. Oh, Emily, você consegue imaginar o que isso significa para mim? Saber que ele não me odiava quando morreu; que ele me amava. Mas eu não sabia quando ele morreu e… acho que nunca mais fui muito sã. Eu sei que a família dele achou que eu estivesse louca. Quando Teddy nasceu, eu me mudei para cá, para longe deles. Assim, eles não poderiam afastá-lo de mim. Não aceitei nem um centavo deles. Eu recebia a pensão de David e nós poderíamos viver muito bem só com ela. Teddy era tudo que eu tinha, até que *você* chegou, e eu soube que você o tomaria de mim. Eu sabia que ele te amava; sempre soube. Ah, amava muito. Quando ele se foi, eu escrevia para ele sobre os flertes entre vocês dois. Há dois anos, ele precisou partir para Montreal às pressas. Lembra-se? Você estava fora e ele não pôde esperar para se despedir. Mas ele escreveu uma carta para você.

Contendo um soluço, Emily soltou uma exclamação incrédula.

A BUSCA DE EMILY

– Sim, é verdade. Eu vi a carta na sua escrivaninha quando ele saiu. Abri o envelope usando vapor e a li. Eu queimei a carta, Emily, mas posso lhe dizer o que havia nela. Como poderia me esquecer? Ele dizia que, antes de partir, queria confessar o quanto te amava. Pedia que você lhe escrevesse se sentisse o mesmo, mas, se não, que não lhe enviasse nada. Ah, como eu te odiei. Queimei a carta e fechei o envelope só com um recorte de uma poesia que estava dentro. Ele a postou sem perceber a diferença. Eu nunca me arrependi disso. Nunca. Nem quando ele me escreveu dizendo que se casaria com Ilse. Mas, ontem à noite, quando você me trouxe a carta de David e, junto com ela, perdão e alento, oh... eu senti que havia feito uma coisa horrível. Arruinei sua vida... e talvez também a de Teddy. Você seria capaz de me perdoar, Emily?

4

Em meio ao redemoinho de emoções causado pela história da senhora Kent, Emily tinha plena consciência de uma coisa: toda amargura, vergonha e humilhação que sentia haviam desaparecido de seu peito. Teddy a amava. A doçura dessa revelação ofuscou, pelo menos temporariamente, todos os outros sentimentos. A raiva e o ressentimento não encontravam lugar em sua alma. Sentia-se uma nova criatura e foi sincera ao dizer:

– Perdoo, sim. Eu entendo.

A senhora Kent juntou as mãos no peito.

– Emily, será que já é tarde demais? Será? Eles ainda não se casaram... Eu sei que ele não a ama tanto quanto amava você. Se você lhe dissesse... Se eu lhe dissesse...

– Não, não, não! – exclamou Emily, enérgica. – Já é tarde demais. Ele não deve saber. A senhora não deve dizer nada a ele. Ele ama Ilse agora. Tenho certeza disso. Contar essa história a ele não faria nenhum bem e causaria muito mal. Me prometa… Senhora Kent, querida, se acha que me deve algo, me prometa que nunca dirá nada a ele.

– Mas você… você será infeliz…

– Não serei. Não agora. A senhora não sabe como isso muda tudo. Já não sinto mais mágoa. Vou viver uma vida feliz e plena, na qual os arrependimentos do passado não terão lugar. Agora minha ferida poderá enfim cicatrizar.

– Agi muito mal – sussurrou a senhora Kent. – Agora percebo isso.

– Suponho que sim, mas não é nisso que penso. Penso apenas que recuperei o respeito por mim mesma.

– O orgulho de Murray – disse a senhora Kent, fitando-a. – No fim, Emily Starr, acredito que seu orgulho seja mais forte do que o amor.

– Talvez – disse Emily, sorrindo.

5

Emily se encontrava em um tumulto de emoções tão grande quando chegou em casa que fez uma coisa horrível da qual se arrependeu para sempre. Perry Miller esperava por ela no jardim de Lua Nova. Fazia tempo que ela não o via e, em qualquer outro momento, ela teria ficado profundamente feliz. A amizade de Perry, agora que ele havia desistido de qualquer outra coisa, era uma parte importante de sua vida. Ele havia progredido bastante naqueles últimos anos: estava mais maduro, mais engraçado e bem menos gabarola. Havia aprendido algumas regras fundamentais de etiqueta e aprendido a se comportar. Andava ocupado demais para visitar Lua Nova com frequência, mas Emily sempre apreciava suas visitas quando ele vinha, exceto naquela noite. Ela queria ficar sozinha, pensar nas coisas, organizar as emoções e celebrar sua autoconfiança recém-reconquistada. Caminhar pelo jardim em meio às papoulas sedosas e conversar com Perry pareciam coisas praticamente impossíveis de se fazer. Ela estava impaciente para se ver livre dele. E Perry parecia não perceber isso. Fazia tempo que ele não

A BUSCA DE EMILY

a via e tinha muitas coisas sobre as quais queria conversar, em especial sobre o casamento de Ilse. Fez tantas perguntas sobre isso que, em dado momento, Emily já não sabia mais o que estava dizendo. Perry estava um tanto frustrado por não ter sido convidado para ser padrinho. Achava que tinha direito de ser, visto que era um velho amigo de ambos os noivos.

– Nunca pensei que Teddy fosse se desfazer de mim dessa maneira – resmungou ele. – Imagino que ele agora se ache importante demais para ter um padrinho saído de Stovepipe Town.

Foi então que a coisa horrível aconteceu. Antes de se dar conta do que dizia e exasperada com Perry por atribuir um comportamento tão mesquinho a Teddy, Emily deixou escapar a frase fatal:

– Seu tonto! Não foi Teddy! Você acha que Ilse iria aceitar *você* como padrinho quando passou anos desejando que você fosse o noivo?!

No momento em que terminou de falar, ela foi tomada pelo horror, a vergonha e o remorso. O que havia feito? Traíra a amizade; violara a confiança; aquela era uma coisa vergonhosa e imperdoável. Como *ela*, Emily Byrd Starr de Lua Nova, podia ter feito *aquilo*?

Ao lado do relógio de sol, Perry a olhava estupefato.

– Emily, você não fala a sério. Ilse nunca pensou em mim dessa maneira, não é?

Desolada, Emily percebeu que não podia voltar atrás e que o estrago que fizera não seria consertado com mentiras.

– Já pensou, sim. Um dia. Mas agora, obviamente, já superou isso.

– Ela gostava de *mim*?! Emily, ela sempre pareceu me detestar; estava sempre brava com alguma coisa; eu nunca conseguia agradá-la. Você se lembra!

– Oh, sim, eu me lembro – disse Emily, pesarosa. – Ela queria tão bem que odiava quando você ficava aquém das expectativas dela. Se ela... não gostasse de você, você acha que ela se preocuparia com seu jeito de falar e de se comportar? Eu não devia ter te contado isso, Perry. Vou me arrepender pelo resto da vida. Não deixe que ela perceba que você sabe.

– Claro que não. De qualquer maneira, ela já superou isso.

– Ah, sim. Mas agora você entende por que não seria exatamente agradável para ela que você fosse padrinho do casamento. Detestaria que você pensasse que Teddy é um esnobe. Agora, Perry, você não ficaria chateado se eu te pedisse para ir, ficaria? Estou tão cansada... E tenho tanta coisa para fazer nas próximas semanas.

– Verdade. Você já devia estar deitada – concordou Perry. – Que insensível da minha parte manter você acordada. Mas é que, quando venho aqui, sinto que estou nos velhos tempos e não tenho vontade de ir. Que bando de arteiros nós éramos! E agora Teddy e Ilse estão se casando. Estamos envelhecendo.

– Logo você será um homem sério e casado também, Perry – disse Emily, tentando rir. – Tenho ouvido boatos...

– Não nesta vida! Já desisti completamente dessa ideia. Não é que eu ainda tenha alguma esperança em relação a você. É só que, depois de você, não houve ninguém que fizesse meus olhos brilharem. Já tentei. Estou fadado a morrer solteirão. Dizem que é uma morte fácil. Mas ainda tenho vários objetivos a alcançar e não penso em bater as botas tão cedo. Tchau tchau, querida. Te vejo no casamento. Vai ser à tarde, não é?

– Sim. – Emily se perguntou como conseguia falar tão calmamente sobre isso. – Às três. Depois, vai haver um jantar e um passeio de carro até Shrewsbury, onde eles vão tomar o navio da tarde. Oh, Perry, queria não ter dito nada sobre Ilse. Fiz ruindade, como costumávamos dizer na escola. Nunca achei que fosse fazer uma coisa assim.

– Ora, pare de se preocupar com isso. Estou mais feliz que porco na lama por descobrir que Ilse já gostou de mim um dia. Você acha que eu sou tonto a ponto de não perceber como deveria me sentir lisonjeado? E você acha que eu não tenho noção de quão generosas vocês duas sempre foram comigo e do quanto eu devo a vocês por serem minhas amigas? Eu nunca tive nenhuma ilusão com relação a Stovepipe Town ou à diferença entre nós. Nunca fui tonto a ponto de não perceber *isso*. Progredi um pouco, é

A BUSCA DE EMILY

verdade, e pretendo progredir ainda mais, mas você e Ilse já *nasceram* à minha frente. Ainda assim, vocês nunca fizeram questão de me lembrar a todo tempo dessa diferença como outras meninas faziam. Nunca vou me esquecer dos insultos de Rhoda Stuart. Então, você acha mesmo que eu sairia por aí me gabando do fato de que Ilse gostava de mim? Ou que fosse contar a ela que sei disso? Essa minha parte de Stovepipe Town já ficou para trás, mesmo que eu ainda precise pensar duas vezes antes de escolher o talher à mesa. Emily, lembra daquela noite em que sua tia Ruth me flagrou te beijando?

– Claro que sim.

– Foi a única vez que te beijei – disse Perry, mas não de um jeito sentimental. – Ainda assim, não foi nada do outro mundo, não é? Quando me lembro da velha lá, de camisola e segurando a vela!

Perry foi embora rindo, e Emily subiu para o quarto.

– Emily-no-espelho – disse ela, quase feliz. – Posso te olhar nos olhos de novo. Já não tenho mais vergonha. Ele me amava, sim.

Permaneceu ali, sorrindo por um tempo. Então, o sorriso desvaneceu.

– Ah, se eu tivesse recebido aquela carta! – suspirou, triste.

Capítulo 25

1

Duas semanas até o casamento. Emily descobriu quão longas duas semanas podem ser, muito embora os dias fossem carregados de afazeres, tanto domésticos quanto sociais. O assunto era amplamente comentado por todas as partes. Emily cerrava o punho e seguia em frente. Era Ilse aqui, Ilse acolá, Ilse por todo lado. Ela falava muito e não fazia nada.

– Comportada como uma pulga – grunhia o doutor Burnley.

– Ilse tem estado tão inquieta – reclamou a tia Elizabeth. – Parece ter medo de que pensem que ela está morta se ficar sentada um minuto.

– Já tenho quarenta e nove remédios diferentes para não sentir enjoo no navio – disse Ilse. – Quando a tia Kate Mitchell chegar, vou ter cinquenta. Que maravilhoso ter parentes tão prestativos, não acha, Emily?

Estavam sozinhas no quarto de Ilse. Teddy chegaria aquela tarde, e Ilse já havia provado meia dúzia de vestidos diferentes, sem gostar de nenhum.

– Emily, *o que* eu vou vestir? Decida por mim.

– Eu, não! E que diferença faz?

A BUSCA DE EMILY

– Verdade... Teddy nunca repara no que eu estou vestido. Gosto de homens que reparam e que fazem comentários. Gosto quando um homem prefere que eu vista seda a guingão.

Pela janela, Emily olhou para o jardim emaranhado, onde o luar era como um mar prateado e calmo que levava tranquilamente em suas águas uma frota de papoulas.

– Quis dizer que Teddy não vai se preocupar com seu vestido, mas sim com *você*.

– Emily, por que você insiste em falar como se pensasse que Teddy e eu estamos perdidamente apaixonados? É seu complexo de romantismo?

– Pelo amor de Deus, pare de falar que as coisas são românticas! – vociferou Emily, com uma violência atípica e imprópria para uma Murray. – Estou farta disso! Você chama todo sentimento agradável, simples e natural de romântico. O mundo inteiro hoje em dia parece estar mergulhado em um desprezo por tudo que é romântico. Será que eles ao menos *sabem* do que estão falando? *Eu* gosto de coisas saudáveis e respeitosas, se é isso que querem dizer com "romântico".

– Emily, Emily, você acha que a tia Elizabeth acharia saudável ou respeitoso estar perdidamente apaixonado?

As duas romperam em gargalhadas, e a tensão logo se aliviou.

– Você não vai embora, não é?

– Claro que vou. Você acha que vou ficar segurando vela?

– Lá vem você de novo. Você acha mesmo que eu quero passar a tarde sozinha com Teddy? Nós vamos brigar a cada dois minutos. Está certo que as brigas são ótimas. Elas animam a vida. Gosto de ter uma por semana. Você sabe que eu sempre gostei de uma boa bulha. Lembra-se de como discutíamos? Hoje em dia, não tem mais graça brigar com você. Teddy também não se entrega de todo aos nossos bate-bocas. Agora, Perry sim sabe brigar. Imagine só que discussões maravilhosas Perry e eu teríamos. Nossas querelas seriam esplêndidas! Não seriam mesquinhas nem maçantes. Ah, e como nos amaríamos entre elas! Ai, ai, ai!

– Mas você continua encasquetada com Perry?! – demandou Emily, enfática.

– Não, criança. E tampouco sou louca por Teddy. Afinal, nosso amor é de segunda mão, em ambas as partes. É sopa requentada, entende? Mas não se preocupe. Vou ser boa esposa para ele. Como não acho que ele beira a divindade, vou conseguir fazer com que se esforce para progredir. Não faz bem achar que um homem é perfeito; por natureza, eles já pensam isso e, quando encontram alguém que concorde, se acomodam. Me irrita um pouco que todos pensem que sou muito sortuda por me casar com Teddy. Vem a tia Ida Mitchell e diz: "Você vai ter um marido maravilhoso, Ilse"; logo em seguida, vem Bridget Mooney, de Stovepipe Town, esfregando o chão, e diz: "Nossa, que homem dos bons a senhora arranjou, hein?". Guardadas as diferenças, as duas são farinha do mesmo saco, percebe? Teddy é bom o suficiente, em especial agora que descobriu que não é o único homem no mundo. Aprendeu a ser sensato. Queria saber quem foi a moça que ensinou isso a ele. Ah, se bem que eu sei. Ele me contou sobre um caso que teve, mas não em muitos detalhes. A moça o desprezava e, depois de fazê-lo pensar que tinha algum sentimento por ele, ela o rejeitou a sangue-frio. Não se prestou nem a responder uma carta na qual ele confessava amá-la. Odeio essa moça, Emily. Não é estranho?

– Não a odeie – disse Emily, pesarosa. – Talvez ela não soubesse o que estava fazendo.

– Eu a odeio por usar Teddy dessa forma. Ainda que isso tenha sido muito bom para ele. Por que eu a odeio, Emily? Use sua renomada habilidade de análise psicológica e explique esse mistério.

– Você a odeia... porque... bem, usando uma expressão grosseira, você "ficou com os restos" dela.

– Sua bruxa! É verdade. Como certas coisas ficam feias quando vêm à tona! Eu andava bravateando que era um ódio nobre por ela ter feito Teddy sofrer. No fim das contas, os românticos de antigamente estavam certos em esconder as coisas. O que é feio deve mesmo ser encoberto. Agora, vá

A BUSCA DE EMILY

para casa, já que quer ir, e eu vou tratar de me vestir como quem recebe uma bênção.

2

Lorne Halsey chegou acompanhando Teddy. O grande Halsey, de quem Emily gostou tanto apesar de sua cara de gárgula. Era um sujeito de aparência engraçada, com olhos vivazes e jocosos que pareciam ver tudo, em especial aquele casamento, como uma grande brincadeira. De certa forma, essa atitude tornou as coisas mais fáceis para Emily, que estava radiante e muito alegre nas tardes que passaram juntos. Ela tinha medo de estar em silêncio na presença de Teddy. "Nunca permaneça em silêncio com a pessoa que você ama e da qual desconfia", disse o professor Carpenter certa vez. "O silêncio nos trai."

Teddy foi muito amigável, mas evitava olhá-la. Uma vez, quando caminhavam pelo gramado antigo, mal aparado e bordeado de salgueiros da residência Burnley, Ilse teve a infeliz ideia de fazer com que todos escolhessem sua estrela favorita.

– A minha é Sírio. E a sua, Lorne?

– Antares, da constelação de Escorpião; aquela vermelha ao sul – disse Halsey.

– Bellatrix, da constelação de Órion – disse Emily, sem hesitar. Nunca havia dado atenção particular a Bellatrix, mas não ousou vacilar nem um segundo na frente de Teddy.

– Não tenho nenhuma favorita, mas tem uma que eu odeio: Vega, da constelação de Lira – disse Teddy, em tom calmo. A voz dele estava carregada de significado, o que deixou todos um tanto desconfortáveis, embora Halsey e Ilse não soubessem por quê. Não se falou mais em estrelas, mas, sozinha em seu quarto, Emily assistiu enquanto cada uma delas desaparecia com o amanhecer do dia.

3

Três noites antes do casamento, um escândalo abalou Blair Water e Derry Pond: Ilse havia sido vista passeando de carro com Perry Miller às altas horas da noite. Sem qualquer constrangimento, Ilse confirmou o boato quando Emily a confrontou.

– Fui mesmo. Havia passado um dia horrivelmente enfadonho com Teddy. Começamos até bem, com uma briga por causa do meu chow-chow. Ele disse que eu gostava mais do cachorro do que dele. Eu confirmei, e ele ficou furioso, embora não acreditasse que fosse verdade. Teddy acha que eu estou louca de amores por ele, raciocínio típico de homem. "Um cachorro que nunca perseguiu um gato na vida", ele alfinetou. Depois disso, passamos o dia emburrados. Ele foi embora às onze sem nem me beijar. Decidi então que faria alguma coisa boba e bela pela última vez antes do casamento. Saí com a intenção de fazer uma linda caminhada solitária pelas dunas. No caminho, dei com o carro de Perry, mudei de ideia e fui fazer um passeio ao luar com ele. Eu *ainda* não estava casada. Não me olhe assim. Só ficamos na rua até a uma e nos comportamos mais do que bem. Eu só me perguntei uma vez o que aconteceria se, de repente, eu dissesse: "Perry, querido, *você* é o único homem de quem eu sempre gostei. Por que *você* não se casa comigo?". Me pergunto se, quando tiver oitenta anos, vou desejar ter dito isso.

– Você me disse que havia superado Perry.

– E você acreditou? Emily, graças a Deus você não é uma Burnley.

Pesarosa, Emily pensou que não era muito melhor ser uma Murray. Se não fosse por seu orgulho de Murray, ela teria ido ao encontro de Teddy na noite em que ele a chamou, e assim a noiva amanhã seria ela, não Ilse.

Amanhã. Seria amanhã. O dia em que ela teria de estar junto de Teddy enquanto ele fazia juras de eterna devoção a outra mulher. Tudo estava pronto. Um jantar de casamento à altura das expectativas do doutor Burnley, que decretara que aquele seria "um bom jantar à moda antiga, e não

A BUSCA DE EMILY

um desses coqueteizinhos de meia-pataca de hoje em dia. A noiva pode não querer muita coisa, mas o resto de nós tem barriga para encher. Fora que faz anos que não celebramos um casório. Em um aspecto pelo menos, temos nos comportado como se estivéssemos no céu: não casamos nem damos em casamento. Quero um banquete! E diga a Laura para, pelo amor de Deus, não chorar na cerimônia".

Assim, as tias Elizabeth e Laura se certificaram de que, pela primeira vez em vinte anos, a casa dos Burnleys passasse por uma faxina completa, de alto a baixo. O doutor Burnley agradeceu fervorosamente a Deus por só ter que passar por isso uma vez, mas ninguém lhe deu atenção. Elizabeth e Laura mandaram fazer vestidos novos de cetim. Fazia tanto tempo desde a última vez que tiveram uma desculpa para mandar fazer vestidos novos.

Tia Elizabeth fez os bolos de casamento e providenciou os presuntos e os bolos. Laura fez cremes, geleias e saladas, e Emily carregou tudo para a residência Burnley, perguntando-se vez por outra se não acordaria antes de... de...

– Espero que esse tumulto acabe logo – resmungou o primo Jimmy. – Emily está trabalhando feito um cavalo. Vejam só o rosto dela!

4

– Me faça companhia esta noite, Emily – pediu Ilse. – Juro que não vou falar demais nem chorar, embora eu admita que, se pudesse ser apagada como uma vela, não me importaria. Jean Askew foi dama de honra de Milly Hyslop e as duas passaram a noite antes do casamento juntas, chorando. Imagine só, que orgia de lágrimas! Milly chorou porque ia se casar, e Jean, imagino, porque não ia. Graças aos céus, Emily, você nunca foi de chororô. Nós temos mais chance de brigar do que de chorar, não acha? Será que a senhora Kent virá amanhã? Não acho que venha. Teddy me disse que ela nunca fala do casamento. Mas também disse que ela parece mudada: está mais gentil, mais calma… mais como as outras mulheres. Emily, você tem noção de que amanhã, a esta hora, eu serei Ilse Kent?

Sim, Emily *tinha* noção.

Não disseram mais nada. Porém, duas horas depois, quando a insone Emily imaginava que a inerte Ilse já estivesse dormindo profundamente, esta última se sentou de súbito na cama, agarrou a mão da primeira na escuridão e disse:

– Emily, que maravilhoso seria se as pessoas pudessem ir dormir solteiras e acordar casadas.

5

Amanhecia. Era a manhã do dia em que Ilse se casaria. Ela ainda dormia quando Emily saltou da cama e foi até a janela. Amanhecia. Um grupo de pinheiros escuros em um transe de tranquilidade junto ao lago; o ar trêmulo, pleno de música élfica; o vento varrendo as dunas; ondas âmbares e dançantes no porto; a leste, um céu flamejante; além daquele vasto campo azul que era o mar, com suas flores de espuma, e atrás daquela névoa dourada que envolvia a colina do Sítio dos Tanacetos, Teddy aguardava acordado para receber o dia que lhe daria o desejo de seu coração. A alma de Emily estava vazia; não havia nem vontade, nem esperança, nem desejo algum, exceto de que o dia terminasse logo.

"É reconfortante quando as coisas se tornam irrevogáveis", pensou ela.

– Emily… Emily…

Emily deu as costas para a janela.

– Está um dia lindo, Ilse. O sol vai resplandecer em… Ilse, qual é o problema? Você está chorando?

– Não consegui… segurar – fungou Ilse. – No fim das contas, parece inevitável. Peço desculpa a Milly. É que… estou com tanto medo. Que sentimento dos diabos! Você acha que ajuda se eu me jogar no chão e gritar?

A BUSCA DE EMILY

– Mas você está com tanto medo de quê? – indagou Emily, um tanto impaciente.

– Ora – disse Ilse, rebelde, levantando-se –, de mostrar a língua para o ministro. De que mais?

6

Que manhã! Emily sempre se lembrou dela como quem lembra de um pesadelo. Os convidados que eram membros da família chegaram cedo. Emily passou tanto tempo a recebê-los que o sorriso pareceu ter se congelado em seu rosto. Havia inúmeros presentes de casamento para desembrulhar e organizar. Antes de se vestir, Ilse foi conferi-los, indiferente.

– Quem deu esse jogo de chá da tarde? – perguntou.

– Perry – disse Emily. Ela o havia ajudado a escolher. Era um conjunto requintado, com desenhos de rosa à moda antiga. Havia um cartão com a caligrafia firme de Perry: "Para Ilse, com as felicitações de seu velho amigo, Perry".

Deliberadamente, Ilse agarrou peça por peça e arremessou todas no chão antes que Emily, paralisada, conseguisse contê-la.

– *Ilse*! Ficou louca?!

– Pronto! Que quebradeira magnífica! Recolha os pedaços, Emily. Isso foi tão bom quanto me jogar no chão e gritar. Melhor, aliás! Agora, conseguirei suportar tudo.

Emily jogou os pedaços fora bem a tempo: a senhora Clarinda Mitchell entrou como uma onda, trajando vestido de musselina azul-claro e uma echarpe cor de cereja. Era esposa de um primo; sorridente, encorpada e de bom coração. Estava interessada em tudo. Quem dera isto? Quem dera aquilo?

– Tenho certeza de que ela vai ficar *linda* de noiva – bajulou ela. – E Teddy Kent é um sujeito *tão* formidável. É um casamento ideal, não acha? Parece saído dos livros! Adoro casamentos assim. Agradeço às estrelas por não ter perdido o interesse em coisas juvenis quando perdi a juventude. Ainda sou muito sentimental, e não tenho vergonha de mostrar. É verdade que as meias de casamento de Ilse custaram catorze dólares?

A tia Isabella Hyslop, cujo sobrenome de solteira era Mitchell, estava emburrada. Ofendeu-se porque as caríssimas taças de *sorbet* que dera de presente haviam sido colocadas ao lado do bizarro e antiquado jogo de toalhinhas de crochê da prima Annabel.

– Espero que tudo corra bem, mas tenho a desconfortável sensação de que algum problema está por acontecer; um pressentimento, por assim dizer. Você acredita em sinais? Um gato preto enorme atravessou a estrada à nossa frente quando vínhamos. E, naquela árvore que fica logo na entrada, havia um folheto de propaganda política. Nele estava escrito, em letras garrafais: "Ruína azul".

– Isso pode significar má sorte para a senhora, mas dificilmente significa o mesmo para Ilse.

A tia Isabella meneou negativamente a cabeça várias vezes. Recusava-se a ser tranquilizada.

– Dizem que o vestido de noiva dela é algo nunca visto na Ilha do Príncipe Edward. Você acha uma extravagância dessas adequada, senhorita Starr?

– A parte mais cara dele foi dada de presente por duas tias escocesas de Ilse, senhora Mitchell. Além disso, casamento é uma coisa que, normalmente, só acontece uma vez na vida.

Fria, a tia Isabella se retirou; mais tarde, ouviram-na dizendo que "essa mocinha, a Emily, anda insuportável desde que publicou um livro. Acha que tem direito de sair por aí ofendendo as pessoas".

7

Antes que pudesse agradecer aos céus pela liberdade, Emily estava de novo às voltas com membros da família Mitchell. Uma tia reprovava o presente da outra, que havia dado um par de vasos ornados de cristal boêmio.

A BUSCA DE EMILY

– Bessie Jane nunca foi muito sensata. Que péssima escolha. As crianças com certeza vão desenganchar esses prismas e perdê-los.

– Que crianças?

– Ora, as crianças que eles vão ter, obviamente.

– A senhorita Starr vai botar isso em um livro, Matilda – alertou o marido, rindo. Depois, ele tornou a rir e sussurrou para Emily:

– Por que é que *você* não é a noiva hoje? Como foi que Ilse tomou seu lugar?

Emily sentiu um alívio quando foi chamada no quarto para ajudar Ilse a se vestir, muito embora nem mesmo lá as tias e primas deixassem de desfilar dizendo coisas que a distraíam.

– Emily, você se lembra daquele dia, no primeiro verão que passamos juntas, quando brigamos para ver quem teria a honra de ser a esposa em uma de nossas peças dramáticas? Bom, hoje eu sinto como se estivéssemos só brincando de casamento. Isto não é real.

Emily também sentia isso. Mas logo, logo aquilo estaria acabado, e ela poderia finalmente estar só consigo mesma. Além disso, quando vestida, Ilse se converteu em uma noiva tão espetacular que isso compensou toda a algazarra daquele casamento. Como Teddy *devia* amá-la!

– Ela não parece uma rainha? – sussurrou a tia Laura, encantada.

Emily, já metida em seu vestido azul, beijou o rosto enrubescido de Ilse sob os bordados e as pérolas de seu véu de noiva.

– Ilse, minha querida, não ache que eu sou perdidamente romântica por desejar que você seja "feliz para sempre".

Ilse apertou sua mão, mas riu um pouco alto demais.

– Espero que não seja com a rainha Vitória que a tia Laura tenha me achado parecida – brincou. – E eu tenho uma sensação horrível de que a tia Janie Milburn está rezando por mim. O rosto a entregou quando ela veio me beijar. Sempre fico furiosa quando acho que estão rezando por mim. Agora, Emily, me faça um último favor? Tire todas daqui. Todas! Quero ficar só; completamente só, por uns poucos minutos.

De alguma maneira, Emily conseguiu isso. As tias e primas saltitaram escada abaixo. O doutor Burnley esperava impacientemente no saguão.

– Ainda vão demorar? Teddy e Halsey já estão aguardando o sinal para entrar na sala de estar.

– Ilse pediu uns minutos sozinha. Oh, tia Ida, estou tão feliz que a senhora tenha chegado! – disse ela a uma senhora corpulenta que subia arquejante os degraus da entrada. – Estávamos receosos de que tivesse acontecido alguma coisa.

– E aconteceu – disse, ofegante, a tia Ida, que na verdade era uma prima de segundo grau. Apesar de sua falta de ar, a tia Ida estava feliz. Ela adorava ser a primeira a dar uma notícia, em especial as desagradáveis. – E o doutor não virá. Tive que tomar um táxi. O pobre Perry Miller... Vocês o conheciam, não é? Tão bom rapaz... Acabou de morrer em uma colisão, uma hora atrás.

Emily mal conteve um grito e, imediatamente, olhou para a porta do quarto de Ilse. Estava aberta de par a par. O doutor Burnley estava aterrado:

– O Perry Miller morreu?! Meu Deus do céu, que coisa horrível!

– Bom, estava praticamente morto. Deve estar a esta hora. Estava inconsciente quando o retiraram das ferragens. Levaram-no para o hospital de Charlottetown e telefonaram para Bill, que saiu às pressas, obviamente. Sorte da Ilse não estar se casando com um médico. Ainda tenho tempo de guardar estas coisas antes da cerimônia?

Lutando contra a própria angústia, Emily conduziu a tia Ida ao quarto de hóspedes e, depois, voltou para perto do doutor Burnley.

– Ilse não deve saber disso – alertou ele, desnecessariamente. – Isso arruinaria o casamento. Ela e Perry sempre foram muito próximos. Não acha melhor apressá-la? Já passou da hora.

Sentindo cada vez mais que estava em um pesadelo, Emily atravessou o saguão e bateu na porta do quarto de Ilse. Não houve resposta. Ela abriu a porta. No chão, abandonado, estava o véu e o buquê caríssimo de orquídeas, que devia ter custado a Teddy mais do que qualquer Murray ou Burnley jamais pagou por todo um enxoval, mas Ilse não estava em

A BUSCA DE EMILY

lugar algum. Uma das janelas estava aberta – a que dava para o telhado inclinado da cozinha.

– Qual é o problema? – demandou o doutor Burnley, impaciente, aparecendo atrás de Emily. – Onde está Ilse?

– Se foi... – balbuciou Emily, atônita.

– Se foi...? Para onde?!

– Foi ver Perry Miller – Emily já havia entendido tudo. Ilse havia ouvido a tia Ida e...

– Maldição! – exclamou o doutor Burnley.

8

Em poucos momentos, a casa era um quadro de convidados consternados e atônitos, todos a soltar exclamações e a fazer perguntas. O doutor Burnley perdeu a cabeça e o recato e logo pôs-se a disparar todo seu repertório de xingamentos, indiferente às damas.

Até mesmo a tia Laura estava paralisada. Não havia precedentes para aquilo. Juliet Murray havia fugido, é verdade, mas mesmo ela havia se casado. Nenhuma noiva da família jamais fizera algo como *aquilo*. Emily era a única a conservar alguma capacidade de raciocínio e ação. Foi ela quem descobriu, do jovem Rob Mitchell, como Ilse havia escapado. Ele estava estacionando o carro no quintal em frente ao celeiro quando...

– Eu a vi sair pela janela, com a cauda enrolada nos ombros. Ela deslizou pelo telhadinho e saltou como uma gata. Saiu correndo pelo caminho de acesso, montou no *runabout*[47] de Ken Mitchell e foi-se embora como o diabo foge da cruz. Achei que ela tivesse ficado louca.

– De certa forma, ficou... Rob, você precisa ir atrás dela. Espere; vou pedir que o doutor Burnley vá com você. Eu preciso ficar aqui e cuidar das

---

[47] Tipo de carro, popular até meados da década de 1910. (N.T.)

coisas. Oh, vá o mais rápido que puder. Você *precisa* trazê-la de volta...
Vou pedir aos convidados para esperar...

– Você não vai conseguir consertar esta bagunça, Emily – vaticinou Rob.

9

Todas as horas passam, e aquela também passou, mas o doutor Burnley e Rob voltaram sozinhos. Ilse recusou-se a voltar e não houve quem mudasse isso. Perry Miller não havia morrido. Não havia nem se ferido gravemente, mas, mesmo assim, Ilse recusou-se a voltar. Disse ao pai que se casaria com Perry e com mais ninguém.

O doutor Burnley estava no meio de um grupo de mulheres em pranto: tia Elizabeth, tia Laura, tia Ruth, Emily.

– Talvez, se a mãe dela não tivesse morrido, isso não estaria acontecendo – disse o doutor Burnley, com o olhar perdido. – Nunca imaginei que ela gostasse de Miller. Queria que alguém tivesse tapado a boca de Ida Mitchell a tempo. Ah, chorar para quê? Chorar para quê?! – perguntou, severo, à pobre tia Laura. – De que adianta esse berreiro agora? Que confusão dos infernos! Alguém precisa dizer a Kent; no caso, eu. E ainda tem todos aqueles palermas embestados lá embaixo para alimentar. Foi para comer que metade deles veio, de qualquer maneira. Emily, você parece ser a última criatura com um pingo de senso que restou no mundo. Por favor, cuide das coisas, sim? Obrigado.

Emily não era dada a histerismos, mas, pela segunda vez na vida, sentiu que a única coisa que conseguiria fazer era gritar o mais alto possível. As coisas haviam chegado a um ponto em que só os gritos resolveriam. Apesar disso, ela conseguiu pastorear os convidados para as mesas. A agitação se conteve um pouco quando perceberam que não haviam perdido tudo: ainda haveria o jantar, que, no fim das contas, não foi nenhum sucesso.

Mesmo aqueles que estavam com fome tiveram a sensação de que não seria adequado comer demais naquelas circunstâncias. Ninguém desfrutou

A BUSCA DE EMILY

da comida, exceto o velho tio Tom Mitchell, que sempre deixou claro que ia aos casamentos pelo banquete, houvesse cerimônia ou não. Noivam iam e vinham, mas um jantar de respeito era outra história. De modo que ele se esbaldou, parando vez por outra apenas para menear a cabeça solenemente e dizer: "O que anda acontecendo com as mulheres...?".

A prima Isabella queria falar de seus pressentimentos, mas ninguém lhe deu atenção. Estavam todos com medo de falar, por receio de dizer alguma coisa inconveniente. O tio Oliver refletiu que já havia estado em muitos funerais mais alegres que aquilo. As empregadas que serviam as mesas iam apressadas e agitadas de um lado para o outro e acabavam cometendo erros ridículos. A senhora Derwent, a jovem e bela esposa do novo ministro, parecia a ponto de verter lágrimas – minto, já havia lágrimas em seus olhos. Provavelmente estivera criando expectativas em relação às taxas matrimonias. Talvez a perda delas significasse a perda de um chapéu novo. Quando a viu de relance enquanto pegava a geleia, Emily quis rir – um desejo tão histérico quanto o de gritar. Mas nada disso se revelava em seu rosto frio e pálido. Os convidados de Shrewsbury disseram que ela estava desdenhosa e indiferente como sempre. Será que não havia *nada* que fizesse aquela garota demonstrar sentimentos?

E, em meio a tudo isso, uma dúvida ressoava em sua mente: onde estava Teddy? O que estava sentindo? Pensando? Fazendo? Ela teve ódio de Ilse por magoá-lo e envergonhá-lo. Não fazia a menor ideia de como seriam as coisas depois daquilo. Era um desses eventos que simplesmente paravam o tempo.

10

– Que dia! – exclamou a tia Laura quando entraram em casa, já à noite. – Que desgraça! Que escândalo!

– Allan Burnley não pode culpar ninguém além de si mesmo – disse tia Elizabeth. – Ele sempre deixou Ilse fazer o que queria, a vida inteira.

Nunca ensinaram aquela menina a ter autocontrole. Ela passou a vida fazendo exatamente o que queria fazer sempre que um capricho lhe vinha à mente. Nunca teve nenhum senso de responsabilidade.

– Mas se ela amava Perry...? – perguntou Laura.

– Então por que ela aceitou se casar com Teddy Kent? Por que o tratou dessa forma? Não, não tente encontrar justificativas para Ilse. Uma Burnley indo buscar marido em Stovepipe Town!

– Alguém precisa tratar de devolver os presentes – gemeu Laura. – Tranquei a porta do quarto onde eles estavam. Nunca se sabe... nesses momentos...

Emily finalmente estava sozinha em seu quarto. Estava atordoada, abatida e exausta demais para sentir qualquer coisa. Uma bola imensa de pelo cinza listrado se desenrolou sobre sua cama e exibiu as presas em um bocejo arreganhado.

– Ciso – disse Emily, pesarosa –, você é a única coisa no mundo que permanece inalterada.

Ela passou a noite praticamente em claro. Acordou em um mundo novo onde as coisas precisariam se reajustar. E ela estava cansada demais para isso.

Capítulo 26

1

Ilse não parecia achar que precisava dar desculpas quando, dois dias depois, entrou no quarto de Emily sem ser anunciada. Estava corada, audaciosa e triunfante.

Emily fitou-a.

– Bem, imagino que o terremoto já tenha passado. O que restou de pé?

– Ilse, como pôde?!

Ilse puxou um caderninho da bolsa e fingiu consultá-lo.

– Fiz uma lista das coisas que você diria. A primeira você já disse. Em seguida, vinha: "Você não sente vergonha?". Não, não sinto – acrescentou ela, impudente.

– Sei que não. Por isso não perguntei.

– Não sinto vergonha e não me sinto mal. Na verdade, só um pouco, justamente por *não* me sentir mal. Estou absurdamente feliz, mas temo que estraguei a festa. Aposto que as velhotas estão vivendo o melhor momento da vida. Finalmente têm assunto para comentar!

– Como você acha que Teddy está se sentindo?

– Será que ele está se sentindo pior do que Dean? Existe um ditado sobre tetos de vidro, sabia?

Emily corou.

– Eu sei... agi muito mal com Dean... mas eu não...

– Não o abandonou no altar. Verdade. Mas eu sequer pensei em Teddy quando ouvi a tia Ida dizer que Perry havia morrido. Enlouqueci. Só pensei em ver Perry pela última vez antes que ele morresse. Eu *precisava* fazer isso. Quando cheguei lá, descobri que, como disse Mark Twain, o relato de sua morte havia sido enormemente exagerado. Ele não havia sequer se ferido gravemente. Estava sentado na cama, com o rosto todo machucado e cheio de curativos... Parecia o diabo. Quer saber o que aconteceu depois, Emily?

Ilse se jogou no chão aos pés da amiga e fitou-a com olhos persuasivos.

– Minha querida, não adianta nada se emburrar com uma coisa que estava predestinada a acontecer. Isso não muda nada. Vi a tia Laura na sala agora, quando passei na ponta dos pés vindo para cá. Ela parecia um pão esquecido no fundo do armário. Mas você tem uma força que não vem dos Murrays. *Você* deveria me entender. Não gaste sua solidariedade com Teddy. Ele não me ama; eu sempre soube disso. É só a presunção dele que sai ferida disto tudo. Tome, devolva esta safira a ele, sim? – Ilse notou algo no rosto de Emily que não a agradou. – Ou então guarde-a junto com a esmeralda de Dean.

– Teddy foi para Montreal depois... depois...

– Depois do casamento que não aconteceu – completou Ilse. – Você chegou a vê-lo Emily?

– Não.

– Bem, é só ele ir caçar na África por um tempo, que vai superar isto tudo rapidinho. Emily, vou me casar com Perry ano que vem. Já está tudo decidido. Eu o abracei e o beijei assim que o vi. Soltei a cauda e ela se espalhou magnífica pelo chão. Tenho certeza de que a enfermeira pensou que eu havia acabado de fugir do manicômio, mas eu a botei para fora do quarto e disse a Perry que o amava. Disse que nunca me casaria com Teddy Kent, não importa o que acontecesse. E que, se ele me pedisse, eu me casaria com *ele*. Ou será que eu mesma pedi? Não, nenhum de nós pediu. Houve apenas um entendimento mútuo. Não me lembro mais, de verdade. E isso nem importa. Emily, se eu estivesse morta e Perry olhasse para mim, eu voltaria à vida. Obviamente, é você que ele sempre quis, mas ele vai me amar como nunca te amou. Fomos feitos um para o outro.

– Perry nunca me amou de verdade – disse Emily. – Ele só gostava muito de mim, e isso é tudo. Ele não sabia a diferença naquela época. – Ela então olhou para o rosto radiante de Ilse e todo seu amor por aquela criatura adorável, amiga e perversa transbordou por seus olhos e lábios. – Ilse, minha querida, espero de verdade que você seja feliz… sempre.

– Ai, que romântica! – brincou Ilse. – Ah, agora posso me acalmar, Emily. Passei semanas sentindo que, se parasse por um minuto, explodiria. E agora nem ligo se a tia Janie estiver rezando por mim. Na verdade, espero que esteja.

– O que seu pai disse?

– Ah, meu pai… – Ilse encolheu os ombros. – Ele segue vítima de seu temperamento ancestral. Não quer falar comigo. Mas vai acabar cedendo. Ele é tão responsável pelo que aconteceu quanto eu. Você sabe que eu nunca pedi permissão para fazer nada na vida. Só faço. Papai nunca me impediu. De início, porque me odiava; depois, porque queria me compensar pelo tempo que passou me odiando.

– Acho que, a partir de agora, você vai ter que pedir permissão a Perry para fazer certas coisas…

– Não vou me importar com *isso*. Você vai ficar surpresa ao ver como vou ser uma esposa diligente. Agora, vou embora… vou voltar ao trabalho. Em um ano, todos vão ter se esquecido disso, e então Perry e eu vamos nos casar discretamente em algum canto. Nada de véus bordados nem caudas orientais. Nossa, que livramento! Mais dez minutos e eu estaria casada com Teddy. Imagina que escândalo seria quando a tia Ida chegasse. Porque eu teria fugido do mesmo jeito, você sabe.

2

Aquele verão foi difícil para Emily. A angústia de seu sofrimento havia preenchido os espaços da vida, e agora que isso estava acabado, ela percebia o vazio. Ir a qualquer lugar era um martírio. Todos queriam saber do casamento; faziam perguntas, apresentavam opiniões... Mas, por fim, os boatos enlouquecidos sobre as criancices de Ilse finalmente amainaram, e as pessoas encontraram outro assunto para comentar. Emily foi deixada em paz.

Em paz? Sim, em paz e sozinha. O amor e a amizade haviam ido embora. Não restava nada além da ambição. Emily se entregou resolutamente ao trabalho. A vida corria de novo pelos velhos trilhos. Ano após ano, as estações passaram por sua porta. Vales salpicados de violetas na primavera; abetos poéticos no outono; auroras boreais nas noites de inverno; céus suaves de lua nova em abril; belos e mágicos choupos-da-lombardia sob o luar; mar e vento, chamando um ao outro; folhas solitárias e amarelas caindo nos entardeceres de outubro; a tessitura do luar sobre o jardim. Ah, a beleza ainda existia... sempre existiria. Seguia imortal e indestrutível diante das máculas e das nódoas das paixões mortais. Ela teve vários momentos maravilhosos de inspiração e triunfo. Mas a mera beleza que um dia satisfizera sua alma já não a satisfazia mais. Lua Nova seguia inalterada, imperturbável pelas mudanças que chegaram a outros lugares. A senhora Kent foi morar com Teddy. O velho Sítio dos Tanacetos foi vendido para um sujeito de Halifax, que construiu lá sua casa de veraneio. Certo outono, Perry foi para Montreal e voltou trazendo Ilse consigo. Agora

A BUSCA DE EMILY

vivam felizes em Charlottetown, aonde Emily ia vez por outra visitá-los, driblando habilidosamente as armadilhas matrimoniais que Ilse sempre preparava para ela. Estava se tornando um fato consumado para a família que Emily não se casaria.

– Mais uma solteirona em Lua Nova – brincou o tio Wallace.

– E pensar em todos os pretendentes que ela teve – amargou a tia Elizabeth. – O senhor Wallace... Aylmer Vincent... Andrew...

– Mas se ela não os amava...? – balbuciou a tia Laura.

– Laura, não seja inconveniente.

O Velho Kelly, que ainda fazia suas rondas e "continuaria fazendo até o dia do Julgamento", como dizia Ilse, havia deixado de fazer troça sobre Emily se casar, embora ainda fizesse algumas alusões pesarosas e lúgubres sobre um certo "unguento de sapo"[48]. Já não dava mais suas piscadelas e sorrisos cheios de significado. Em vez disso, perguntava, com seriedade, em que livro ela andava trabalhando, e logo seguia em frente com a carroça, balançando a cabeleira grisalha e hirsuta.

– Mas também, o que esses homens pensam da vida? Eia, pangaré, eia!

Alguns homens aparentemente ainda pensavam em Emily. Andrew, que agora era um jovem e vigoroso viúvo, apareceria em um minuto se Emily erguesse um dedo. A questão é que ela nunca erguia. Graham Mitchell, de Shrewsbury, deixava bem claras suas intenções. Emily não o quis porque ele tinha uma pequena mancha em um dos olhos. Pelo menos foi isso que os Murrays pensaram. Não conseguiam encontrar nenhuma outra razão para que ela dispensasse um pretendente tão bom. Os moradores de Shrewsbury determinaram que ele estaria no próximo livro dela; que ela estava apenas "enganando o pobre coitado" a fim de "juntar material" para escrever. Um renomado "milionário" de Klondike a cortejou durante um inverno e desapareceu tão rápido quanto o gelo na primavera.

---

[48] Cf. *Emily de Lua Nova*. (N.T.)

– Desde que publicou seus livros, ela acha que ninguém é bom o suficiente – diziam as pessoas em Blair Water.

A tia Elizabeth não lamentou o sumiço do milionário. Para ela, ele não passava de um Butterworth de Derry Pond. E quem eram os Butterworths? Ela sempre fazia questão de deixar claro que os Butterworths não existiam. Eles podiam até pensar que sim, mas os Murrays sabiam que não. Por outro lado, ela não entendeu por que Emily não aceitou se casar com o senhor Mooresby, sócio da empresa Mooresby & Parker, de Charlottetown. Emily explicou que o senhor Mooresby jamais conseguiu superar o fato de que havia sido bebê-propaganda de uma marca de papinhas de criança. A tia Elizabeth achou essa justificativa extremamente inadequada e, enfim, admitiu que não conseguia entender as novas gerações.

3

Emily nunca mais soube de Teddy, exceto por algumas reportagens ocasionais que o retratavam como um artista que progredia continuamente na carreira. Ele começava a ganhar fama internacional com seus retratos. Os velhos dias de ilustrações em revistas haviam ficado para trás, e Emily nunca mais se viu confrontando o próprio rosto, o próprio sorriso ou os próprios olhos nas páginas de um periódico qualquer.

Certo verão, a senhora Kent morreu. Antes disso, ela enviou um breve bilhete a Emily; era a única notícia que Emily jamais recebeu dela.

"Estou morrendo. Quando eu morrer, Emily, conte a Teddy da carta. Tentei contar, mas não consegui. Não consegui dizer ao meu filho o que eu fiz. Faça isso por mim."

Emily guardou a carta e esboçou um sorriso triste. Era tarde demais para dizer isso a Teddy. Já fazia muito tempo que ele não a amava mais. Já ela o amaria para sempre. E embora ele não soubesse disso, seu amor com

A BUSCA DE EMILY

certeza pairaria sobre ele por toda a vida, como uma bênção invisível, não compreendida, mas sentida, guardando-o de todo mal.

4

Naquele mesmo inverno, soube-se que Jim Butterworth, de Derry Pond, havia comprado ou estava por comprar a Casa Desolada. Segundo os boatos, ele pretendia demoli-la e construir uma nova casa por cima, maior. Todos estavam convictos de que, quando a casa estivesse terminada, ele instalaria nela uma senhora: uma dama corpulenta e vigorosa de Derry Pond, conhecida como "Mabel da Ponte Geordie". A notícia angustiou Emily. Ela saiu naquela tarde fria de primavera, subiu o caminho já coberto de grama que cortava a colina e chegou ao portão da frente daquela casinha, como um fantasma atormentado. Não devia ser verdade que Dean a vendera. A casa pertencia à colina. Não era possível imaginar a colina sem ela.

Emily havia pedido ajuda à tia Laura algum tempo antes para ajudá-la a retirar seus pertences da casa. Levou tudo, menos a bola observadora. Não conseguiria olhar para ela. A esfera continuaria ali, pendurada, refletindo em sua face prateada a escuridão daquele cômodo de janelas tapadas que seguia exatamente como Dean o deixara. Os rumores eram de que Dean não havia tirado nada dela. Tudo que pusera lá dentro ainda estava lá.

A casinha devia estar com frio. Fazia tanto tempo que a lareira não era acesa. Como estava negligenciada, solitária e abatida! Nenhuma luz entrava pelas janelas; a relva estava alta e cobria os caminhos; ervas daninhas cresciam ao redor da grande porta trancada.

Emily abriu os braços, como se quisesse envolver a casa em um abraço. Ciso roçou em suas pernas e ronronou, aflito. Ele não gostava de fazer caminhadas ao ar frio e úmido; estar ao lado da lareira em Lua Nova era algo muito agradável para um gato já não tão jovem como ele. Emily pegou o velho bichano no colo e botou-o sobre a caixa de correio, que parecia prestes a cair aos pedaços.

– Ciso – disse ela –, dentro dessa casa, tem uma antiga lareira, que contém as cinzas de uma antiga fogueira. Uma lareira ao redor da qual devia haver gatinhos brincando e crianças sonhando. E isso não vai acontecer, Ciso, porque Mabel Geordie não gosta de lareiras abertas. "Sujam tudo; juntam poeira. Um aquecedor de Quebec aquece muito melhor e é mais econômico." Não seria lindo, Ciso, se nós fôssemos criaturas sensatas, capazes de entender as vantagens de um aquecedor de Quebec?

Capítulo 27

1

Foi no início de uma tarde de junho que aquele som atravessou o ar. Um chamado muito, muito antigo: duas notas mais agudas e uma longa, suave e grave. Emily Starr, que sonhava na janela, se pôs de pé quando o ouviu, seu rosto ficou pálido. Devia ser um sonho! Só podia ser! Teddy Kent estava a milhares de quilômetros de distância, no Oriente; era isso que dizia a nota de um jornal de Montreal. Sim, era um sonho; coisa da imaginação.

Mas o chamado veio de novo. Emily *soube* que Teddy estava lá, esperando por ela no bosque de John Sullivan; chamando por ela através dos anos. Ela desceu devagar as escadas, saiu e atravessou o jardim. Claro que Teddy estava lá, sob os pinheiros. Parecia-lhe a coisa mais natural do mundo que ele a buscasse ali, naquele jardim ancestral onde os choupos-da-lombardia ainda montavam guarda. Não havia nada que os impedisse de superar os anos passados. Não havia nenhum abismo entre eles. Ele estendeu as mãos e puxou-a para si, em um cumprimento que não existia antes, e falou como se não houvesse nenhum tempo e nenhuma memória entre eles:

– Não me diga que não pode me amar. Você pode. Você deve. Ora, Emily – seus olhos cravaram-se nos dela sob o brilho do luar –, você me ama!

2

– É impressionante como coisas tão pequenas causam tamanho desencontro entre as pessoas – disse Emily alguns minutos ou horas depois.

– Passei a vida procurando uma forma de dizer que te amava – disse Teddy. – Você se lembra daquela tarde, muito tempo atrás, no Caminho do Amanhã, quando acabávamos de terminar o ensino médio? Bem no momento em que eu tentava juntar coragem para te pedir para esperar por mim, você disse que o sereno te fazia mal e entrou. Isso me pareceu uma desculpa esfarrapada para se livrar de mim; eu sabia que você não dava a mínima para o sereno. Isso me afastou por alguns anos. Quando soube de você e Aylmer Vincent, minha mãe contou que vocês estavam noivos, fiquei arrasado. Pela primeira vez, percebi que você não me pertencia. E no inverno em que você se machucou, eu fiquei completamente desorientado. Estava longe, na França, onde não podia te ver. E as pessoas me escreviam dizendo que Dean Priest estava sempre ao seu lado e que, provavelmente, vocês se casariam quando você se recuperasse. Depois, chegou a notícia de que vocês iam *mesmo* se casar. Não quero nem falar disso. Mas quando você – sim, *você* – salvou-me de morrer a bordo do Flavian, eu soube que você era minha, *sim*, soubesse você ou não. Então, eu fiz mais uma tentativa, naquela manhã no lago, e, mais uma vez, você me rejeitou a sangue-frio. Soltou minha mão como se ela fosse uma cobra. E você nunca respondeu minha carta. Por que não, Emily?

– Eu não cheguei a recebê-la.

– Não? Mas eu postei.

– Eu sei. Preciso te contar uma coisa… ela me pediu para contar…

A BUSCA DE EMILY

Emily explicou tudo, em poucas palavras.

– Minha *mãe*? Ela fez *isso*?

– Não a julgue, Teddy. Você sabe que ela não era como as outras pessoas. A briga dela com seu pai... Você soube?

– Sim, ela me contou tudo quando se mudou para Montreal. Mas *isso*, Emily...

– Vamos nos esquecer disso; e perdoá-la. Ela estava tão magoada e infeliz que não sabia o que estava fazendo. E eu... eu... eu fui orgulhosa demais para vir quando você me chamou da última vez. Eu *queria* vir, mas pensei que você estivesse apenas se divertindo comigo.

– Foi aí que eu perdi as esperanças de vez. Achei que já havia me enganado demais. Eu te vi na janela; te achei radiante, com o brilho frio de alguma estrela invernal. Sabia que você havia me ouvido; era a primeira vez que não atendia a nosso antigo chamado. Parecia não haver mais nada a fazer além de te esquecer, se eu pudesse. Nunca consegui, mas achava que sim... exceto quando olhava para Vega de Lira. Me sentia tão solitário. Ilse então se revelou uma boa companheira. Além disso, eu sentia que podia conversar com ela sobre você e, assim, reservar um espacinho para mim em sua vida, como marido de alguém que você amava. Eu sabia que Ilse não era louca de amores por mim; eu era apenas um prêmio de consolação. Mas achava que poderíamos fazer companhia um ao outro na terrível solidão do mundo. E aí... – Teddy riu de si mesmo – ... quando ela "me deixou no altar", para usar a frase de Bertha M. Clay[49], eu fiquei furioso. Ela havia me feito de bobo, quando eu achava que começava a ser alguém no mundo. Nossa, que ódio eu tive de todas as mulheres por um tempo! Estava magoado. Havia passado a gostar de Ilse. Eu realmente a amei, de certa maneira.

– "De certa maneira"... – repetiu Emily, sem sentir nenhum ciúme disso.

---

[49] Pseudônimo da novelista inglesa Charlotte Mary Brame (1836-1884). (N.T.)

3

– Não sei se aceitaria ficar apenas com as sobras de Ilse – comentou a tia Elizabeth.

Emily olhou para a tia com aquele seu olhar estrelado dos velhos tempos.

– Sobras de Ilse? Ora, mas Teddy sempre foi meu, e eu dele. De corpo e alma – disse ela.

A tia Elizabeth teve um calafrio. Ainda que as pessoas sentissem essas coisas, parecia-lhe uma indecência que elas fossem ditas em voz alta.

– Que dissimulada! – foi a reação da tia Ruth.

– É melhor ela se casar logo com ele, antes que mude de ideia, *de novo* – alfinetou a tia Addie.

– Imagino que ela não vá limpar os beijos *dele* – brincou o tio Wallace.

Ainda assim, no geral, a família estava satisfeita. Muito satisfeita. Depois de tantas preocupações com os relacionamentos de Emily, ela havia enfim "se aquietado" com um "rapaz" respeitável e conhecido deles, que, até onde sabiam, não tinha maus hábitos nem antecedentes que o desabonassem. Além disso, ele estava indo muito bem com a pintura. Embora eles se recusassem a admitir isso em voz alta, o Velho Kelly fez questão de dizer, satisfeito:

– Ah, isso *sim* me dá gosto!

4

Dean enviou uma carta pouco antes do discreto casamento que aconteceu em Lua Nova. Era uma carta longa, com um anexo: a escritura da Casa Desolada, com tudo que havia dentro.

"Quero que aceite isto, Estrela, como meu presente de casamento. Aquela casa não deve permanecer desolada. Quero que more nela, finalmente.

A BUSCA DE EMILY

Você e Teddy podem fazer uso dela como casa de veraneio. E, algum dia, irei visitá-los. Reclamo meu quarto na casa da sua amizade."

– Como Dean é generoso e querido! E estou tão feliz que ele não esteja mais magoado.

Ela estava onde o Caminho do Amanhã encontrava o vale do lago de Blair Water. Atrás dela, os passos de Teddy vinham ansiosos ao seu encontro. À frente, na colina escura, contra o crepúsculo, erguia-se aquela amada casinha cinzenta cuja desolação terminava ali.